# 客座赘语

［明］顾起元 撰　孔一 校点

**图书在版编目(CIP)数据**

客座赘语 /（明）顾起元撰;孔一校点. —上海：
上海古籍出版社，2012.12(2023.8 重印)
（历代笔记小说大观）
ISBN 978-7-5325-6384-5

Ⅰ.①客… Ⅱ.①顾… ②孔… Ⅲ.①笔记小说-中
国-明代 Ⅳ.①I242.1

中国版本图书馆 CIP 数据核字(2012)第 045452 号

历代笔记小说大观

# 客 座 赘 语

[明] 顾起元　撰

孔　一　校点

上海古籍出版社出版发行

（上海市闵行区号景路 159 弄 1-5 号 A 座 5F　邮政编码 201101）

(1) 网址：www.guji.com.cn

(2) E-mail：guji1@guji.com.cn

(3) 易文网网址：www.ewen.co

常熟文化印刷有限公司印刷

开本 635×965　1/16　印张 15.75　插页 2　字数 204,000

2012 年 12 月第 1 版　2023 年 8 月第 2 次印刷

印数：2,101—3,200

ISBN 978-7-5325-6384-5

Ⅰ·2538　定价：38.00 元

如有质量问题,请与承印公司联系

# 校 点 说 明

　　《客座赘语》十卷，明顾起元(1565—1628)撰。起元字邻初，一字太初，号遁园居士，江宁(今江苏南京)人，万历戊戌(二十六年，1598)会试第一，殿试一甲第三，除编修，历南国子监祭酒、吏部左侍郎。当轴欲引以大拜，起元避居遁园，七征不起，友人题其小筑曰"七召亭"。居家绝迹公府，惟地方利弊不恤身任而力争之。卒谥文庄。起元学问该博，通晓典籍掌故与古今人物，尤留心于乡邦文献，著有《中庸外传》二卷首一卷、《顾氏小史》十卷、《尔雅堂诗说》四卷、《说略》三十卷、《蛰庵日录》四卷、《金陵古金石考目》一卷与《懒真草堂集》等。

　　《客座赘语》，按自序为其"访求桑梓间故事"之记录，陈田《明诗纪事》按语所谓"详述金陵故事，可与王兆堂《乌衣佳话》、周晖《金陵琐事》并传"者。观其内容，亦大致如《四库全书总目》所言，"不涉南京者不载"。在作者生活的年代，南京为明朝南都，《客座赘语》遍涉历朝典章制度、地理沿革、艺林轶事、市井风俗，大多为闻见记录，间有以文献、金石资料考订者，为了解、研究明代政治、经济、文化、世俗民情，提供了丰富的珍贵史料。但此书也存在诠次欠精的缺点，不分门目，时涉怪诞。由于写作时间较长，至有前后内容相互矛盾者，如卷六"利玛窦"条载利氏批评中国画不知凹凸法，而卷五"凹凸画"条则明言"乃知古来西域自有此画法，而僧繇已先得之，故知读书不可不博也"，若编次时稍加留意，合二而一，不仅可以避免矛盾，而且可以留下一篇考订精审的文字。

此次校点,以上海古籍出版社《续修四库全书》影印明万历四十六年(1618)刻本为底本,以《金陵丛刻》本参校,作者自序亦据以补录;目录与正文标题间有出入,现均据正文内容予以统一。不当之处,敬请读者指正。

# 目　　录

## 卷九

## 卷十

# 自　序

予顷年多愁多病，客有常在座者，熟予生平好访求桑梓间故事，则争语往迹近闻以相娱，间出一二惊奇诞怪者以助欢笑，至可裨益地方与夫考订载籍者，亦往往有之。予慁置于耳，不忍遽忘于心，时命侍者笔诸赫蹄，然什不能一二也。既成帙，因命之曰《客座赘语》。赘之为言属也，又会也，属而会之，俾勿遗佚，予之于此义若有合焉。或曰："秦汉间语人之所贱简者曰'赘婿'，老子语物之或恶者曰'馀食赘行'，庄周氏语疾之当决去者曰'附赘县疣'，子之为此语也，又多乎哉？"予隐几嗒然，无以应也。故籍而存之，以供覆瓿。万历丁巳夏五，遁园居士书。

# 卷一

## 经义兼古注疏

洪武三年五月初一日，初设科举条格，诏内开第一场，《五经》义，各试本经一道，限五百字以上。《易》，程、朱氏注；《书》，蔡氏传；《诗》，朱氏传：俱兼用古注疏。《春秋》，《左氏》、《公羊》、《穀梁》张洽传。《礼记》，专用古注疏。《四书》义一道，限三百字以上。至十七年三月初一日，命礼部颁行科举成式，始定子、午、卯、酉年乡试，辰、戌、丑、未年会试制。第一场，试《四书》义三道，二百字以上，经义四道，三百字以上。未能者，许各减一道。《四书》主朱子《集注》，《易》主程、朱传义，《书》主蔡氏传及古注疏，《诗》主朱子《集传》，《春秋》主《左氏》、《公羊》、《穀梁》胡氏、张洽传，《礼记》主古注疏。按此兼用古注疏及诸家传，圣制彰明，后不知何缘，遂斥古注疏不用，《春秋》止用胡传为主，《左氏》、《公》、《穀》第以备考，张洽传经生家不复知其书与其人矣。《礼记》专用陈澔《集说》，古注疏尽斥不讲。近日举子文，师心剿说，浮蔓无根，诚举初制一申明之，使通经博古者得以自见，亦盛事也。

## 东宫命典试

永乐十二年，上在北京。应天乡试，皇太子命洗马杨溥、编修周述为考试官；十五年，命侍讲梁潜、陈全；十八年，命修撰张伯颖、左赞善陈仲完：皆监国事也，时犹以宫赞列修撰之后。至七年己丑会试，取中陈璲等，以上幸北京，俱寄国子监读书，至辛卯始廷试。而皇太子乃以副榜第一人孔谔为左中允，赐出身，尤为异典。

# 转运兑运长运

漕运旧例：军民各半，互相转运。民运淮安、徐州、临清、德州水次四仓交收，漕运官分派官军转运于通州、天津二仓，往返经年，多失农月。于是侍郎周忱议：将民运粮储俱于瓜洲、淮安，补给脚价，兑与运军。自是，转运变为兑运。至成化七年，右副都御史滕昭议，罢瓜、淮兑运，令南京各卫官与直、浙等处官，径赴水次州县交兑，民加过江船费，视地远近有差。自是，兑运又变为长运矣。

# 漕运总兵流官

顷见台谏与部疏议漕运总兵，改用流官，不必沿推世爵。按此官旧制，流官世爵，原相兼并推，不待改也。嘉靖中，吾乡刘都督玺、黄都督印，皆以卫官任至总兵，管漕运。黄与先大夫往还，余犹及见之，颇非辽远。建议者不举此以闻于上，第云欲革世爵，改用流官，遂奉旨"祖宗旧制，原用勋臣"，不知兼用流官正祖宗朝旧制也。

# 辨　　讹

里中字音，有相沿而呼，而与本音谬，相习而用，而与本义乖者，或亦通诸海内，而竟不知所从始。姑就南都举一二言之。如惹之音人者切，野之音羊者切，写之音悉姐切，且之音七也切，姐之音子野切，在二十一马韵中，音宜与鲊叶。而南都惹作热之上声，野作曳之上声，写作屑之上声，且作切之上声，姐作接之上声，未有作马韵呼者。士之音鉏里切，是与氏之音承纸切，视之音承豕切：在四纸韵中，上声也，而作去声，呼皆如肆。跪之音去委切，兄弟之弟徒礼切：上声也，而音作贵与第，呼属去声。皂隶之皂、造作之造，音与早同，而读作去声，如躁字。大之音，不作徒盖切，亦不作口个切，而别音打之去声。入之音本与日同也，而作肉音。此与本音谬，而呼相沿者也。又如抄，略取也，而写书曰抄书，官曰抄案，造纸曰抄纸。吊，问终也，而官府取文书曰吊卷，或曰吊钱粮。打作都冷切，今作丁把切，本取击为义也，而今预事曰打叠，探事、探人曰打听，先计较曰打量，卧曰打睡，买物曰打米、曰打肉，治食具曰打饼，张盖曰打伞，属文起草曰打稿。禀，赐谷也，与也，供也，给也，受也，而今以下白事于上曰禀。殴，以杖击也，律有斗殴之条，而今人故以言相谴嬲曰殴。帐之为言张也，一曰帱谓之帐，而呼簿册记物事用度者曰帐。仰，恃也，资也，下托上曰仰，今公文自上而行下曰仰。票，一作慓，疾也，急疾也，今官府有所分付勾取于下，其札曰票。疋，正也，音与雅同，（《诗》《大疋》《小疋》用此字），今借为段布之疋，音匹。者，分别，事辞也，称此个为者个是也，今以称人之不老实者曰者。假，音贾，至也，又借也，今官府借为休暇之假，音如嫁，曰告假、给假。兑，通也，穴也，直也，卦名，象口之能言，今以天平称金银曰兑，以物交易曰兑，民以粮付军曰兑。劄，刺着也，唐人刺身文曰劄青，又奏事非表非状谓之劄子，今官籍没人物曰抄劄。闸，水门也，字一作牐，今借为稽查之用，朝中点入班官员曰闸朝，凡以事查点人曰点闸，又民间办治官物曰闸办。插，刺而入也，扱衽曰插，今借为安置之用，如屯兵聚民曰安插某处某所。折，言断也，又拗折屈曲也，又毁弃也，今作抵当之义，官司征粮支俸曰折色，民间债负以准折，以金贝代仪曰折仪、曰折席。姪，今音质，谓兄弟之子也，古以称兄弟之女，又谓"吾姑者，吾谓之姪"，似惟以女子临女子宜名之，古自音徒结切也。辖，车轴端键也，"《论语》，《五经》之辐辖"，辐以冒毂，辖以键轮，今借为管辖之用。拶，子末切，逼也，韩诗"崩腾相排拶"，今官府刑手之具曰拶指，音咨，而民间但呼为拶子。拐，挂杖也，今为诱略之用曰拐带，其略人之人俗曰拐老。祠，春祭名也，品物少而多文词，故曰祠，今凡庙之祀神者皆曰祠，自汉有生祠始基之矣。刁斗，以铜为之，军中用，昼炊，击以行夜；刁刁，风微动貌，今谓人之狡狯者曰刁头，律有刁奸之文。饶，饱也，益也，多也，汉张霸曰"我饶为之"，今免人之罪罚曰饶，减所征财贿亦曰饶。嫖，一作僄，轻也，盖僄姚之义，今荡子之宿倡者曰嫖。梢，木枝末也，舟之舵尾曰梢，舟子曰梢工，妇曰梢婆，今驴马驮物曰梢，人以物附寄行李亦谓之梢。包,容也,裹也,今任人物足其数曰包赔,代人上纳官货曰包揽,雇觅舟车骡马曰包至,庖人为主治办酒食曰包酒,子弟宿勾阑中,计年月,不许接待他客,亦曰包。驼,负荷也,橐驼负囊橐而驮物,今无钱而买人物,徐酬其直者曰驼。那,何也,又多也,安也,又语绝之韵也,今谓移趾者曰那步,设法备用物曰腾那,转假曰那借。科,条也,本也,坎也,程也,等也,科举科粮意近之,以设官名科,寖远矣,今芟树木蔬茹者曰科,头不冠者曰科。巴,象形字,蛇也,巴水曲折三回像之,今人之盱衡望远曰巴,不足而营营曰巴,日晒肉曰巴,凡物之干如腊者皆曰巴。凡此皆习而用之与本义乖者也。

## 诠　俗

闾巷之俚语,驵侩之流言,一二可纪者,戏解剥之,以资噱噱。阿承显富曰趋、曰呵。惯依人而得财若饮食曰吹。徐吞而取其訾曰吸。以言诳人而沁入之曰卤。彼此相妒娼曰醋。示若不置人于意中者曰淡。持人之阴事使不敢肆焉曰拿,或曰捏。以言呴煦人曰暖。风而使其从我曰鼽。以语渐渍之,俾其从曰熏。姑置其事而待之曰冷。若置之、若不置之,似有系焉者,又或与而不必与,不尽与也,曰吊。以事急胁持人而出其贿曰紥。尾人之后,侦其所之与所为,曰蹓。群口而嬲其人曰嘈。以事迫而熸之,或得其物,曰炙,又曰烧。以言呴沫人,令其意靡靡焉软也,曰水。以言两挑之,使动或斗阋焉,曰黍。如黍灯之黍。故以言与事招人使我应曰撩。置一言若一物于人,令猝不我释也,曰钩。自我而料人与料事曰划。设法范围于人曰箍。故陷人于过,或令其处负也,曰耍,曰弄。乘间而入之曰钻。以渐而刮劘其所有曰镟。大言吓人曰烹,又曰泼。限人之所至曰量。造是非佐使人怒曰嗾。四走而追人或捕人曰扑。咀唼人之饮食曰嚼,又曰噍。其猛取人之财物曰龈。音恳。专以事务委人曰栽。泥人不已曰缠。抽取人之财物曰秋。从臾人使为之,或奋而往,曰撮,或曰鼓,或又曰奖。言语笼罩人使不觉曰蒙。詈人之傲而难制曰牛、曰驴。嘲事之失度、人之失意也,曰狗。长躯而痴者曰鹅。解两家之忿或调剂成其事曰挈，或反言曰搅。刺人之隐失曰针。有所比合而不能解曰黏。又强附而必不可得去也曰钉。突然从中而搀入者曰划。内无实而外饰可观曰晃。善迎人之意而助长之曰抬。计去同事者而己得容焉曰撑。陷人于不可居之地曰坑。徒铺啜以膏其口曰油。言之凿空而杜撰也曰赘。其最无伦脊者曰诌、曰胡。以言谴人曰喉，又或刺而曰觜。与人期必而背之使失望焉曰闪。有所避而倏遁曰溜；不告其人而私取其有若盗焉亦曰溜。不遇而贫若不幸而祸也曰否。空乏而不可支曰燋。作事之已甚曰孔。矜而自高曰乔。面勃然怒而不解也曰啍。其不色怿也曰丧。衣服什器时之所兢者曰兴。目料人之上下曰估。共事而偏得利焉曰采。一无所得者曰毛。强割人之有曰斫。逐人而驱之曰辗。人之戆而不慧者曰笨，或曰骏，或曰獃，或曰傻。性软而滞曰饧。其跳宕不驯谨曰浪。小儿之嬉戏曰顽、曰憨。淫泆曰嫪。音涝。貌寝而不扬曰矬。羸小可憎曰㑩。长无度者曰俊俦。事非耳目之常曰诧。一人而众人者丛而奉焉若蚁曰宗，或曰扛。家败而姑安之，事坏而姑待之，病亟而姑守之，凡皆曰脓。拚己所有以与人角胜负曰背。音卑。不当与而觊焉，附人以入之，曰雌。弥缝其事之阙失曰糊。人之被震恐而不能自立也曰散，或曰酥，或曰垆，或曰矮。不知其人之隐曲也，以言探出之，曰透。谩人与为人所谩也曰迷。知事与物可求之所而捷得之，曰锹，又曰挖。初非有所要质也，猝而与之遇，曰撞。冯怒而以语诟詈之也曰攫。其尽所欲言也曰捲。两心相怜曰疼，反是而交相背曰彼。无事而遨翔焉曰跄，音创。或曰幌。黄去声。老而拘滞不与时偶也曰简。其回曲不可方物曰鬼。又身之或见或隐也曰影。在数中幸而逃者曰卯，卯，冒也。觅人而抓梳求之曰爪。证人之辞也，坚不可移，曰咬。与人有桑中之期曰偷，相挑曰刮，相调曰掸，私合曰有，乍相近曰汤，久而益暱也曰热，摧折之使兴败而反曰扫。物宽缓不帖帖者曰儾。音囊，去声。若事之败而不可收拾也曰崩，又或曰裂。

## 方　言

南都方言，言人物之长曰媌条，美曰标致。蠲曰干净，其不蠲曰龌龊，恶绰。曰邋遢，曰腤臜，曰麋糟。言事之轩昂曰鏖鏖。上歇平，下遮。
有圭角曰支查。老成稳重。其轻薄曰姑妵。不雅驯曰蘳苴，腊上声，
查上声。曰朗伉，平声。曰磊砢，曰孟浪，曰矗蒲并反。铳，曰莽撞，曰粗
类，曰倔强，曰粗糙。其俊快可喜曰爽俐，曰伶俐，曰乖角，曰踢跳，曰
绣溜，秀溜。曰活络。其不聪敏者曰鹘突，曰糊涂，与上一也，音稍异。曰懵
懂，曰勹铎，音韶道，似当为少度，以无思量也。以中原音少为韶、度为道，字改为此。曰
温暾，似当为混沌，讹为此音耳。曰没汩，曰㑉浑，曰秃侬。修容止曰打扮。
形恶者曰睐臁。人之亡赖曰愈赖。言之多而躁曰喳哇，曰激聒，曰琐
碎，曰嘈噆下音匝，一作咋。曰囔咄，曰哗叨，曰的达，曰絮聒。其小语而
可厌曰呱哝，曰唧哝，曰唧嘈。謇而呻者曰哼唧。作事之不果决曰摸
挲，曰腌臜，曰乜斜，曰落索，曰塌僤。其捧物不敬曰奠奠，烈挈。曰蹀
躞。其败事曰郎当。人之豀刻者曰趷落，音各拉。曰疙瘩，曰嶔崟，曰
挽搭，曰刁蹬，曰雕锈，曰窭数。其果而窒者曰裂决。用财之吝曰拈
掐，曰寡辣，曰尴尬。能不彰著曰隐宿，其反是曰招摇，曰倡扬。或徜徉
也。人之贫乏曰褊短。勉强营为曰掤拽，曰巴结，曰扯拽。曲处以应
之曰腾那。辗转造端曰拐揣。恰相当者曰促恰。不合事宜曰差池。
与世乖舛曰趷蹬，曰蹭蹬，曰落魄。下音薄。其少精彩曰疙瘆，灰颓。或
曰萎蕤。威虽。败坏之甚曰垒堆。性坚执曰直纠。好搬弄曰翻腾，曰
估倒。自矜尚曰支楞，曰崚嶒。不分辨是非曰含胡。面羞涩曰腼腆。
一作眠娗。行不端徐曰踉跄。俱去声。交关人物曰瓜葛，或曰首尾；男女
之私相通者亦曰首尾。以事难人曰揉挲。人之发迹曰升腾。谈笑不
诚恪曰歆歆，希哈。或曰哈哄。阑入人中、事中曰夹插。扰人曰聒躁。
筹处事曰度量。上音刀，北韵也。检物用曰拾掇。以言从臾曰撺掇。拟
抑人曰挂擦，曰敦摔。旷大不拘束曰浪荡。音朗傥。物之细小者曰些
娘。娘，女之小者。事之有隙可指曰窟窆。其有归着曰挞煞，曰合煞，曰
与结。无破败者曰囫囵，曰团圞。不分别曰优侗。物事就理曰条直，
不了结曰拖拉，欲了不了曰丢搭。身之孤独曰伶仃。可憎曰臭厌。
其不爽洁烦污曰渍淖。刺闹。眼之视不定曰的历都卢。手之捉物曰扪
捄摸挲。身之失跌曰扑腾。入水声曰汩洞，或曰骨都。心之不快曰
懊恼。熬挠。笑之态曰嚱尿。上音迷，下音分。气勃郁曰蓬篜。渠除不能俯也，

上讹气。凡物之声急疾曰忽剌，又大曰硑磅，上普耕，下普行。曰飑飏，忽律。曰飚飚。或六。

<h2 style="text-align:center">谚　　语</h2>

南都闾巷中常谚，往往有粗俚而可味者，漫记数则。如曰："闲时不烧香，忙时抱佛脚。"曰："热灶一把，冷灶一把。"曰："办酒容易请客难，请客容易款客难。"曰："饶人不是痴，过后得便宜。"曰："人算不如天算。"曰："捉贼不如放贼。"曰："好男不吃分时饭，好女不穿嫁时衣。"曰："有麝自然香，何必当风立？"曰："日食三飧，夜眠一觉，无量寿佛。"曰："不看僧面看佛面。"曰："柴米夫妻，酒肉朋友，盒儿亲戚。"曰："强龙不压地头蛇。"曰："灯台照人不照己。"曰："酒在口头，事在心头。"曰："与人方便，自己方便。"曰："若要好，大做小。"曰："吃得亏，做一堆。"曰："恼一恼，老一老；笑一笑，少一少。"曰："牡丹虽好，绿叶扶持。"曰："锅头饭好吃，过头话难说。"曰："家鸡打的团团转，野鸡打的贴天飞。"曰："烂泥摇桩，越摇越深。"此言虽俚，然于人情世事有至理存焉，迩言所以当察也。

<h2 style="text-align:center">父　母　称　谓</h2>

留都呼父曰爹，迭平声。俗呼打，平声。或曰爷。吴人呼父曰爸。音霸。讹而为拜之平声。爹字又作奢，唐小说"皇后阿奢"，或又为爸。音播。《北史》称父曰兄，兄或又曰哥哥，闽人曰郎罢。留都呼母曰嬷嬷，字或作麽，音麽。又作麽，音同。俗又呼曰妈，或曰娘。吴人呼母曰媸。音痳，讹如埋。齐人曰阿婆，音迷。字又作娞，又曰嬭，音腻。字又作妳。六朝人称母曰姊姊，或曰家家。宋人曰姐姐，字或作媎。又羌人呼母曰妯，音与姐同，字又或作她。闽人曰郎奶。

## 南 唐 宫 阙

南唐故宫,在今内桥北,上元县中兵马司卢妃巷是其地。相传内桥为宫之正门所直,南宋行宫亦在此地,改内桥为天津桥。而桥北大街,东西相距数百步,有东虹、西虹二桥;东虹自上元县左北达娃娃桥,有石嵌古河遗迹;西虹在卢妃巷大西,穿人家屋而北达园地,亦有石嵌河迹。土人言:此南唐护龙河者是也。自卢妃巷北直走里许,又有一桥,亦名虹桥,而东虹、西虹两桥,北达之水环络交带,俱绾毂于此。想当日宫内小河四周相通,形迹显明,第近多埋塞,不复流贯耳。

## 南 唐 都 城

南唐都城,南止于长干桥,北止于北门桥。盖其形局,前倚雨花台,后枕鸡笼山,东望钟山,而西带冶城、石头。四顾山峦,无不攒簇,中间最为方幅。而内桥以南大衢,直达镇淮桥与南门,诸司庶府,拱夹左右,垣局翼然。当时建国规摹,其经画亦不苟矣。因思陈同甫言:台城东环平冈以为安,西城石头以为重,带玄武湖以为险,拥秦淮、青溪以为阻。而地当南唐宫之东北,在今上元县东北府军仓、花牌楼等地。陈鲁南《金陵图考》证六朝大司马门在中正街。按:六朝都城,东阻于白下桥,即今之大中桥也,中正街距大中桥甚近,台城偏倚一隅,恐难立止。记又言:六朝都城,北据鸡笼、覆舟等山。亦恐误。晋元帝、明帝、成帝、哀帝四陵,并在鸡笼山下,若城带诸山,恐无倚城起陵之理。余臆断六朝都城亦当如南唐,北止于北门桥之南岸,玄圃、华林、乐游诸苑,或是城外离宫,未必尽括城内也。

## 珍 物

果之美者:姚坊门枣,长可二寸许,肤赤如血,或青黄与朱错,驳莘可爱,瓤白逾珂雪,味甘于蜜,实脆而松,堕地辄碎。惟吕家山方幅十余亩为然,它地即不尔,移本它地种亦不尔。湖池藕巨如壮夫之臂,而甘脆亡查滓,即江南所出,形味尽居其下。大板红菱,入口如冰雪,不待咀嚼而化。灵谷寺所产樱桃独大,色烂若红鞞鞬,味甘美,小核,其形如勾鼻桃。园客曰:"此乃真樱桃也。"又鸭脚子,亦巨于它产,实糯而甘,以火煨之,色青碧如瑠璃,香味冠绝。秋深都人点茶,以此为胜。鱼之美者:鲥鱼,四月出,时郭公鸟鸣,捕鱼者以此候之。鱼游江底,最惜其鳞,才挂网,即随水而上,甫出水,死矣。鳞如银,纤明可爱,女工以为花靥。其次为河豚。形丑而性易怒,顾独爱五色彩缕,渔者系彩缕以钩,沉数十丈之下。豚见彩缕,群趋之,钩才着皮,辄勃然怒,腹脝脝反白,上浮水面矣。捕者手拾而掷舷中。燕尾者,独眼者,腌而不熟,与其子未经盐淹者,若血涤除未净、屋上尘堕者,食之皆能杀人。解之用芦笋,或橄榄、甘蔗,或曰鸭卵,生啖之良。刀鲚鱼,出水而死,类鲥鱼,头有长髭二。渔者言:鲚最爱髭,捕用丝网最柔,稍罥其髭,鱼辄伏不动,随网举矣。其次则玄武湖之鲫鱼,其脊黑而厚,鳞之在腹下者尤坚,大者可二三斤。顾以禁地,人间不恒有也。蔬茹之美者:旧称板桥萝卜、善桥葱,然人颇不贵之。惟水芹之出春初、蕹菜之出夏半,茭白之出秋中、白菜之出冬初,为尤美。白菜盐菹之,可度岁,周颙所谓"秋末晚菘"者,即此物也。若昔人称秣陵哀家梨与千里莼,今绝无此种。《南畿志》又纪聚宝山之石子,今亦绝少,其足堪东坡怪石供者,竟寻于六合灵岩山矣。

## 花　　木二十二则

牡丹、芍药与菊,此土多有之,顾多产自它郡邑。闻嘉靖以前,牡丹与菊之种仅五六品,近来品类始多。牡丹从江阴或亳州或陕中致之,芍药自扬州载而至。若菊,自卢苑马《东篱品汇录》成,搜求异种,不惮遐远,故所纪隃百余种,而菊之事为最侈矣。

宋人游九言,字允默,著《丽春花谱》,极言此花颜色之奇艳。按:此即今之罂粟与虞美人二花耳。罂粟花大而色少,虞美人花小而色繁，且妖丽变化，中秋播种于地，次年出，其花色多非曩所有者。造物之巧，于此一花，尤其特幻者也。

郑太守宣化官邵武，太守卒于郡，其家人携一榹子树至，植于狮子山之居，活而繁茂。后太守子上舍元炜移居南门，复并此树移而植于庭中。今此树高出于檐牙数尺矣，叶青翠可爱，冬日不凋，掐之作榹子香，可供瓶史，但未见结实耳。

三十年前，有人自闽中携佛桑花至者。余外舅王公咤以为奇，作诗咏之。顷年乃多有此。其花色绝艳美，红者瓣如襞红绉纱，又有淡红者，有赭黄者，有鹅黄者。开之日，首尾夏秋间可三月，第不能过冬。齐王孙国华曾为余言："冬日护持甚谨，而竟萎苶不得活。"

兰花，自建兰而外，有树兰，树可高三四尺许，枝叶类冬青，而柔碧过之。花如粟，缀于弱干上，始作青蕊，已放则色黄，香扑鼻如建兰。又有鱼子兰，似树兰而干柔可架，其花亦类之。又有朱兰，色红。道州兰，叶大，以初冬开。吊兰，无土而县之。贺正兰，以正月开，尤奇异。而建兰有二种，闽产则叶阔而稍短，江右产者叶长而狭，花之色香不逮闽，而俗皆名曰建兰。至土产兰，一干止一花，长止可三四寸，香色俱类建兰。又蕙草花繁，具白、紫二种，香不逮兰，二者宜兴所产尤胜。

椰子自广东至者多，顾未有见其生叶者。乙卯夏，姚臬副允初自琼管归，诒余椰子二枚，其一发芽如藕蕺，露半寸。余示客，咸诧所未见。沈五陵谓余以瓶土拥之，芽遂长二尺许，叶大类棕榈，初吐时，向冬犹挺然，春后遂萎。

芭蕉，本盛者冬日草苫，不使霜雪摧折，二三年间可花矣。花自中心抽一茎，长者至二三尺许，而钩曲下垂，其瓣自下倒卷，以渐而开，日止一瓣。瓣初微青碧，一二日稍黄，已则纯白矣。瓣中夹小蕊，白如水晶，含汁甜如蜜，可采而食之，名甘露。然蕉之开花者，次年即萎死，盖其气泄露太尽故尔。

鸡笼山五显庙中，有金莲宝相花，在殿台下。花数十年一开，余两见之矣。其茎上下相等，粗如巨竹，叶短如笋壳，包于外。花吐茎端，色大类芭蕉花，青、黄、白以渐而变，瓣中亦有甘露。第此花开在茎端，初不抽叶，与芭蕉异耳。始不知从何地来，余见其开时，一为甲戌，一为癸未，人间无二本也。

大内西华门里，内监传旧丞相府中有五谷树，实生五谷，每生一种，则其年此种必大熟。云自海外移至，报恩寺亦有一株，今不知在何处。

红豆树。牛首山东北有郑太监坟，坟有红豆树一株，干叶俱碧绿，结实如红豆，故以为名。

树之大而久者，留都所有，无逾于银杏，鸭脚子者是也。祈泽寺二株，云是六朝人植；牛首山一株，云是唐懒融时植；栖霞寺二株，云亦是六朝人植：皆大可数人合抱。而栖霞一株，结乳如石笋下垂，相传树千年始生，为尤奇。自此数株外，他木未有大而久者矣，乃知此木最寿，宜名为万年枝。俗传银杏开花以夜，人自未有见者。数年前，大报恩寺钟楼傍一株开花，满树如柳絮，人皆见之。

大红绣球花，中国无此本。沈生予令晋江时，海舶自暹罗国，携至以遗生予。生予载还，育之，数年遂萎。生予言：海舶所携多外国奇卉，而此花为尤。

静海寺海棠，云永乐中太监郑和等自西洋携至，建寺植于此，至今犹繁茂，乃西府海棠耳。

龙爪槐，蟠曲如虬龙拿攫之形。树不甚高，仅可丈许，花开类槐花，微红，作桂花香。

俗多言大树有神，其影照人宅辄兴旺。顾所照者，不在近而在远，在丹丘先生宅后一银杏，影在上新河某家，其家推步寻而至此，知其然也。又椿树之大者多奇异，先恭人曾于北门桥旧宅中，夏夜见邻人陈氏园大椿树，树杪五色，光如璎珞绥垂下，不可胜数，久之方灭。其家讫无他事。

山茶。此中二种：一单瓣，中有黄心，一宝珠，单瓣中碎小红瓣簇起如珠，故名。近又有一种白者，花亦如宝珠，色微带鹅黄，香酷烈，胜于红者远甚。

杜鹃花，殷红而繁丽，谓血泪染成，良有以也。吴中移至。此花开时，盛夏矣。过秋冬则萎，育之多不复活。

　　园圃中以树木多而且长大为胜。其最贵者，曰天目松，曰栝子松，曰婆罗树，曰玉兰，曰西府海棠，曰垂丝海棠，曰楸桐，曰银杏，曰龙爪槐，曰频婆，曰木瓜，曰香橼，曰梨花，曰绣球花，曰罗汉松，曰观音松，曰绿萼梅，曰玉蝶梅，曰碧桃，曰海桐，曰凤尾蕉。今南都诸名园故多名花珍木，然备此者或罕矣。

　　南都人家园亭，花木之品多者，如桃则有绯桃、浅绯桃、白桃；又扬州桃，花如碧桃而叶多；又有盒儿桃，以其结实核扁如盒也；又有十月桃、油桃、麝香桃，皆可种。李惟白花一色，而紫李与黄李异。梅自玉蝶、绿萼外，有深红、浅红梅，白梅；又蜡梅以花大而香为第一，磬口者是；其次则紫檀心而瓣团厚者；又一种小花，瓣尖色澹，香殊劣，名为狗蝇，品最下矣。碧桃有深红者、粉红者、白者，而粉红之娇艳，尤为复绝。海棠六种：第一为西府，第二为垂丝，第三为铁梗，第四为毛叶，第五为木瓜，第六为秋海棠。西府则天姿国色，绝世无双；垂丝则缥缈轻扬，风流自赏；铁梗有深红、浅红、蜜合、纯白四色，挺拔韶秀；毛叶果称富艳，木瓜独吐奇芬；至秋海棠，翠盖红妆，吟风泣露，阶傍檐下，尤倍生怜。总之，海棠无凡格也。他如牡丹、芍药、菊花，名品最多，不可胜载。

　　己酉而后，竹皆开花结米，旋即枯萎。先斑竹，后牙竹，后笙竹，至今则凡竹皆然。大园如西华门之郭府园，魏公之万竹园，皆一望成空矣。戴凯之《竹谱》言：竹六十年而枯曰䇄；又三年而复荣曰篧。今三年往矣，竹地之荒芜如故也。闻自江上下郡邑亡不然，意竹之气运当尔邪？可谓竹疫矣！

　　几案所供盆景，旧惟虎刺一二品而已。近来花园子自吴中运至，品目益多。虎刺外，有天目松、璎珞松、海棠、碧桃、黄杨、石竹、潇湘竹、水冬青、水仙、小芭蕉、枸杞、银杏、梅华之属，务取其根干老而枝叶有画意者，更以古瓷盆、佳石安置之，其价高者，一盆可数千钱。

　　凡庭畔阶砌杂卉之属，择其尤雅靓者，虞美人、罂粟、石竹、剪红罗、秋牡丹、玉芙蓉、蜻蝶花、鸳鸯菊、秋海棠、矮脚鸡冠、金凤花、雁来红、雁来黄、十样锦、凤尾草、翠云草、金线柳、金丝荷叶、玉簪花、虎须草为佳。至篱落攀援之上，则黄蔷薇、粉团花、紫心、白末香、酴醾、玉堂春、十姊妹、黄末香、月月红、素馨、牵牛、蒲桃、枸杞、西番莲之类，芬菲婀娜，摇风漏月，最为绵丽矣。

## 禽　　鱼十一则

穿花凤。万历初，观音门鲥鱼厂前朱家，见树上一鸟，身大如燕，尾长尺，首有缨，身文五色，粲然夺目，飞绕树中，不停集，不惧人，凡四五日始去。人不识为何鸟，或曰："此穿花凤也。"

红鹦鹉，沈生予自晋安于暹罗海舶携归。形如常畜绿鹦鹉而差大，金目，觜距皆淡红色，羽毛殷赤如腥血，警惠动人。按宋谢庄希逸为《赤鹦鹉赋》，袁淑见而叹曰："江东无我，卿当独秀。我若无卿，亦一时之杰也。"知此鸟昔人贵之。

锦鸡，万历三年，王藩幕元燿家畜于笼中，买之值五两。余从家中宪在襄阳，彼中此物甚多而贱，节时人以相饷，若今江南之野雉矣。

了哥，数年前，人自粤东笼至，求售于余。余恐其性不宜水土，且不惯调养，未畜也。毛色玄如鸜鹆，微瘦而长，觜距皆作澹红色，两目上有黄皮一道，如眉，性殊慧，鸣似自呼其名。

青鸾，大如鹤，形体亦似之，但色灰青耳，顶红而觜爪皆绿。下关税课司前曾一见之。

孔雀，旧罕有至者。近董方伯里蒙、张都金兰池，自粤中携归，畜之颇驯。而张家在虹桥北，孔雀构巢其屋上，亦曾生卵。

翠鸡。番人自粤东入贡，舶中有此鸡。形大略如常鸡，而毛羽如翡翠欲滴。此中争往看之。

黄鹦哥，亦前番人舶中物。色正如鹅黄，而娇腻过之。顶上毛一丛，有时奋发，则毛开敷如花，作澹粉红色，尤艳异。

白鹇，大于野鸡，其形正相似。觜距红色，毛羽内黑外白，白中间以石青纹如笔画者。于翁工部湛原宅见之，性警健甚。

大晨鸡。万历壬子，小人国入贡，舟泊石城。其人长可二尺许，绀发，绿睛，作反手字。有衣绿衣，多摺缝，方巾，与中国类者。所贡锦鸡凡四，青鸾一，白鹦鹉四。两大晨鸡，其一重五十斤，状类中国之雄,而身肥冠耸,高四尺许。

花鱼。旧止金鱼一色耳,近年有朱色如腥血者,有白如银者,有翠而碧者,有斑驳如玳瑁者,有透彻如水晶者,有双尾者,有三尾者,有四尾者,有尾上带金银管者,有解舞跃游泳而戏者,有斗者,故是盆盎间奇物。

## 笼 养

自段柯古有《肉攫部》载养鹰咮潄之法,今白下富豪之家、侠少之士,往往笼畜禽虫以供耳目、代博弈。畋猎:则有黄鹰,有鸦鹘,有鹞子,有鸧,或作鹒,二皆音松,似鹰而小,工捕雀者也。斗胜负,则有雄鸡、鹌鹑、促织、黄豆。言语,则有鹦哥、鸜鹆,或曰八哥。皆能效人言。八哥又能作诸禽语,第一效乌鸦声死矣,亦异事。画眉鸟,鸣最峭巧可听。又小鸟黄鬶色者曰必利,亦能效诸鸟,嗝啾有致。又有阿鹦,白翎,自北而至,不恒有。玩弄,则黄鹂、鸳鸯与鸽。鸽之最贵者,曰袍袖,曰点子,其形体雄异,毛羽整刷,翱翔矫捷,嬉舞空中,宜称曰决云儿,不止为半天娇矣。

## 鸟 兽 呼 音

留都呼马骡驴曰咄咄,呼犬曰啊啊,呼豕曰嚣嚣,呼羊曰哔哔,呼猫曰咪咪,呼鹅鸭曰咿咿,呼鸡曰喌喌,呼鸽曰嘟嘟。

## 登 览

白下山川之美,亡过于钟山与后湖,今为皇陵册库,游趾不得一错其间,但有延颈送目而已。其它在城中,则有六:曰清凉寺,曰鸡鸣寺,曰永庆寺之谢公墩,曰冶城,曰金陵寺之马鞍山,曰卢龙观之狮子山。在城外近郊,则有十四:曰大报恩寺之浮屠,曰天界寺,曰高座寺之雨花台,曰方正学祠之木末亭,曰牛首之天阙,曰献花岩,曰祖堂,曰栖霞寺之摄山,曰弘济寺,曰燕子矶,曰嘉善寺之一线天,曰崇化寺之梅华水,曰幕府寺之幕府山,曰太子凹之夹萝峰。此二十处,或控引江湖,或映带城郭。二陵佳气,常见郁郁葱葱;六代清华,何减朝朝暮暮。宜晴宜雨,可雪可风。舒旷揽以无垠,恣幽探而罔极。尝谓士生其间,情钟怀土,道感逝川,正可蜡屐而登,巾车而往,又何烦顿千里之驾,期五岳之游者哉!

## 七　　妙

陶秀实学士《清异录》载金陵七妙:齑可照面,饭可打擦台,馄饨汤可注砚,湿面可穿结带,饼可映字,醋可作劝盏,寒具嚼着惊动十里人。今犹有此数物。起面饼,以城南高座诸寺僧所供为胜。馄饨汤与寒具,市上鬻者颇多。寒具即馓子。醋绝有佳者,但作劝盏,恐齿齼,不禁一引耳。秀实又言,金陵士大夫颇工口腹,至今犹然,而饩啜家又竞称吴越间。世言天下诸福,惟吴越口福,亦其地产然也。

## 市　　井

南都大市为人货所集者,亦不过数处,而最夥为行口,自三山街西至斗门桥而已,其名曰果子行。它若大中桥、北门桥、三牌楼等处,亦称大市集,然不过鱼肉蔬菜之类。如铜铁器则在铁作坊;皮市则在笪桥南;鼓铺则在三山街口,旧内西门之南;履鞋则在轿夫营;帘箔则在武定桥之东;伞则在应天府街之西;弓箭则在弓箭坊;木器,南则抄库街,北则木匠营。盖国初建立街巷,百工货物买卖各有区肆,今沿旧名而居者,仅此数处,其它名在而实亡,如织锦坊、颜料坊、毡匠坊等,皆空名,无复有居肆与贸易者矣。城外惟上新河、龙江关二处,为商帆贾舶所鳞辏,上河尤号繁衍。近年以税重,客多止于鸠兹,上河遂颇雕敝,人有不聊生者。其人家产女旧多美丽,士大夫、土人之求妾者趣焉,近亦寥寥。时之盛衰,亦可叹也。

## 巾　履

南都服饰，在庆历前犹为朴谨，官戴忠静冠，士戴方巾而已。近年以来，殊形诡制，日异月新。于是士大夫所戴，其名甚夥：有汉巾、晋巾、唐巾、诸葛巾、纯阳巾、东坡巾、阳明巾、九华巾、玉台巾、逍遥巾、纱帽巾、华阳巾、四开巾、勇巾。巾之上，或缀以玉结子、玉花瓶，侧缀以二大玉环。而纯阳、九华、逍遥、华阳等巾，前后益两版，风至则飞扬。齐缝皆缘以皮金，其质或以帽罗纬罗漆纱。纱之外，又有马尾纱、龙鳞纱，其色间有用天青天蓝者。至以马尾织为巾，又有瓦楞单丝、双丝之异。于是首服之侈汰，至今日极矣。足之所履，昔惟云履、素履，无它异式，今则又有方头、短脸、球鞋、罗汉靸、僧鞋，其跟益务为浅薄，至拖曳而后成步，其色则红、紫、黄、绿，亡所不有，即妇女之饰，不加丽焉。嗟乎，使志五行者而有征于服妖也。折上之巾，露卯之屦，动关休咎，今之巾履将何如哉！

## 水　灾

嘉靖三十九年庚申，大水，江东门至三山门行舟。万历十四年丙戌五月初三日大雨，至十七日，城中水高数尺，儒学前石栏皆没，江东门至三山门亦行舟。三十六年戊申五月，江涛大溢，城中水泛滥，儒学棂星门亦淹没，余所居最高，门前水亦几至尺许，视前庚申、丙戌更甚，父老言闻见自所未有也。余有《金陵大水歌》绝句十首在集中。又传嘉靖十八年七月，大风卷水灌真州，漂失盐场数十处，人民死者亡算。其日扬子江水涸数十丈，金山至露其趾，尤为奇事。考前史，吴大元元年八月大风，江海泛溢，平地水数丈；东晋时涛水入石头者再，四坏大航；至义熙十一年，大水毁太庙，梁天监六年大水，涛入御道七尺。则六代时水患之烈，又有甚者矣。

## 米　价

嘉靖二年癸未,南都旱疫,死亡相枕藉。仓米价翔贵,至一两三四钱。时三年无麦,插秧后复旱,处暑前乃得雨,禾骤起,收获三倍,人始苏焉。万历十六年戊子夏,荒疫亦如嘉靖之癸未,死者亡算,南门司阍者以豆记棺,日以升计,哭声夜彻天。粳米价二两,仓米至一两五六钱。父老言,二百年来,南都谷贵,自未有至此者。忆《南史》侯景围台城,因食于石头仓,既尽,兵民无谷,米升值七八万钱,金陵米价之贵,至此极矣。因附记之。

## 正嘉以前醇厚

有一长者言曰:正、嘉以前,南都风尚最为醇厚,荐绅以文章政事、行谊气节为常,求田问舍之事少,而营声利、畜伎乐者,百不一二见之;逢掖以咕哔帖括、授徒下帷为常,投赟干名之事少,而挟倡优、耽博弈、交关士大夫陈说是非者,百不一二见之;军民以营生务本、畏官长、守朴陋为常,后饰帝服之事少,而买官鬻爵、服舍亡等、几与士大夫抗衡者,百不一二见之;妇女以深居不露面、治酒浆、工织纴为常,珠翠绮罗之事少,而拟饰倡妓、交结姅媪、出入施施无异男子者,百不一二见之。

## 风　俗

南都一城之内,民生其间,风尚顿异。自大中桥而东,历正阳、朝阳二门,迤北至太平门,复折而南,至玄津、百川二桥,大内百司庶府之所蟠亘也;其人文,客丰而主啬,达官健吏,日夜驰骛于其间,广奢其气,故其小人多尴尬而傲僻。自大中桥而西,由淮清桥达于三山街斗门桥以西,至三山门,又北自仓巷至冶城,转而东至内桥中正街而止,京兆赤县之所弹压也,百货聚焉;其物力,客多而主少,市魁驵侩,千百嘈哜其中,故其小人多攫攘而浮竞。自东水关西达武定桥,转南门而西至饮虹、上浮二桥,复东折而江宁县至三坊巷贡院,世胄宦族之所都居也;其人文之在主者多,其物力之在外者侈,游士豪客,竞千金裘马之风,而六院之油檀裙屐浸淫染于闾阎,膏唇耀首,仿而效之,至武定桥之东西。嘻,甚矣!故其小人多嬉靡而淫惰。由笪桥而北,自冶城转北门桥鼓楼以东,包成贤街而南,至西华门而止,是武弁中涓之所群萃,太学生徒之所州处也;其人文,主客颇相埒,而物力啬,可以娱乐耳目,膻慕之者,必徙而图南,非是则株守其处,故其小人多拘狃而龃龉。北出鼓楼达三牌楼,络金川、仪凤、定淮三门而南,至石城,其地多旷土;其人文,主与客并少,物力之在外者啬,民什三而军什七,服食之供粝与疏者,倍蓰于梁肉纨绮,言貌朴僿,城南人常举以相啁哳,故其小人多悴钝而塞陋。

上元在乡地,在城之北与东南,北滨江,东接句容、溧水。其田地多近江与山,硗瘠居其半,其民俗多苦瘁,健讼而负气。江宁在乡地,在城之南与西,南滨江,西南邻太平。田地多膏腴,近郊之民,醇谨易使;其在山南横山、铜井而外,稍不如,而殷实者在在有之。

# 浙　　兵

岁壬辰有倭警,远在朝鲜。时参赞大司马衷公议召募浙江义乌兵数千人,屯于南京龙江关地方,备倭也。倭事息,此兵遂不可撤。其人多趫悍,间有事故死亡,若归故土者,雇倩本地恶少年冒充之,而享其糈。地方毫无所益,而岁费钱谷几十万。才议撤,已飞语鼓噪不可听闻矣。尤可恨者,群聚剽市人之物,或公为劫盗奸乱,无所不至。有被其害鸣于官,官畏众嚣不敢问,甚且反笞被害者。又或三四人共取一妇,嬲而淫之,同人道于牛马。地方人谈之,颦眉切齿。余尝私计,江防既有旧营,此营真可无设。御之之法,或以渐分布江上要害地方,如新江营、浦口等处,四散其党,庶在此犹资其防守扞御之力,不至若今之屯聚而肆螫。如不能然,则惟有逃亡不补,久而需其尽耳。大校不过一二十年,其人可尽。昔张蒙溪司马因倭患立振武营,后卒兆庚申之变,深心为桑土计者,于此可毋虑哉!

## 壬　午

国朝壬午之事,建文皇帝逊位,自郑海盐、薛武进皆以为实。然至正统复出,移入京师大内云云,亦载于纪传。然余考之西山不封不树之说,毫无仿佛。使当时果有之,于时禁网业已渐弛,于洪熙之后何所讳,而人遂不一志其处也?且以帝之逊为真邪?龙而鱼服矣,凤而鸿冥矣,何天不可摩而飞,何地不可锸而葬?孝康之祀忽诸,又何所恋恋于京师一抔土也?弇州谓正统复出之说妄,直据史断之,其言良为有见。余又疑靖难师至日,搜宫捕奸,爬梳亡遗,当时谁敢指后尸诳以为帝者!纪又载葬帝以天子礼,夫礼以天子,陵寝今在何地?既不为置陵守冢,又何云"以天子葬"乎?此两说者姑以意逆之,存疑焉可也。顷有议者曰:"使帝当日端拱临朝,引周公弼成王以待成祖,不知成祖何以处之?"呜呼!此书生轻信之谈也。靖难起兵者何事而为若言!夫骑虎之势,可中下邪?且成祖即肯退而北面,而僧道衍、东平、河间之伦,亦必以"天与不取,反受其咎"之说进矣。若成祖因而听之,与后汉、后周之事何异!故余尝谓建文于靖难师起,手诏军中:"毋使万世而下,朕有杀叔父名。"及靖难师至,潜身远遁,又毋使万世而下,成祖有放逐名。真可谓三以天下让矣,是以成祖即大位之后,人言纷纭,不复诏天下大索者,或亦有以动其心也。如前所言,彼不见允爗等之贬死,建庶人等之禁锢乎?是其意果何为也,而为此迂远之论哉!

## 革　除

父老尝言,建文四年之中,值太祖朝纪法修明之后,朝廷又一切以惇大行之,治化几等于三代,一时士大夫崇尚礼义,百姓乐利而重犯法,家给人足,外户不阖,有得遗抄之地,置屋檐而去者。及燕师至日,哭声震天,而诸臣或死或遁,几空朝署。盖自古不幸失国之君,未有得臣民之心若此者矣。

## 五　三　绝

金陵昔称三绝者：瓦官寺宋戴安道手制佛像五躯，晋顾长康画维摩诘像一躯，晋义熙中师子国献玉佛，高四尺二寸，玉色洁润，形制殊特，殆非人工，称为三绝。清凉寺董羽画龙，李后主八分书，董霄远草书，称为三绝。灵谷寺晋张僧繇画大士像，李太白赞，颜鲁公《清臣书》称为三绝。又考瓦官寺陆龟蒙《古锦记》言，寺有陈后主羊车一轮，唐则天皇后锦裙一幅，又南唐时修讲堂鸱吻竹筒中得王右军告誓文，如是则瓦官又当有三绝也。若别论奇艳，吴赵夫人之机绝、针绝、丝绝，一人而兼之，尤为最胜。金陵有五三绝矣。

## 解　　道

南京留守中卫指挥、举武进士第一人解元家，有其先祖解道像，年二十许，乌纱矮冠，服高皇帝所赐衮龙袍，二军士持刀剑侍立，又有高皇帝御书"解道"二字，字用朱书，大不及一寸，纸高四寸许，长六七寸许。元父晓常言，道之祖与高皇帝微时有旧，即大位后召其人，问有五子，悉令从军，三子殁于阵，后二子亦死。高皇帝心怜之，命抱其孙至，为赐今名，手书予之。既书，问左右："字佳否？"中涓或对曰："道字差小。"高皇帝怒曰："道何得言小邪？"命斩之。授道为今官，长而职隶青州卫。高皇帝一日召问解老："而孙安在？"具言官山东。高皇帝立命兵部调京卫，时年甫弱冠耳。一日，道入朝，与张真人遇，真人于班中与道拱手。时禁百官入朝者不许行拱揖礼，纠仪者劾真人不敬。高皇帝召诘所以，真人对曰："臣不敢言，言则道死矣。"固问之，真人曰："道乃天上黑煞神，故臣为加礼耳。"高皇帝乃命道上殿，解大红团领衮龙袍赐之。道顿首谢。归至其家，未入室而死。此出王丹丘先生所记，且云其字家人以朱红盒子贮之，与像皆万历戊子仲夏十七日亲于解元家见者，言当不妄。真人云云，恐涉傅会，但衣之画以龙文,必有以也。

## 宝 船 厂

今城之西北有宝船厂。永乐三年三月,命太监郑和等行赏赐古里、满剌诸国,通计官校、旗军、勇士、士民、买办、书手共二万七千八百七十余员名;宝船共六十三号,大船长四十四丈四尺,阔一十八丈,中船长三十七丈,阔一十五丈。所经国,曰占城,曰爪哇,曰旧港,曰暹罗,曰满剌伽,曰阿枝,曰古俚,曰黎伐,曰南渤里,曰锡兰,曰裸形,曰溜山,曰忽鲁谟斯,曰哑鲁,曰苏门答剌,曰那孤儿,曰小葛兰,曰祖法儿,曰吸葛剌,曰天方,曰阿丹。和等归建二寺,一曰静海,一曰宁海。按此一役,视汉之张骞、常惠等凿空西域,尤为险远。后此员外陈诚出使西域,亦足以方驾博望,然未有如和等之泛沧溟数万里,而遍历二十余国者也。当时不知所至夷俗与土产诸物何似,旧传册在兵部职方,成化中中旨咨访下西洋故事,刘忠宣公大夏为郎中,取而焚之,意所载必多恢诡谲怪、辽绝耳目之表者。所征方物,亦必不止于蒟酱、邛杖、蒲桃、涂林、大鸟卵之奇,而《星槎胜览》纪纂寂寥,莫可考验,使后世有爱奇如司马子长者,无复可纪,惜哉! 其以取宝为名,而不审于《周官·王会》之义哉! 或曰:宝船之役,时有谓建文帝入海上诸国者,假此踪迹之。若然,则圣意愈渊远矣。

## 里 士 乡 士

洪武十九年六月二十日,诏赐耆老粟帛。京师、应天府、凤阳府民年七十以上,天下民年八十以上,赐爵里士。应天、凤阳民八十以上,天下民九十以上,赐爵乡士,与县官平礼,并免杂役。冠带服色,别议颁行。正官岁一存问。此爵似即今之寿官,而人多不知其名,即汉之三老公乘爵级也。

# 国 初 历 式

国初历,民间有藏者。其式与今不同,有袭爵受封、祭祀祈福、求医治病、乘船渡水、登高履险、收敛货财等件,通者曰宜,不通者曰忌,有甲子而无年号。按此恐是洪武未建元以前太祖为吴王时所刊行者。以后既建元,遵用授时历,则未有不纪年号者矣。

## 物 怪

万历十九年,三山民家产一黄牝牛,七足,腹下四足,脊上三足,皆软。前后窍各二。姚叙卿太守田在其地,亲见之。

万历三十九年八月二十四日,有人手持一物过余门,猪形也,顶上生一目,鼻长二寸许,云是磨房牝猪所生。

## 僻 姓

弇州《奇事述》,纪姓之奇僻者,在留京,则有麇,上元人,训导暖。邰,江宁人,御史清。相,上元人,知府迪。漆,江宁人,参议汝翼。乞,南京人,沁水令贤。八,江宁人,礼部主事通。《南畿志》又有达,江宁人,进士旺。迟,上元人,举人让。师,江宁人,举人政。简,上元人,举人澄。强,上元人,举人英,子推官毅。贝,上元人,知县春。又邰,上元人,知县杰。密,太医院人,举人琏。井,江宁人,举人康。宇,龙虎卫人,长史宾。蓝,江宁人,推官英。柴,骁骑卫人,知县虞。伊,上元人,知州伯。熊,向京卫人,举人镐。《京学志》又有乙,应天人,礼部郎中瑄。阳,上元人,主事清。卞,江宁人,举人安。雍,豹韬卫人,知州熙。浦,上元人,知府铺。芮,应天人,府同知鉴。桑,应天人,学正义。景,上元人,中允旸。邬,南京人,岁贡经。伊,上元人,御史敏。生,甘府军卫人,通判节,又评事观。符,京县人,训导嵩。蒲,京县人,岁贡璧。缪,京卫人,教谕仲选。丛,锦衣卫人,进士文蔚。阙，骁骑卫人，教谕近臣。而今考军官选册有指挥歹九经、解生麟，千户都相、辛荫，指挥哈勋，千户朵汝翼、左尚忠，指挥牟天祐，百户姬文举、干汝霖、敦应举，指挥修身，百户尚应和、承音、戡汝坤、南有贤，指挥阚承泽，百户回承荫、冀可久，指挥完应举，百户琴应龙、印汝璲，千户练承荫，百户束应龙、伏元吉，指挥满廷芝，百户昌名誉，千户蔚文科、伯彪、越光远，百户汝延龄，千户封德懋、言必中，百户麦时秀、明应高、磨继辅，千户浩义之，千户花正先、佴贞之，百户藥仕龙、水鉴，千户席武、莫仕强，百户艾承祖，指挥逯应科，千户索名世，百户佟应秋，千户燕拱北、钮梦吉，指挥社弘世，千户曲文礼，百户屈应武，千户平胡表，百户楚应魁、双应科、西京、甄国祥、单应科，千户戈演文，指挥谷惟高，千户鄬永年，指挥兰应兆，千户伦暹、宫志道，百户潜国荫、於国忠，千户冷仲仁、战必克，百户别承荫，指挥涂禹会，百户刁梦吉、门椿、母炊，千户花从善，指挥锁以忠、众心悦、铁柱，千户居承祖、藕应登、火既济、吉逢时、仝应爵。而闾里中又有为种、为危、为胥、为须、为巫、为殳、为呼、为奴、为银、为云、为端、为栾、为宣、为匡、为刚、为杭、为钦、为谈、为古、为邸、为米、为苑、为左、为党、为紫、为寿、为苟、为後、为昝、为冉、为凤、为侍，疑是侍其，乃宋进士侍其玙之后。为顿、为段、为寇、为沐、为鞠、为笪、为剌、为撒、为柏、为翟、为黑。它为余所未睹闻者，尚未之纪也。

# 卷二

## 两　都

户部郎龙溪谢彬志其部事,论曰:商迁五都,不别置员。周营雒邑,惟命保釐。汉唐旧邦,止设京尹。宋于西京,仅命留守。保釐、京兆,即今府尹是已。未闻两都并建六卿如今日也。说者以为京师者大众之谓,物无两大,权以一尊。故谓南吏部不与铨选,礼部不知贡举,户部无敛散之实,兵部无调遣之行,视古若为冗员。呜呼!是岂知国家之深计长虑哉?夫宫阙陵寝所在,六军城守之事,府库图籍之所储偫,东南财赋之所辐辏,虽设六卿以分理之,犹惧不给也,可以为冗员而轻议之?善乎丘文庄公有言:"天下财赋出于东南,而金陵为其会;戎马盛于西北,而金台为其枢。并建两京,所以宅中图治,足食足兵,据形势之要而为四方之极者也。"呜呼!得之矣。考永乐十九年始称南京,洪熙元年去之,正统六年复称南京,一时印信皆新铸给,然龟鼎虽奠于北,神居终表于南,且水殿之舟楫犹供,陪京之省寺不改,所以维万世之安,意固远也,岂前代旧邦可得而并论哉!即丘公亦特举其一端而言之耳。

## 佛　会　道　场

宋景濂学士记蒋山广荐佛会,有云:洪武五年正月辛酉昧爽,上服皮弁服,临奉天前殿,群臣朝衣左右侍。尚宝卿启御撰章疏,识以皇帝之宝。上再拜,燎香,复再拜,躬视疏已,授礼部尚书陶凯,凯捧从黄道出午门,置龙舆中,备法仗鼓吹,导驾至蒋山。癸亥日,时加申,诸浮屠行祠毕。上服皮弁服,搢玉珪,上殿,面大雄氏北向立,群臣法服以从,举行佛事。乐凡七奏,初善世曲,再昭信曲,三延慈曲,四法喜曲,五禅悦曲,六遍应曲,七善成曲。间以悦佛之舞,舞二十人,手各有所执,或香,或灯,或珠玉、明水,或青莲华、冰桃、名莛、衣食之物。事毕,上还大次,解严。先是,诏征江南有道名僧来复等十人诣京师,举行兹会。永乐中,上征尚师哈立麻于西番,寻命同灌顶大国师哈思巴啰等于灵谷寺建大斋,为高皇帝后资福,又命于山西五台寺资度仁孝皇后。哈立麻颇善法事,工咒术,其两会俱有佛光、庆云、金莲华、狮子瑞像之异,而上所自著《灵谷寺塔影记》,二日之内,凡现七影,其色或黄、或青,流丹炫紫,绀绿间施,锦绣错综,若琉璃映彻,水精洞明,若琥珀光,若珊瑚色,若玛瑙珲璪,文彩晃耀。若渊澄而珠朗,若山辉而玉润。若丹砂聚鼎,若空青出穴。若凤羽之陆离,若龙章之焱灼。若霓旌孔盖之飘摇,金支翠旗之掩映。若景星庆云之炳焕,紫芝瑶草之斓斑。若阳燧之迎太阳,方诸之透明水。若日出而霞彩丽也,雨霁而虹光吐也,岩空而电影掣也,闪烁荡漾,神动光溢。虽极丹青之巧,莫能图其万一;言语形容,莫能状其万一。至于铃索撞摇,宝轮层叠,雷瓦之鳞比,阑槛之纵横,玲珑疏透,一一可数。人之行走舞蹈,所服衣色,各随见于光中,若鸟雀冲过,树动花飞,悉皆可见。而天花雨虚,悠扬交舞,大者如杯,小者如钱。夫以二祖之神武戡乱,而独于善世法门,第一禅林,大报恩寺,表章构造,务极工力,其必有独契圣心,不可思议者矣。

# 铁 冠 道 人

《纪闻》言:太祖尝游鸡鸣寺,见刹宇高瞰大内,欲毁而更置之。铁冠道人令众僧迎诉。上问何以知之,曰:"铁冠道人语。"上异之,遂止。因召道人问曰:"今日我有何事?"对曰:"太子某时进饼。"时中秋日也,上命锁于房以验。及时,太子果进饼。上方食,思道人,遂以口所食饼赐之。比启镭,道人已失所在矣,留《蒸饼歌》于案以献,歌辞于靖难、土木之事一一明验。按道人姓张,名中,临川人也。史载上初起兵之日,道人见上,备陈天表之异,应在一千日内,而不言此。且鸡鸣寺乃上即位二十年命崇山侯就晋永康遗址重创,改名鸡鸣寺,其三门曰秘密关、观由所、出尘径，皆上命名，迁灵谷寺宝公法函瘗于山岜，建塔五级，每岁遣官谕祭。然则此寺之创，固圣心所经营者，何以又欲毁而更之，不可知也。

## 施　食　台

鸡鸣寺有施食台，石表高揭，前临大道，可以下瞰太学。俗传太学成，高皇帝于宫中喜其宏丽，孝慈欲一观之，以翟车不便幸学，乃建此台以备临眺。按此地自六代为战场，而太学之左右又为万人坑，前代刑人者投其尸于此，故地多鬼祟。既建寺，僧徒出入，晦冥风雨，黑气弥漫，往往有为所魔者。敕迎西番僧惺吉坚藏等七人建此台，结坛施食以度之，幽灵遂尔解散。嘉靖中，寺僧道果著台记甚详。夫祖训圣祖内政甚严，宁有中宫得幸佛刹之理，齐东野人之言，不足信也。

## 海　水　雪　景

海水雪景画壁，在灵谷寺。胡文穆公广以永乐三年至阳山观孝陵碑石，归至寺，同解学士大绅、金侍讲幼孜阅此，记称当时善画者所图，不知出何人笔。今殿与画廊俱圮。余于万历甲申曾阅之，其廊之壁上，荒葛断藤中，犹有遗迹，第寺僧谓是小仙吴伟笔，不知何所据也。至吕泾《野栴记》言，西廊观吴道子画折芦渡江及鸟巢佛印画壁，则又为无据矣。文穆公又言，寺僧出东坡诗翰，有元诸名公品题，又宋璲篆书《金刚经》，今亦不复闻，不知存否。画壁应是初建寺所有，不应至正嘉间，吴伟始为之画，云云者相沿误传耳。

## 王　谢　居　址

刘禹锡诗："朱雀桥边野草花，乌衣巷口夕阳斜。"按朱雀桥即朱雀桁也，地在今聚宝门内镇淮桥稍东；乌衣巷，当剪子巷至武定桥一带。是盖桃叶渡在武定桥之东，而大令有渡江迎接之歌，知其家于此也。今周子隐读书台下，旧为光宅寺，乃梁武帝故居，六朝士大夫故多家此。其地又名南冈，武帝评书语曰："南冈士夫徒尚风轨，不免寒乞。"正指是耳。偶闻友人论古事，以乌衣巷在今报恩寺右，西天寺前，傍重译桥者，是不知西天寺门所临之河，乃杨吴所凿之城壕，六代时未有此也。晋人多阻淮水，南北而居，故郭璞为始兴公占宅，有"淮水竭，王氏灭"之谶。陈末淮涸，而王氏之衣冠文物始尽。据此诸书，王谢故巷故不应远淮而向长干也。

## 陶镇葛乡

贞白先生，史记为秣陵人，今秣陵镇西有陶吴镇，云先生所生之地。又有吴姓与陶氏世居于此，故以名其乡。葛仙公亦生于此，今镇之东北，乡名葛仙，塘名葛塘，是其证也。葛仙公与陶先生俱栖真句曲，而方山又别有葛公炼丹池。自晋宋而后，仙迹彰显，惟二公为最，乃俱产自秣陵。金陵地肺，仙灵窟宅，岂独茅山而已。

## 稚川贞白相类

稚川与贞白志趣既同，博洽复伍，考其生平，多所符合。《晋书》稚川传云："洪少好学，家贫，躬自伐薪以贸纸笔，夜辄写书诵习。寻书问义，不远数千里。尤好神仙导养之法。既传玄业，兼综医术，凡所著撰，皆精核是非。有《抱朴子》百六十篇；所著碑、诔、诗、赋百卷，移、檄、章、表三十卷；神仙、良吏、隐逸、集异等传各十卷；又抄《五经》、《史》、《汉》百家之言，方伎杂事三百一十卷，《金匮药方》一百卷，《肘后要急方》四卷。"《别传》又言洪贫无童仆，篱落不修，常披榛出门，排草入室。屡遭火，典籍尽，乃负笈徒步，借书抄写，卖薪买纸，然火披览。所写皆反覆，人少能读之。《传》又言，洪博闻深洽，江左绝伦，著述篇章，富于班、马，精辨玄赜，析理入微。又云：稚川束发从师，老而忘倦。绅奇册府，总百代之遗编；纪化仙都，穷九丹之秘术。游德栖真，超然事外，全生之道，其最优乎？《南史》贞白传云："生四三岁,恒以荻为笔,灰上学书。读书万余卷,一事不知,以为深耻。虽在朱门,闭影不交外物,惟以披阅为务。朝仪故事,多所取焉。"又《上梁武帝书》云:"昔患无书可看,乃愿作主书史;晚爱隶法,又羡典掌之人。"尝言:"人生数纪之内,识解不能周流天壤,惟充恣五欲,实为可耻。"每以为"得作才鬼,亦当胜于顽仙"。又《梁史》载弘景所著《学苑》百卷,《孝经》、《论语》集注,《帝代年历》,《本草集注》,《效验方》,《肘后百一方》,《古今州郡记》,《图像集要》,《玉匮记》,《七曜新旧术疏》,《占候合丹法式》。又记有文集三十卷,内集十五卷。今有《华阳真诰》、《冥通记》、《登真隐诀》、《古今刀剑录》见行于世。梁邵陵王萧纶碑铭云:先生宝惜光景,爱好坟籍,若乃淮南《鸿宝》之诀,陇西地动之仪,《太乙》、《遁甲》之书,《九章》历象之术,幼安银钩之敏,允南风角之妙,太仓《素问》之方,中散琴操之法,咸悉搜求,靡不精诣。爰乃羿射、荀棋、苏卜、管筮,一见便晓,皆不用心。张华之博物,马均之巧思,刘向之知微,葛洪之养性,兼此数贤,一人而已。陈江总文集序云:"德行博敏,孔室四科;经术深长,郑门六艺:先生备斯众美。至如紫台青简,绿帙丹经,玉版秘文,瑶坛怪牒,靡不贯彼精微,殚其旨趣。"又司马子微碑阴记云:"心若明镜,洞鉴无遗;器犹洪钟,虚受必应。是以天经真传,备集于昭台;奥义微言,咸诀于灵府。纂类篇简,悉成部帙。广金书之凤篆,益琅函之龙章。阐幽前秘,击蒙后学。若诸真之下教,为百代之名师焉。"与稚川博涉,大都相似。而史载稚川化时,年八十有一,视其颜色如生,体亦柔软,举尸入棺,轻如空衣。世以为尸解得仙。而昭明太子为贞白墓铭碑言:"贞白以大同二年三月十二日蝉蜕于茅山朱阳馆,春秋八十有一。屈伸如恒,颜色不变。"始终与稚川殆无一不同者。独稚川晚求句漏,贞白早辞神武,稍为有间耳。《尚书故实》载司马子微形状类陶弘景,唐玄宗谓人曰:"承祯,弘景后身也。"

## 王顾二公像赞

《弇州先生集·吴中往哲像赞》,于太保襄敏王公曰:"王徙金陵,而始吾吴。积庆百年，始钟大夫。厥才有余，而识亦如。宽然长者，不疾不徐。孝养既终，端公服除。朏仕华阶，悬席若虚。玄圭告成，遂参庙谟。控制万里，为国储胥。师中三锡，围玉纡朱。高冢祁连，返魂故都。既以全归，复永令誉。"于司寇顾公曰："弘正之间，天昌厥辞。李、何倡之，边、王翼之。跉跰中原，江左其谁？昌谷后劲，公乃先驰。绵丽才情，纡徐矩规。六季风流，鲍、庚庶几。"二公之家皆吴产，国初以富户阊右徙实京师者也。

## 旧　　匾　　字

清凉广慧寺德庆堂榜，南堂后主撮襟书。

摄山妙因寺额，南唐徐铉书。

金陵幕山楼台榜，关蔚宗书。米芾云："想六朝宫殿榜皆如是。"

王荆公定林昭文斋，米芾书。

钟山第一山亭额，米芾行书。

栖霞寺匾，宋人书，或云仁宗赐额。

雨花台总秀堂匾，宋王埜书。

府学"泮宫"二字，朱文公行书。

凤皇台揽辉亭榜，朱希真隶书。

景定、清化诸桥榜，皆马光祖书。

博雅堂匾，宋张即之书，在今何参岳湛之所。

多福寺额，元翰林学士赵孟頫书。

宁寿堂匾，前二字赵松雪书，"堂"字金元玉补，在姚元白家。

佘村玉皇观壁间"松菴"二隶字，大德间状元王龙泽书。

国初宫殿诸榜，詹希源正书。

府部列寺寺观及诸牌坊，皆詹希源书。

太学门堂榜，詹希源正书。

大报恩寺榜，朱孔旸正书。

碧峰禅寺榜，乃紫芝黄谦正书。

燕子矶水云亭、大观亭匾，中允景旸篆书。

天界寺万松庵匾，仲山王问行书。

许奉常家会元坊二字，徐霖书。

许奉常家诒榖堂匾，金琮书。

孙茂林家壶隐堂匾，邢一凤篆书。

报恩寺三藏殿、娑罗馆匾，济宁于若瀛书。

永庆寺招隐堂匾，李登钟鼎篆书。

## 樱　桃　园

嘉靖乙卯夏，倭三十六人抵南郭外之樱桃园。部遣官兵数百人，帅以指挥蒋钦、朱湘御之。时天暑，士皆解衣甲避暍庐中，若大树下，官袒裼呼卢饮，不虞倭之猝至也。倭徐以数人衣丐者服，若荷担者来，官兵问："倭至乎？"应曰："远未至。"益弛而不为备。已数十人突持刃大呼而前，其便旋如风，士袒踞而受歼。先是，二官掘大坎深丈阔数尺者于营后，防卒之奔。至是，奔者皆堕坎中，累累积几满。倭不及刃，取所贮火药倾其上爇之，须臾皆糜烂死。倭徐徐引去。二兵官以阵亡闻。承平久，人不知兵，执戈而出，声嘶股战，势固然也，矧将又不知兵，何惑其以卒予敌。何元朗《四友斋丛说》备纪其事。虽然，兵岂有不战而自精者哉！

## 营　兵

旧制：京营兵十万有奇。今大教场营见存兵止六千有奇，小教场营兵止九千一百有奇，神机营兵止二千五百有奇，巡逻游巡营兵止三千六百有奇，新江口营兵止五千八百有奇：皆旧所立营也。倭变朝鲜，添设陆兵营兵一千八百，水兵营一千七百；又因妖人刘天绪变，兵部添设标营，颛属参赞，营兵一千三百有奇：此近年所立营也。大都旧营徒手寄操居什之二，老稚疲癃居什之九。新营近亦强弱居半，概不足恃。若江北浦口营兵二千名，池河营兵三千名，皆名存实亡。以国家根本重地，营卫如此，是可不为深虑哉！

## 勾军可罢

南都各卫军在伍者，余尝于送表日见之，尪羸饥疲色可怜，与老稚不胜衣甲者，居其大半。平居以壮仪卫、备国容犹不足，脱有事而责其效一臂力，何可得哉？其原由尺籍皆系祖军，死则必其子孙或族人充之，非盲瞽废疾，未有不编于伍者。又户绝必清勾，勾军多不乐轻去其乡，中道辄跳匿，比至，又往往不耐水土而病且死。以故勾军无虚岁，而什伍日亏。且勾军之害最大，勾军之文至邑，一户而株累数十户不止。比勾者至卫所，官识又以需索困苦之，故不病且死，亦多以苦需索而窜。少冶先生尝议："法穷必变，弊久当更。诸军在国初以什伍隶籍京卫者毋论，即当年为法佥充。今历二百四十余年，法已不啻尽矣，何必株累其故土之族属，与无辜之亲戚为也？执亲戚佥补之议，遂使钱荷赵枷，李戴张帽，转攀郡邑，苦累不堪，是岂可不为长计哉！"余私谓今日生齿最繁，军民之家膂力强壮者尽众，除祖军有人充当外，一遇缺伍，出榜招募，不问军余民丁，但有能投石超距、弯弩蹴张者，即以所缺军粮廪之。分别名色，祖军为老军，召募为新军，相间而成伍。五年一小阅，十年一大阅，有老病者汰之，作奸犯科者汰之，重为召补。有不愿充而告退者听，而又密队伍教练之法，严卫所剥削之禁，久之当什伍不患于减炊，而壁垒必为之变色矣。

## 召募十便

年力强壮者入选，老弱疲癃毋得滥竽其中，便一。遇有缺伍，朝募而夕补，不若清勾之旷日持久，便二。地与人相习，无怀故土逃亡之患，便三。人必能一技与善一事者，方得挂名什伍，无无用而苟食者，便四。汰减之法，自上为政，老病不任役者弃之，不若祖军替顶有贿官识而隐瞒年岁者，便五。部科遴柬，一朝而得数什佰人，贪弁不得缘以揸勒需索，便六。有事而强壮者人可荷戈，不烦更为挑选，便七。家有有力者数人，人皆得为县官出力，不愿者勿强也，便八。壮

而不能治生产者,得受糈于官,无饥寒之患,便九。猛健豪鸷之材,笼
而驭之,毋使流而为奸宄盗贼,便十。

## 南京水陆诸路

金陵绾毂两畿,辐辏四海。由京师而至者,其路三:陆从滁阳、
浦口截江而抵上河,一也;水从邗沟、瓜洲溯江而抵龙潭,二也;从銮
江、瓜埠溯江而抵龙江关,三也。由中原而至者,其路三:从寿阳、濡
须截江而抵采石,一也;从灵璧、盱眙而抵乌江,二也;从皖之黄口截
江而抵李阳河,三也。由上江而至者,其路三:陆从采石、江宁镇而
抵板桥,一也;从姑孰、小丹阳而抵金陵镇,二也;水从荻港、三山顺流
而抵大胜港,或径抵上新河,三也。由下江而至者,其路五:陆从云
阳走句曲而抵淳化镇,一也;京口起陆过龙潭而抵朝阳关,二也;舟至
栖霞浦,走花林而抵姚方门,三也;水从京口溯江而抵龙江关,四也;
又陆从湖州、广德、溧水而抵秣陵镇,五也。

## 前辈乡绅武弁

嘉靖乙酉,许石城先生举于乡,往谒乡绅御史何公钺,公待茶不
命坐,立饮而退,不以为倨也。辛卯,殷秋溟先生举于乡,谒卫之掌印
指挥朱某,朱待之礼,几如何公,不以为侮也。王少冶先生为锦衣卫
人,居林下,卫有镇抚王某向先生贷银数十金,先生如数应之,不以为
贪也。今日财通句读,甫列黉校,前辈长者固已伛偻下之。至武弁之
管卫所篆者,在衿裾视之,直以供唾洟而备践踏矣。呜呼,古今之不
相同一至此哉!

## 巡　逻

南都旧无巡逻马步军。相传正德以前,间里间窃盗颇少,至强盗
尤稀闻。嘉靖末年而剽劫从横,见任士大夫有被其害者,乃始奏置巡

逻官军，自此各街巷要处皆有队伍。一有警迹，传哨四路，飞马赴之，盗多畏避。自后法久渐弛，官军偷惰，浸不如前。迩年复议撤马军营操，地方防御益单，盗贼益肆矣。余谓营操不过霸上、棘门之儿戏耳，有何实用？正宜使其哨守地方，提防盗贼，犹不至虚豢此马也。顷稍议买马拨补其半，而巡捕官又创为海巡之议，撤各队马随班于所驻之衙门，或有径行卖放者，马军竟不能复。一遇大盗，区区三四步军，望风奔迸安能扞御？可为深虑。

## 南 宋 建 都

南宋建都，首建康，次临安。然尝据当时事势衡之，欲恢复中原，进取淮颍，固宜坐建康以便经略。故李纲请高宗去越而幸建康以此。至欲建立宗庙社稷，稍图安居，则在高宗时，建康不如临安之为巩固矣。盖建康既无淮泗，与虏仅隔一江而居，烽烟之警，无日无之，六宫百官，何以安处？临安则北有宣、歙为之屏蔽，东南有闽、广为之苑囿，西有平江、金陵为之扞卫，东有大海为之崄岨，而地号膏腴，财赋所辏，以建康校之，不及多矣。此南宋所以不终都建康也。说者必谓其偏安之非，恐为目论。或谓孙吴、东晋何以都此而安，余曰：吴、晋都建康，其守在寿阳与徐、楚，与宋势异。

## 金 陵 古 志

齐山谦之《丹阳记》，陶季直《京都记》，元广之《金陵地记》，唐许嵩《建康实录》、《六朝宫苑记》，宋沈立《金陵记》，史正志《乾道建康志》，吴琚《庆元建康志》，溪园先生周应合《景定志》，元戚光《集庆续志》，奉元路学古书院山长张铉《金陵新志》。又宋张敦颐《六朝事迹》，吴彦夔《六朝事类别集》，王㴃《六朝进取事类》，张参《江左记》，叶石林《上元古迹》，洪遵《金陵图》，朱舜庸《建康事》十卷。又不知作者姓名《江乘记》，《丹阳尹录》，《苑城记》，《金陵六朝记》，《秣陵记》，《建康宫阙簿》，《金陵故事》。又宋《江宁府图经》。

# 形　　势九则

江默曰：自淮而东，以楚、泗、广陵为之表，则京口、秣陵得以蔽遮；自淮而西，以寿、庐、历阳为之表，则建康、姑孰得以襟带表里之形。合则东南之守不孤，此形势攻守之大规局也。

宋元嘉二十七年，魏人声欲渡江，文帝大具水军为防御之备，所遣戍守将领军将军刘遵考等数十人，所守地曰横江，曰白下，曰新洲，曰贵洲，曰蒜山，曰北固，曰西津，曰练壁，曰谯山，曰薄落，曰采石。皇太子出戍于石头，徐湛之守石头仓城。

齐建元元年，魏主宏闻太祖受禅，发众入寇。明年，众军北讨。初，寇至，缘淮驱略，江北居民，犹惩狒狸时事，惊走不可禁止。乃于梁山置二军，南置三军，慈姥山置一军，烈洲置二军，三山置二军，白沙置一军，蔡洲置五军，长芦置三军，徐浦置一军以备之，魏不能攻。

魏文帝尝至广陵，魏狒狸军尝至瓜步，石季龙尝至历阳，石勒寇豫州至江而还，皆限于江而不得骋者也。黄巢以奇兵八百泛舟即渡，吴人有"北来诸军乃飞过"之语。韩擒虎以五百人宵渡采石，守者皆醉，遂袭取之。曹彬师下江南，以樊若水言采石矶引巨缆，浮梁济师，如履平地。此则人不能守险，与敌共之，而孙忌称长江当十万之师，无所用矣。

曹操初得荆州，说者谓："东南之势可以拒操者，长江也。操既得荆州，则长江之险已与我共之。"独周瑜谓："舍鞍马而仗舟楫，非彼所长。"赤壁之役，果有成功。

晋人伐吴，王濬楼船自益州而下，直抵建康。初，羊祜之言曰："南人所长，惟在水战。一入其境，长江非复所用。"它日成功，略如祜言。

符坚自项城来历阳。侯景自寿阳移历阳，孙恩自广陵趋石头，王敦自姑孰渡竹格，苏峻自横江取小丹阳，侯景自采石向慈湖，韩禽虎自采石屯新林，贺若弼自广陵断曲阿，曹彬自采石取新林，兀尤自乌江度马家渡。考前世盗贼与南北用兵，由寿阳、历阳来者什之七，由横江、采石渡者三之二，至于据上游之势以窥江左者，未论也。

自建康至姑孰一百八十里，其险可守者有六：曰江宁镇，曰砌沙夹，曰采石，曰大信口，曰芜湖，曰繁昌。又曰：采石渡江阔而险，马家渡江狭而平，相去六十里，皆与和州对岸。又曰：和州乌江县界，可自江北车家渡径冲建康府之马家渡；滁州全椒县，可自江北宣化渡径冲建康府之靖安镇。又泗州盱眙有径小路，由张店上下瓦梁、盘城，亦自径至宣化渡，不满三百里。兀朮曾于此路来，至六合下寨，又自上瓦梁下船，直至滁河口可以入江。

元人万户府镇守地界，自东而西起溧阳州，曰急水港，曰老鹳嘴，曰观山，曰撅河口，曰韩桥，曰新开河，曰大城港，曰三山矶，曰砌沙夹。观以上所记，而古今金陵控制之略，思过半矣。

## 快　　船

快船之害各卫军，至万历初年极矣。修船，则有赔贩之苦；编审，则有需索之苦；出差在各干涉衙门，则有使用之苦；中途，则有领帮内官索打帮钱之苦；卒遇风水不测，则有追陪罪罚之苦；役之轻重总于卫官，则又有非时勒胁诛求之苦。以故卫人语及快船，无不疾首蹙额。盖有千金之家财，出一差而家徒四壁者矣。万历十四年，驾部倪君博采公议，将快船改同马船事例，额减为五百只。官募江、济二卫人驾之，而总计每船每年出差物力应费之数，均摊派算，每船计一年约用银三十两。而于旧日各卫领船之丁，衰多益寡，每船定派一百丁，每丁出银三钱，以供一船一年之费。而认丁之法，止计物力，不计人口，富者或一人而认二三十丁，贫者或二人而共一丁，大约如田土条编之法而制加详，计每年输银兵部一万五千余两。疏奏，得旨允行，于是百年之积困，一朝顿苏。卫之应快船役者，家家如脱汤火，愿子孙世世祷祠倪君，不敢忘矣。第此法行后，卫弁于正编之外，不敢擅役一人，不能别需一钱，往往愤恨倡言，思有以乱其成法。及计不得行，又设为运军逋窜、掣丁帮运之论，以动当事者。不知即使果有窜者，亦千百中之一二耳，何补于运？且卫之四役，自操备外，屯田、修仓、快船、粮运,各有司存,原不相涉,何得牵此合彼,借以伸其鱼肉之计哉!矧所编之丁一掣,则所认之银随减。掣一富者,而所认数十丁之银于谁处补?是掣丁之利,未及于运,而其害快船已先受之也。且以二役校之,快丁乃出银雇人为朝廷供役者也,运军则朝廷自出银米,雇其应役者也,故快丁以出水为苦,而运军以改折不出水为苦,一权度而明如指掌矣。

## 运　　船二则

　　自兑运变而为长运,计每米一石兑军,除正数外,既有加耗之米矣,又有过江盘费之米矣。而运船则官造也,且篷桅锚缆等项官给之,搬垻起浅诸费官给之,况每军有行粮之赏,每船又有许带土宜若干石之利。国家为挽漕计,所以优恤运军者厚矣,何至忧不给哉?而亡奈夫军之自为奸也。盖有刁顽亡赖之人,一到水次,则妻子衣食之需、酒肉之费,一一取给于米,甚而逋负之物、嫖赌之具,皆悬指所兑之米以充之。兑米未收,随数分散。又甚则利粮里之金,虚收实数者有之;又甚则私受其金,听粮里自以水土搀和,计百石不满六七十石者有之。未离水次,粮数固已亏矣,比至中途,如前诸费,又尽以米或捐或卖以充之。彼自计所亏之粮可补,则微幸牵扯那凑以抵湾。不可补,则尽贸余米,凿船沉之,托言漂流,与脱身而窜者,亦有之矣。比入仓挂欠,则赔补鞫讯,曾未有舍官而问军旗者。常见运官系狱拟罪,扣俸卖产,累岁不归,累世不结,而旗军方且再领新运,扬扬无事,后运官方以新运为急,明知其然,莫敢呵问。呜呼,可恨哉!在京挂欠之法,既严于官而宽于军,且在途钤辖之法,或又密于官而疏于军。以官诇军,什不得一;以军诇官,什得八九。以是运官日困而运军日刁,至应领运之官有涕泗祷祀求免于行而不可得者。呜呼,可怜哉!谁实使运官之饮血吞声,苦于无告,至此极也。而其中之蒙不省悟者,不求其本,乃徒欲掣修仓、屯田、快丁之殷实者以帮之,不知三役之丁,岂尽殷实?即使掣其殷实,所补几何?杯水车薪,讵弭烈焰?割人肥己,谁则能甘?然则运事终不可为邪?余谓今日诚能如万历初年,十月兑粮,二月过洪,以避河水之泛涨,则漂流之害可免。诚洞烛刁军之弊,水次中途加意提防,则侵牟私鬻之害可免。诚分别挂欠在官在军之罪,使各有所归,则偏累运官之害可免。而又择领运之官,务求其才之足以统众,与守之足以自持者,而不拘近日更番一定之例,则贫军不苦于诛求,刁军有所畏而不敢肆,即肆而犹不至于决裂而不可收拾,此又根本之要图。匪是,吾未见漕事之可利而无害也。

运官之甫受委也,有办行李、执事、轿伞之费;至水次,有交际之费;领帮大总,有赆见下程之费;每该漕运衙门吏书,有常例之费:此者取资于运军扣除行粮银两以充者也。而一切常规,决不可少,武弁多贫,何所措办?故官银未领,则借贷以应需;既领,则加利以偿贷。无船不然,无官不然。如是,即使官不用一钱,所去已不訾矣,用安得不绌?此一端也。遇有州县官偏护本处百姓,米色水湿者,土搀者,强运官收之。不收,则惧有刁�生事之谤;收之,则每石一经簸晒,折去不啻什之三四矣。起纳时安得不欠!此又一端也。若夫不肖之官,以官银入手为己物,间有身未出门即用行粮大半者,有与旗军共作弊、受粮里银收米滥恶者,有共盗卖正米者。官既如此,安问旗军!此又一端也。兑粮既迟,五六月河、淮水发,傥运者或求欲速,间令漫帮,争先角逐,因而失事者有之。此又一端也。若夫风水之变异,卒然遇之江河间,有人与船同委于洪涛巨浪者,此又天时适然,非人力矣。

## 议　籴

金陵百年来谷价虽翔贵,至二两,或一两五六钱,然不逾数时,米价辄渐平,从未有若西北之斗米数百钱,而饥馑连岁,至啮木皮、草根、砂石以为粮者,则以仓庾之积贮犹富,而舟楫之搬运犹易也。惟仓庾不发,而湖广、江西亦荒,米客不时至,则谷价骤踊,而人情嗸嗸矣。顷岁田亩收薄,人以为忧,当事者有出库金籴米、平价零卖之举,人甚称便。余谓所籴有限,所卖亦有尽。且召买之人,富家以恐赔累不敢承当,而愿出身领银买米者多空乏之人,银一入其手,不免有花销与迁延、拖欠及挽和之弊。若将仓粮酌量放一二月,则城中顿有十余万米流布地上,米价自平,而待哺者必众。以此为当事言之,值岁二月,例当放银,大司农易之以米,而谷价遂大减。前此亦尝以此法行之,故二十年来虽水旱荐臻,小民犹恃以无饿莩,不可不知所自矣。

## 水　利

王敬所中丞海运之议,谓:"京师有海为大利,海运通,能如元之用朱瑄等,则咽喉之梗与河之利害,可毋患。且以京师据天下之首,俯而蹈乎中原,窥左足而资粮于海,所谓从肘腋间取物者也。"又曰:"唐都长安,有险可依,而无水通利。有险,则天宝、贞元乘其便,无水,则会昌、大中受其贫。宋都汴梁,有水通利,而无险可依。有水,故景德、元祐享其全;无险,故宣和、靖康当其害。"可为笃论。然要而论之,唐不如宋,宋不如今之京师,而京师又不若南都,何也?京师惟有潞河与海可以挽漕耳,且河势逆而海势险,南都则长江上下皆可以方舟而至,且北有銮江、瓜洲,东有京口,而五堰之利或由东坝以通苏、常,或由西坝以通宣、歙,所谓取之左右逢其源者也。自古都会之得水利者,宜亡如金陵,惟思所以固守其险,则可与京师并巩固于万年,而唐、宋真不及万万矣。

## 力　征

留都力征之法,有大不均者,军家自营操屯操外,粮船、马船、驾运、编丁、修仓、巡逻盖亡人不受役也,非仅仅以田地课税而已。民家则惟有田地者计粮编丁,非是,即巨万之家,曾无一丁之役,比于支离之攘臂不受功矣。虽有坊厢之役,然惟在版籍者应之,而流寓之在籍外者,固不胜数也。且田粮之丁有限,或家有仕宦,即编审时,数十年曾不得加一丁。故粟米之征平,而力役之征,则民与军异,民之无田者与有田异,有田之流寓者与土著异。尝谓晋渡江后,中原士民,类多侨寄,后诏实县户,毋许立白籍,恐亦宜稍仿而行之,且许有坟墓房屋。久居都邑者,得比实籍。如先年司马侍御题奏,比照宛、大二县事例,查出流移人户年久者,编入两县坊甲,附籍当差,其暂来开典等户,比照湖广、荆州排门夫例,富客每季出役银或二两、一两五钱不等,庶不至使版籍之民与有田土者长被偏累之苦也。

## 坊　厢　乡

国初徙浙、直人户,填实京师,凡置之都城之内曰坊,附城郭之外者曰厢,而原额图籍编户于郊外者曰乡。坊、厢分有图,乡辖有里。上元之坊,曰十八坊、十三坊、十二坊、织锦坊、九坊、伎艺坊、贫民坊、六坊、木匠坊。东南隅、西南隅厢,曰太平门厢、三山门厢、金川门厢、江东门厢、石城关厢。其乡曰泉水乡、道德乡、尽节乡、兴贤乡、金陵乡、慈仁乡、钟山乡、北城乡、清风乡、长宁乡、惟信乡、开宁乡、宣义乡、凤城乡、清化乡、神泉乡、丹阳乡、崇礼乡。江宁之坊,曰人匠一坊、人匠二坊、人匠三坊、人匠四坊、人匠五坊、正西旧一坊、正西旧二坊、贫民一坊、贫民二坊、正南旧二坊、正东新坊、铁猫局坊、凤皇台下、正南旧一坊、正西新坊、正西技艺坊。厢曰城南伎艺一厢、城南伎艺二厢、仪凤门一厢、仪凤门二厢、城南人匠厢、瓦屑坝厢、江东旧厢、城南脚夫厢、东城下。江东新厢、清凉门厢、安德门厢、三山旧一厢、三山旧二厢、三山伎艺厢、三山富户厢、石城关厢、刘公庙厢、神策门厢、毛公渡厢。其乡曰凤东乡、凤西乡、安德乡、菜园务乡、新亭乡、建业乡、光宅乡、惠化乡、处真乡、归善乡、铜山乡、朱门乡、山南乡、山北乡、泰南乡、泰北乡、随车乡、万善乡、驯犎乡、永丰乡、葛仙乡。

## 户　　口

上元,洪武初户三万八千九百有奇,口二十五万三千二百有奇。正德八年,户二万九千一百六十有奇,口一十三万五千八百有奇。万历二十年,坊厢户六千一百二十九丁,船居户五百九十八丁,里甲户二万九百九十丁,总计口二万七千七百有奇。江宁,洪武二十四年册户二万七千有奇,口二十二万有奇。成弘以来册户五千一百一十二,口一万一千二百有奇。正德十年册户四千二百一十,口九千五百一十;畸零客户九百二,口一千七百三。万历二十年户三千二百三十九,回回、达人户九,口九千二百三十,里甲户一万四千三百四十二,口一万四千四百五十四。总计二县人户丁口视国初十不逮一,所以者何?《志》谓自洪武中已拨沙洲乡民北隶江浦,永乐北建,大半随行。是后徭赋滋繁,逃亡渐夥。且自嘉靖中年,田赋日增,田价日减,细户不支,悉鬻于城中,而寄庄户滋多。寄庄田纵甚多,不过户名一丁,后或加一二丁,人且以为重役。其细户田既去,则人逃,即不逃而丁口不复隶于图册,其日削势固然也。总之,今日赋税之法,密于田土而疏于户口,故土无不科之税,而册多不占之丁,是以租税不亏而庸调不足,生齿日繁,游手日众,欲一一清之,固有未易言者矣。

# 赋　　役

上、江两县赋役,计田征米,曰税粮。以田地、山场派征,每亩本色平米若干,折色里甲均徭银若干,荒白银若干,坐派兑军改兑正米耗米,与夫各衙门正供、各仓库本折色等用,以运之余存留,供本府本县官吏盐粮俸给等用。编丁征银曰丁银,每丁征银若干,以九之四入里甲,以九之五入均徭、驿传,而里甲之用,为国祀、国庆供应诸司内府工部坐派,又本府各衙门祭祀、科贡、恤政及本府本县各项公用,其剩余者曰备用,以待不时之需。均徭一曰银差,一曰力差,自条编法行,不分银、力名目矣,以其银为本县各衙门皂隶、马夫、膳夫、门子、公馆轿夫、库子、斗级、巡拦、弓兵、铺司、仓脚夫、洒扫夫、坛夫、灯笼夫、进贡扛夫、内府薅修、车水冰夫、更夫、内府表背匠、国子监刷印匠、太仆寺医兽、狱卒工食之费。而驿传则解本府为递运所船夫、水夫、所夫、加添等夫之工食,各驿上中下马匹、驴头支应等项之用。近年又有学俸等项名目加派,计所纳之数,比欧阳抚院所定,其增者亦已多矣。而坊、厢应付,则各上司祠祭香烛祭物,各上司本县到任、下程酒席、纸札、饭食、刑具供送，出路中火，及各衙门应取杂支，与考试供给致贺举人、进士、贡士等项之费，此其大略也。详具《坊厢始末》中。

## 杂　　赋

一曰芦课银，岁征若干，解南京工部。一曰酒醋课程抄，有折抄银若干，本色铜钱若干，解南京户部。一曰官地塘房租，系坊厢居住者纳银，分解户部本府。一曰流移夫银，该五城地方外郡来京附居人户出办，该光禄寺发三处饭堂赈济贫民，运米脚价，本寺厨役逐月支领。

## 条 编 始 末

初，洪武十八年，恩诏应天五府州为兴王之地，民产免租，官产减租之半。官产者，逃绝人户暨抄没等项入籍于官者也。初半租多寡不一，嘉靖中均为一斗五升，而杂徭不与焉。其更佃实同鬻田，第契券则书承佃而已。大约官产什二三，民产什七八，杂徭惟并于民产。而国初杂徭亦稀，厥后大吏创劝借之说，民田亩科二升，名曰"劝米"。后以供应稍繁，加征二升，名曰"劝耗"。延及正德，则升科至七八升矣。十甲轮年，照宇内通行事例，未始不安于法制之内，而正、嘉以来，事日增，役日繁。在小民利于官产，而官则少；在优免人户利于民田，以省杂徭。而买者卖者，或以官作民，或以民作官，以各就其所利。于是民田减价出鬻者日益多，而差役之并于细户者日益甚，猾胥乘之，恣诡寄花分之弊，而惟时不急之征，无名之费，一切取责于现年。现年竭产不足支一岁之役，而所索于花户者每粮一石至银四五两，盖宇内尽然，而南都为甚。维时一条编法已行于数省矣。隆庆中，中丞海公计以官田承佃于民者日久，各自认为己业，实与民田无异，而粮则多寡悬殊，差则有无互异，于是奏请清丈，而官民悉用扒平，粮差悉取一则，革现年之法为条编。考成料价一应供办，俱概县十甲人户通融均派,而向来丛弊为之一清,优免之家不失本等恩例,而细民偏累之病一旦用瘳。于是田价日增,民始有乐业之渐矣。至于四差,分合轻重之数,尤有可述者。往周文襄公巡抚时,以丁银不足支用,复倡劝借之说,以粮补丁,于是税粮之外,每石加征若干以支供办,名里甲银。若秋粮之外,则有夏麦、农桑、丝绢、马草等项,色目繁杂,氓易混而奸易托。嘉靖十六年,巡抚石江欧阳公悉举里甲诸项并入秋粮,名曰"均摊",事则简便矣。以其总总带征,会计不得不宽,支销不尽,谓之"派剩"。初制派剩存积,以待不时之征,久则那移支用,不可诘问,诿曰作正支销,沦胥干没。万历三年,京兆少泉汪公继之,奏请扣编正数,无复剩派,又请裁革诸滥差,条列正办,刻诸县赋役册,以通晓所部,又载诸府志。盖每岁省派五千余金,自后虽微有出入,而概不越更化以来法制之旧。回视畴昔,不啻霄壤矣。

# 荒　白

　　赋税中有荒白米,盖以抛荒田地无可办纳之粮,又或田地滨江坍塌而会计原额之数必不可少,故计荒地所宜纳者摊派于实征田地之中,减半以征,如每米一石加荒白米若干是也。古者任土作赋,履亩而税,《春秋》讥之。今既已荒矣,征之何名?且田地既各有正赋,又带征抛荒,名实俱舛。至坍江田地,尤非人力所致,地已去而税犹存,科及于遍邑之田土,岂仁人所忍为哉!然此犹曰本地方代本地方办荒田之粮,谊难逮逶也。查两县赋册中,又有一项代庐州府嘉靖二十六年荒年粮,上元该一千二十二石,江宁该八百八十二石。至四十五年,前项又代安庆改运淮安,今又有改运安庆府仓,上元米四十八石八斗四升,江宁米五十四石八升,此尤莫揆厥由者。一时权宜无可奈何之计,不意遂为永额也,至今相沿科派,曾无有人清查而言于当事者。总计征米二项数该二千六石九斗二升,计田当得三万余亩。夫两县既有荒白之征矣,又代邻郡纳飞寄之征,可乎,不可乎?庐州、安庆界在江北,各食其土之毛,风马牛不相及也。上江两县地称都辇,而代其办纳税粮,此何理哉!余故详著其故,俟郡邑有留心民事者举而蠲除之,亦恤畿民、厚邦本之一端也。荒白米,陈以代有议,具邑乘中,其说尤详备可考。

# 坊 厢 始 末

高皇帝定鼎金陵,驱旧民置云南,乃于洪武十三等年,起取苏、浙等处上户四万五千余家,填实京师,壮丁发各监局充匠,余为编户,置都城之内外,名曰"坊厢"。有人丁而无田赋,止供勾摄而无征派。成祖北迁,取民匠户二万七千以行,减户口过半,而差役实稀,独里甲听役于县,役且立乡头色目,供应实繁。正统二年,府尹邝公塈奏革乡头,并上江坊、厢。坊有十甲,甲有十户,视其饶乏,审编柜银,每季约三百两,析坊、厢之应办者任之,以均里甲之不足。季轮一甲,率三十月而一周。然其时人户充实,应办简省,库贮柜银,该吏支销,坊民听役,民不见劳而事不废,立法未始不善也。自后法渐以敝,正额常什三,而外由常什七,于是人户流亡,更谋脱籍,柜银滋少。官惮其难,吏辞其责,改令坊民自收自用,而阴责其赔赕。每一上季,则金收头派差者一人,曰总坊,金殷实之家囊金听用,不问多寡者数人,曰当头,名活差。其次减定银数,贴赕当头者,名死差。其下户,则金拨接票催夫迎送等用,名力差。又拨供应器物等用者,名借办。并听总坊指麾,而总坊以是恐喝营私者又什八九。且自弘治以来,又添拨九库八关五城夫役,又代工部买运光禄柴薪四十余万斤,又太常九种进鲜重取什物银两,又各衙门行取书手工食并修理衙门。嘉靖十八年以来,又骤添应付衙门八处,至于宴席节物花灯诸供馈,抑又不赀。而大小使客,时行火牌,征脚力口粮,迎送鼓吹,靡不应付。加之百司吏胥恐吓需索,而大柴宴席为尤甚。至是倾败相继,自经自溺者日闻,而民不堪命矣。维时父老间陈民瘼,而狐鼠实繁,旋行旋沮。庠生赵善继者,不忍家难离披,邦国困弊,畴咨同类,从者如水。适抚院方公、按院黄公稍因父老条陈,下府勘覆,而沃洲吕公新任京兆,诸生稍为陈说。公谕以公议出于学校,俾以文言代之,于是尽疏其辞,刊梓分递,而诸司各为之动,次第见施行矣。会给事麓池郭公抗章奏革,于是额外之由，不经之费，如前所陈者什去八九，民若更生。然诸色目尚在，病源未塞也。隆庆改元，抚院阳山宋公加意剔蠹，委通府望沙陶公集议，以为坊长听役在县，人目以为奇货，于是更名坊夫，悉还正统初法。其买办、借办、只行顾役，而当头以下诸色目悉行划革，上下称便。然犹岁征银千四十八两，外每季流夫、库夫六十二名，岁征银二百八十五两有奇。陶迁，吏胥以雇役不便，乃令坊夫听役于县，抑令私赔，旧弊复作。维时赵生物故，张生崇嗣辈言之京兆东泉邬公，议照里甲扒平，改柜银为丁银，定为三等九则，纳之库。不佥头，不轮甲，止令排年十人催征，以听该吏雇役支销，夫还于坊。嗣是复有翻覆，赖抚台岣嵊张公复之。万历三年，少泉汪公为京兆，吊查二县支销册，不过供应各司下程、刑具、办酒、馈礼之费，而二县一切私费且取办焉，此官乐于申请科派而他不恤也。因查顺天府事，皆奏请取自宸断，两京事体相同，乃酌其应需因革之宜，定征坊夫丁银岁五百四十两，具奏下部，覆奉钦依。此外锱铢不得私行科派，阴令坊夫赔贴。凡修理纸札刑具，动支自行赃罚，其里甲已编者不得重派坊夫，每岁终巡视科道造册奏缴。时东瀛林公为县令，协心节省为能，不误公事，而犹有征羡。林迁去，春季未满，而该吏与雇役已支过五分之四，复倡告民还役，坊民为哗，奔告所司，除将本县他项银酌补支应外，该吏拟罪，法始复初。后又减征百金，争革九库流夫，裁定夫役二十三人，第照徭银征解，令自雇役，而事遂定，无复向来践更抑索之苦矣。

# 铺　　行

铺行之役，不论军民，但卖物则当行。大者如科举之供应与接王选妃之大礼，而各衙门所须之物，如光禄之供办、国学之祭祀、户部之草料，无不供役焉。初令各行自以物输于官，而官给其直，未遽为厉也。第一入衙门，则胥徒便视为奇货，捐抑需索，无所不有。又或价不时给，或给不偿本。既有亏折之苦，又有奔进之劳，于是人始以市物于官为厉，而其党递相扳告当行者纷纷矣。两县思以应上司之急，乃籍其人于官以备呼唤，于是有审行之举，每行列名以次轮流承应，而其害终不可弭。盖曾有一上司买果馅数斤，各铺家被皂隶骗银十二两，而犹未得交。一上官取松江大绫数十匹，每匹止给银一两二钱，而禁不许诉者。于是疾痛愁叹之声，彻于市井间。自忠介海公，始严为议革，其后诸名公继行优恤。若前者司成郭公之刊榜，丁祭革铺户不用；近日京兆黄公之理科场，止给价皂隶平买，不役一人。自是宿弊一刬，贸易者始得安枕卧而不至于罢市焉。

## 民　　利

留都地在辇毂，有昔人龙袖骄民之风，浮惰者多，劬勚者少；怀土者多，出疆者少。迩来则又衣丝蹑缟者多，布服菲屦者少。以是薪粲而下，百物皆仰给于贸居，而诸凡出利之孔，拱手以授外土之客居者。如典当铺，在正德前皆本京人开，今与绸缎铺、盐店皆为外郡外省富民所据矣。以是生计日蹙，生殖日枯，而又俗尚日奢，妇女尤甚。家才儋石，已贸绮罗；积未锱铢，先营珠翠。每见贸易之家，发迹未几，倾覆随之，指房屋以偿逋，挈妻孥而远遁者，比比是也。余尝作《送王大京兆入觐文》，引国奢示民以俭之论。嗟乎，可易言哉！

## 尼　　庵

嘉靖间，霍文敏公为南大宗伯，檄毁城内外诸淫祠，一时尼庵之拆毁者亡算。顾当时只行汰除而不计尼之亡所归者，是以久而渐复营建。至今日，而私创者间闬间且比比矣。尼之富者，衣服绮罗，且盛饰香缨麝带之属，淫秽之声，尤腥人耳，而祠祭之法独亡以及之。余谓宜令地方报其居址名数，部置册籍，申饬厉禁，毋使滋蔓。至于讲经说法，男女混淆，昼夜丛沓，尤当禁戢。而迩年以来，僧道无端创为迎接观音等会，倾街动市，奔走如狂，亦非京邑所宜有也。表立清规，楷正流俗，是在有识者深计之而已。

# 妖　　人

万历丙午冬至，百官当上陵行礼。先数日，有人诣大司马孙公斋居上变，告妖人李王、刘天绪等谋不轨，将乘百官上陵日起事。孙公乃密发兵卒四捕之，得刘天绪等若干人，审实奏闻，而疏语欲专壹事权，稍与时忤。会又有榜揭妖言，逆状尤著，公属职方郎中刘宇发营兵捕之，而所株连有干碍紧要人役者，公峻持之。于是人情始变，而参驳之疏纷纷矣。旨下，天绪等仅得稍正法，而公卒解绶去，刘左其官。妖人党与实繁，皆私授封号，以献金钱衣服得之，甚且有以妻女荐寝者。事发私逃，抛妻子屋产不敢顾者颇众。先是，江北妖党扶挈而来，累累载路，及是始奔窜肆散。当时使非其党自首告事，殆不可知。今吾乡犹有憾不穷究之论，而当事者乃以三四捕役之不戢，蒙喜事之疑，可叹也。

# 卷三

## 陵　　祭

正旦祭孝陵,行香果酒。清明日祭,忌辰一、闰五月初十日,无闰用五月;一、八月初十日。行香。中元日祭,万寿圣节日行香。十月初一日行香,冬至日祭。凡三大祭,用祝版。已上祭祀俱百官陪祭,遣守备武臣行礼,今例遣司香勋臣行礼。懿文陵正旦祭果酒。孟春、清明、孟夏、忌辰、四月二十五日。孟秋、中元、孟冬、冬至、岁暮,凡九大祭,用祝文。已上百官不陪祭,惟奉祀行礼,祝文称皇帝御名,谨遣某官致祭于皇伯祖考懿文太子云。懿文陵,人称东陵。孝陵,大祭一岁止三举,余惟行香。而东陵大祭者九。清卿刘公常言:"隆杀相悬,不知何故。"或是洪武中旧礼沿而行之耳。

## 山　　祭

牛首山东有观音山,为贞静顺妃张氏坟。妃,荆宪王之母也。吉山东有南山,为悼熙丽妃李氏坟,俱仁宗妃,每年遣祭六次。顺妃坟荆王遣祭如之,祝文称皇帝御名谨遣内官某。因里中无知者,著之。二坟山林皆幽胜,而悼熙享堂前有大桂树,翠碧如垂天之云,尤为怪伟。

## 大臣钦遣南京祭告仪

弘治十八年,礼部题准今后凡遣大臣于南京祭告天地、太庙、社稷、山川等坛,前期致斋三日,不用摆列金鼓队伍,惟用太常寺厨役铺排扛抬品物。或入大内,由承天等中门而入;或出郊外,由正阳中门而出。钦遣大臣不可后随，亦不可用仪仗，祭品止用脯醢酒果，百官亦不陪祀，并无饮福受胙之仪。

## 文 庙 主 祭

上丁祀先师孔子，礼部奏准南京国子监祭酒主祭。如有事故，则南京礼部堂上官主祭。昔年祭酒员缺，南京礼部侍郎张纶省祭至，使署部事郎中主祭，轻重失伦，诚为非礼。后议祭酒及礼部堂上官或有事故，于南京各部大臣内请一员主祭。右《太常寺志》所载，近例俱署印官行礼。

## 乡试考官之始

洪武三年，应天乡试，知贡举官则特进右丞相汪广洋、左丞相胡惟庸也，考试官则御史中丞刘基、治书侍御史秦裕伯也，同考则侍读学士詹同、弘文馆学士睢稼、起居注乐韶凤、尚宝丞吴潜、国史编修宋濂也。四年又乡试，主试则兵部尚书吴琳、国子监司业宋濂。时考试之法犹未定，且未专属翰林官，故其制如此。

## 太 学

洪武中，上以公侯子弟在太学者多骄慢不习训，诏曹国公李文忠提督国子监，是以国公而理太学事也。二十九年，因学正吴启言，上命魏国公徐辉祖率礼部翰林院官诣监考试诸生等第，吏部以次录用，是以国公而试太学士也。洪武中，起致仕刑部尚书李敬为国子祭酒，致仕试吏部尚书刘崧为司业，是以尚书而起太学官也。国初太学之重如此。

## 非 三 品 得 谥

国家谥法，非三品以上两京大臣不得与。留都大臣之有谥者，惟倪文僖谦、文毅岳、周襄敏金、刘清惠麟、梁端肃材、王襄敏以旂，六公皆尚书也。张学士益五品而得谥文僖，以扈从土木死难之故。若太医院判蒋用文，六品官也，以技艺小臣侍上起居，乃得谥恭靖，则尤为异典矣。

## 南部入内阁

弇州纪南都入内阁者三人：一为新都杨公廷和，以户部尚书；一为梁公储，一为茶陵张公治，皆以吏部尚书，当时以为盛事。然梁公、杨公先在内阁知诰敕，出为南部尚书，此时敕取入阁，至京方改兼文渊阁大学士耳。又张公已正位尚书，未有若万历丁未叶公向高以南吏部侍郎径授礼部尚书、东阁大学士者也。且公年方四十九，又入朝未久即为首揆，尤为盛事。

## 应天主试用编检

主应天试者，自正嘉以来，必用官僚及讲读。近则讲读亦少，惟万历壬午副考以修撰沈公懋孝耳。考前此永乐癸未则编修王达，戊子则检讨王洪，甲午则编修周述，正统丁卯则检讨钱溥，成化乙酉则编修彭华，皆主应天试。编检得主乡试两京，先朝之制固然，尔时若宫坊史官主会试，亦恒有之，自成化后则制乃大异矣。

## 南部三孤

南京大臣以三孤兼者，独少保参赞机务南京户部尚书黄福一人而已。若太子太保则有四人焉：兵部乔宇、秦金，吏部王用宾，户部周经。大都尚书九年考满，则加一品；而满九年者希，以故隆、万来南部尤少一品者。

## 尚书一品三品

弇州纪建文中,特崇加六部尚书皆正一品,于是吏部尚书张紞,户部尚书王钝,礼部尚书陈迪、郑赐,兵部尚书齐泰、茹瑺、铁铉,刑部尚书侯泰、暴昭,工部尚书严震直,皆阶特进荣禄大夫。然洪武三年始设吏部,尚书正三品,侍郎正四品,属中书省。十三年罢中书省,升尚书正二品,侍郎正三品。是一尚书也,在国朝正二品,而或为正三,或为正一,亦已三变矣。

## 他部衔掌南吏部

弇州《六卿表》纪师公逵,永乐二十二年以南户部尚书兼掌吏部,宣德二年卒,犹止称户部。考《吏部志》,公以永乐十九年复任南吏部侍郎。《户部志》,公二十二年为户书。《吏部传》言公宣宗即位,晋户书兼掌吏部,与《志》所纪不同。而《吏部历官表》洪熙元年许思温以左侍升尚书。师公兼掌在何时,知必有一误矣。

## 吏部尚书改南部

弇州《异典述》称,吏部自建文而后益重矣。其改南吏部者,崔庄敏公恭;改南礼部者,耿文恪公裕;改南兵部者,刘公机。按崔、刘二公皆以丁忧复除,止可云起,不可云改;惟耿公则以北而南,且礼部,斯可谓之改。盖时有执左道登显仕者,庇其乡人,而耿公居吏部不能遂,故出公于南耳。未久转南兵部,弘治中召还礼部,寻仍为吏部尚书。

## 生 员 任 宗 伯

俞公纲,上元人。以生员善书,由中书舍人天顺中官南礼部左侍郎,成化三年致政。

## 南 部 兼 北 衔

正德初,王公轼以南大司徒兼北院副都总师征蜀。嘉靖中,王公守仁以南大司马兼北院左都讨岑猛,张公经以南大司马兼北院右都平倭,至王公用宾以南太宰仍兼翰林院学士,盖优礼儒臣之典也。又弇州《卿贰表》载,隆庆中,林公濂以南少宰兼翰林学士。

## 南尚书兼列卿

成化中,程襄毅公信为南京兵部尚书。先是,以兵书提督军务,平川、贵蛮功,加兼大理寺卿,至是犹兼之。

## 北 衔 理 南 务

南翰林掌篆者皆用北衔,其它如嘉靖中李默、王材、瞿景淳、陆树声,俱以太常寺卿掌南京国子监事,此以北衔理南务也。弇州所述,又有屠羲英以常卿掌南监。考屠实以南常卿。又云万士和以礼左侍管南礼右侍。按万公自以礼左起南礼右,非管事。又云翁大立以兵侍管南吏、刑二部,翁正亦是起官,云管亦误。

## 大学士理南部

宣德四年,华盖殿大学士张瑛以原官掌南京礼部,其官称礼部尚书。时北京为行在,故不称南京也。大学士不理阁事而出理部事,且又在南京,国朝独瑛一人耳。时蹇、夏、三杨辈自管机务,瑛本以东宫官僚骤进入阁典制诰,非上所倚重,故理部事如此也。

## 守　　备二则

守备,永乐二年,驸马都尉沐昕与襄城李隆一同镇守。又宣德五年,驸马都尉西宁侯宋琥任守备。

南京守备之久者:成国公朱仪,天顺八年任,弘治九年卒,在任三十三年;魏国公徐鹏举,正德十六年任,嘉靖十七年复任,前后共三十二年。

## 协　同　守　备

都督佥事赵伦,景泰元年任;都督同知马良,成化二年任。自后皆公侯伯为之,而都督官不得与矣。

## 参赞机务非南兵部衔

别集言参赞机务非南兵部衔,为户部尚书黄福、张凤,吏部尚书崔恭,都察院右都御史张纯、王恕。其南兵部而非尚书者,右侍郎徐琦。琦未几即升尚书,仍参赞。按张凤,盐山人,李文达贤为碑铭,言公以景泰癸酉由户书转兵书参赞,又二年召为户书,天顺元年调南户部,言凤以户部参赞未的也。张纯,史传纯以右副都御史奉敕监督南京军务,又一年景泰辛未升右都御史,明年奉敕升兵部尚书,参赞守备机务。云以右都御史参赞,亦小不合。王公恕以右都参赞,亦未久即迁兵部尚书。

## 大　臣　高　寿

南都大臣眉寿者,止刘清惠公麟一人,年八十有六。

## 大老遗腹生子

童公轩年七十四而卒，无子，遗腹生一子，公预命名曰紫芝。见《倪文僖公谦墓志铭》。

## 勋 戚 久 任二则

赵辉，在永乐十一年癸巳以千户守金川门。成祖奇其貌，以长公主配之。凡事六朝，掌都督府，奉孝陵祀，至成化十二年丙申卒，凡六十四年。尚主时年已二十余，计年当九十矣。府第在南京宫城后载门北，诸公主第皆圮废，独赵府岿然尚存。

徐魏公俌，谥庄靖。自袭爵至卒，再提督守备五十四年。其孙鹏举，袭公爵至卒，三提督守备五十六年。

## 蜂 蚁

嘉靖甲寅秋，总督粮储公署中有蜂房悬于檐下。不数日，大如斗，群蜂聚焉。同日，中堂忽聚蚁数升，有顷四散。时衡水杨公宜为总督，甚怪之，然竟无恙。厥后庚申春，总督黄公懋官以军饷不时，军士譁呼围之，迟明忿击督署，毁拆一空，遂执黄公拉死之，悬大中桥坊上，自下以箭射之。军四行抢掠，当事者曲贷抚之，乃定。蜂屯蚁聚，妖孽先见之萌也，然历七年而始应，又不中祸于杨公，而中于黄公，岂人事亦有以致之然欤！黄公持法太苛，裁革冗食，又吝于出纳，遂罹斯祸。杨太学希淳有文纪其事。

## 化 俗 未 易

湛甘泉先生为南大司马，令民毋得餐大鱼，酒肆中、沽市，无论举火当垆，致众丛饮者禁。除岁，庶民毋得焚楮祀天，糜财犯礼。姜凤阿先生为南大宗伯,申明宿娼之禁,凡宿娼者,夜与银七分访拿帮嫖之人,责而枷示。二公之事,皆以立礼之坊、制淫之流也。然姜之事行,仅游冶之子以为不便;湛之事行,而称不便者怨声遂载道。末几,法竟不行。所以者何,都辇之地,群情久甘醋酱,万口易至灉羹,故当事者往往持"治大国若烹小鲜"之说,势固然也。故治贵因民。

## 新　知　录

广文刘时卿,名仕义。官桐城,著《新知录》二十四卷,上下古今,掎摭臧否,具有依据。偶记其二则。一曰"躁心"。濯旧曰:二人同舟有所适,一人性急,昼夜计程,稍阻辄愤懑,形为枯瘁。一人性缓,任之,增食甘寝,颜色日泽。既而抵其处,二人同时登岸。此可以为躁心者省矣。一曰"察政"。文子曰:察见渊鱼不祥。班超曰:水清无大鱼,察政不得下和。司马温公《潜虚》曰:察穷秋毫,物骇而逃。长民者宜三复焉。

## 补　谥

谥以尊名,节以一惠,古今之大典也。故臣不得私其君,子不得私其父。夫以官秩之朊显,子孙之强盛,遂可以夺天下万世之公,而淆太常博士之议,则几无谥矣。吾乡自王襄敏后,与此典者殆不乏人,而竟成阙事。余深怅焉,因间臆之。如陈静诚遇高不仕之义于攀龙附凤之时,其蹈高,且嘉谟入告,觉巢、由之为固矣。何尚宝遵矢不讳之音于批鳞抒鬐之日,其义勇至视死如饴,觉逢、干之为易矣。童尚书轩学揽天人之奥,其立身范俗也端而毅。顾尚书璘文并徐、刘之驾,其抚民弼教也惠而明。陈中丞镐督学振邹、鲁之遗风,而抚绥尤多渥泽。殷宗伯迈历仕挺松筠之素节,而恬澹足镇嚣浮。此诚朝宁之珪璋,人伦之弁冕,亟宜易名以示旌异者也,责在后死,曷能诿旃?

《金陵琐事》谓张文僖公与曹文忠公同死土木之难,不知何以死同而谥异。按曹公初谥曰文襄,后乃改今谥,顷亦因议谥与当事言,文僖谥当改,引曹为例也。

## 乡　贤

乡贤之举,典重一时,祀垂千载,必当之者无愧色,祝之者亡愧辞,而后谓之非滥。吾乡此典,正、嘉以前最为严核,后稍宽矣。以余所知,往哲如姚太守隆之洁慎,王给事徽之清直,李宪副重之丰棱,卢苑马璧之贞恬,沈侍御越之耿介,阮宪金垔之廉静,在当时并许玱瑝,在今日尤堪楷式,而俎豆尚虚,蘋藻未荐,岂子孙之无力,抑采访之未周?闻王公临场,遗诫厥子太仆曰:“吾耻入乡贤,慎毋溷我!”噫,尔时犹有此言,后当何若?念之慨然。

## 梁钟山定林寺藏经

刘勰家贫不娶,依沙门居,博通经论,区别部分而为之叙,定林寺藏经,其所诠次也。所撰《文心雕龙》,中书令沈约绝重其文。凡都下寺塔名僧碑碣,皆出其手。

## 傅　大　士

大士傅弘,东阳郡乌伤人。体权应道,蹑嗣维摩,时或分身,济度为任。或金色表胸,异香流掌;或见身长丈余,臂过于膝,脚长二尺,指长六寸,两目重瞳,色貌端峙。梁武闻之,延于钟山定林寺,天花甘露,恒流于地。常以经目繁多,人不能遍阅,乃建大层龛,一柱八面,实以诸经,运行不碍,谓之轮藏。

## 隋栖霞寺请天台智者大师疏

栖霞寺众保恭等和南:窃以瞻慕明德,灰琯屡迁。展觐以来,炎凉甫隔。伏餐至法,用禀教门。定水澹而无涯,询峰高而不极。至如止观方等之义,龙树马鸣之文,莫不殚其理窟,究其冲妙。恭虽不敏,少游讲席,窥玩南北经论三十余年,求其奥旨,□□不悟;观诸法海,寄在余生。所冀倾蠡,犹欣饱腹。然道安之遇澄上人,便称北面,惠永之逢远上首,即创东林。是知得奉胜人,须安胜地者也。恭虽疏薄,窃欣往彦。所居栖霞寺,乃宋代明征君宅,僧绍之所建立也。镌山现像,疏岩敞殿,似若飞来,无渐踊出。若其林泉爽丽,房宇萦纡,桂岭春芳,云窗昼歇。自昔高行,是用游写。故寺众齐诚,请延威德,惟愿傍观曩哲,爰降彼居,依经受用,必垂纳处。所有园田基业,具在别条,谨共开府士柳顾言证成斯誓,庶金刚之域,与鹫岭而长存;法宝斯传,等鸡山而不灭。谨疏。开皇十五年八月六日,保恭等疏。

此文丽则高古,自非唐以后人手笔。金陵苾蒭中,乃有如此人、如此文,世无传者,特为载之。顾言官兼秘书监直内史省开府仪同三司,尝奉敕撰智者大师碑,此文或顾言代草,未可知也。

# 碧　峰　和　尚

碧峰宝金和尚,俗姓石氏,乾州永寿县人也。母张氏,有桑门持钵乞食,以观音像授之,且嘱曰:"汝谨事之,当生智慧之男。"未几果生和尚。年六岁,依云寂温法师为弟子。既剃落,受具戒,遍诣讲肆,穷性相之学。已而抚髀叹曰:"三藏之文,皆标月之指尔。"即更衣入禅林。时如海真公树正法幢于西蜀晋云山中,亟往见之。公示以道要,和尚大起疑情,三年间寝食为废。偶携筐随公撷蔬,忽凝坐不动,历三时方寤。公曰:"尔入定耶?"和尚曰:"然。"曰:"汝何所见?"和尚曰:"有所寤尔。"曰:"汝第言之。"和尚举筐示公,公非之。和尚置筐于地,拱手而立,公又非之。和尚厉声一喝,公奋前摅其胸,使速言,和尚筑公胸仆之,公犹未之许。和尚愈精进不懈,遂出参诸方。憩峨眉山,日采松柏啖之,胁不沾席者又三年。自是,入定或累日不起。尝趺坐大树下,溪水横逸,人意和尚已溺死。越七日,水退,竞往视之,和尚燕坐如平时,唯衣湿耳。一日,听伐木声,通身汗下如雨,叹曰:"妙喜大悟十有八,小悟无算,岂欺我哉!未生前之事,今日乃知之。"急往证于公,反覆辨诘甚力,至于拽倾禅榻而出。公曰:"是则是矣,翌日重勘之。"至期,公于地画一圆相,和尚以袖拂去之。公复画一圆相,和尚于中增一画,又拂去之。公再画如前,和尚又增一画成十字,又拂去之。公视之不语,复画如前,和尚于十字加四隅成卍文,又拂去之。公乃总画三十圆相,和尚一一具答。公曰:"汝今方知佛法宏胜若此也。吾师无用和上有云:坐下当出三虎一彪,一彪者岂非尔耶?"先是,和尚在定中,见一山甚秀丽,重楼杰阁,金碧绚烂,诸佛五十三,菩萨行道其中。有招禅师谓曰:"此五台山秘魔岩也。尔前身修道于此,灵骨犹在,何乃忘之!"既悟,遂游五台山,道逢蓬首女子,身披五彩弊衣,赤足徐行,一黑獒随其后。和尚问曰:"子何之?"曰:"入山中尔。"曰:"将何为?"曰:"一切不为。"良久乃没。叩之同行者,皆弗见。或为文殊化身云。和尚乃就山建灵鹫庵,四方闻之,不远千里,负粮来献。至正戊子冬,顺帝遣使者召至燕都,诏主海印禅寺,力辞之。洪武戊申,大明皇帝即位于建邺。又明年庚戌,诏和尚至南京,夏五月,见上于奉天殿。遂留居大天界寺。时召入问佛法及鬼神情状,奏对称旨。后上设普济佛会于钟山,和尚于圜悟关施摩陀伽斛法食,竣事,宠赉优渥。夏五月,悉粥衣盂之资作佛事七日,乃示微疾,上知之,亲御翰墨赐诗十二韵。至六月四日,沐浴更衣,与四众言别,正襟危坐。目将暝,弟子请留一言,和尚曰:"三藏法宝尚为故纸,吾言欲何为!"夷然而逝。后三日,奉龛荼毗于聚宝山,火灭,获五色舍利,齿舌数珠皆不坏。

## 名　　僧

余性好山寺,每一游历,意辄欣然,尤于荒凉岑寂之区,倍为延伫。自谓宿世有空门缘,所交缁流颇众。若楚黄檗深有之禅郸,蜀高原明昱、越天台传灯之讲义,越双井惟传之诗句,固铮铮佼佼,法中之龙象也。吾乡雪浪之洪恩,慧解通脱,不为法缚,废迹遗心,别有真契。洪济之守心,精持木叉,皈依净土,慈悲接物,诚感十方。余皆得参承而接席焉,至今思其风义,每深叹企,尝谓使余结宇中林,栖心俗

外,得如三四公者,与偕净侣,晨钟夕梵,晏坐经行,便可敝屣浮名,乐
而忘老矣。

## 孝陵碑石

永乐三年秋,于阳山采石为孝陵碑。石长十四丈,阔三之二,厚
一丈二尺,黝泽如漆。学士胡公广有《游阳山本业寺记》。而詹事邹
公济有记乃云:二年冬,于幕府山阳访碑石,高广中度。寻于龙潭山
麓凿石求趺,既而神龟呈露,昂首曳尾,介文玄苍,乃于龟下遂得趺
材,适与碑称。与胡公记异,不知前碑材后竟用否。石龟今藏孝陵殿
中,有木平台,上安二御座,乃朱红圈椅,前一朱红案,案左一红匣,贮
龟于中,长可尺余,首昂,身形略似而已,右以一空匣配之。邹记言
"宜藏于太庙",今人遂谓太庙中有神龟,误矣。

## 太师窗

秦会之丞相第中窗,上下及中一二眼作方眼,余作疏橊,谓之太
师窗。此即今之柳叶槅子也,俗又名为不了格。

## 龟桃

今以面作桃乳形,名之曰龟桃,俗沿呼,不解所谓。考《太常祭物
志》有面龟,有面桃,乃知龟自龟,桃自桃,俗一概呼之,失其意矣。

## 屏息

太常供奉祭品如羹醢之类,其捧献人口鼻,用物作长袋,系于
颈后,俗名抿须,非也。志名曰屏息。太庙以黄罗,它祀以红纻绢
为之。

## 介 甫 绝 句

王介甫投老金陵,依钟山卜居,后复舍宅为寺。所题绝句关金陵山水者,往往多远情幽景,因摘而书之。如曰:"南荡东陂水渐多,陌头车马断经过。钟山未放朝云散,奈此黄梅细雨何!"曰:"谁将石黛染春潮,复拈黄金作柳条。西崦东沟从此好,笋舆追我莫辞遥。"曰:"雪干云净见遥岑,南陌芳菲复可寻。换得千鬐为一笑,春风吹柳万黄金。"曰:"南浦东冈二月时,物华撩我未参差。含风鸭绿粼粼碧,弄日鹅黄袅袅垂。"曰:"竹里编茅倚石根,竹茎疏处见前村。闲眠尽日无人到,自有春风为扫门。"曰:"春风过柳绿如缲,晴日烝红出小桃。池暖水香鱼出处,一环清浪涌亭皋。"曰:"木末北山云冉冉,草根南涧水泠泠。缲成白雪桑重绿,割尽黄云稻正青。"曰:"石梁茅屋有弯碕,流水溅溅度雨陂。晴日暖风生麦气,绿阴幽草胜花时。"曰:"寄公无国寄钟山,垣屋青松晻蔼间。长以声音为佛事,野风萧飒水潺湲。"曰:"庵云作顶峭无邻,衣月为衿静称身。木落冈峦因自献,水归洲渚得横陈。"曰:"稻畦藏水绿秧齐,松鬛初干尚有泥。纵辔寻冈归独卧,东庵残梦午时鸡。"曰:"荷叶初开笋渐抽,东陂南荡正堪游。无端陇上翛翛麦,横起寒风占作秋。"曰:"北山输绿涨横陂,直堑回塘滟滟时。细数落花因坐久,缓寻芳草得归迟。"曰:"与客东来欲试茶,倦投松石坐欹斜。暗香一阵连风起,知有蔷薇涧底花。"曰:"野水从横漱屋除,午窗残梦鸟相呼。春风日日吹香草,山北山南路欲无。"曰:"小雨轻风落楝花,细红如雪点平沙。槿篱竹屋江村路,时见宜城卖酒家。"曰:"茆檐长扫静无苔,花木成畦手自栽。一水护田将绿绕,两山排闼送青来。"曰:"桑条索莫楝花繁,风敛余香暗度垣。黄鸟数声残午梦,尚疑身属半山园。"曰:"青青千里乱春袍,宿雨催红出小桃。回首北山无限思,日酣川净野云高。"曰:"午枕花前簟欲流,日催红影上帘钩。窥人鸟唤悠扬梦,隔水山供宛转愁。"曰:"隐隐西南月一钩,春风落日澹如秋。房栊半掩无人语,鼓角声中始欲愁。"曰:"斜径偶通南埭路,数家遥对北山岑。草头蛱蝶黄花晚,菱角蜻蜓翠蔓深。"曰:

"江北秋阴一半开,晚云含雨却低回。青山缭绕疑无路,忽见千帆隐映来。"曰:"定林青木老参天,横贯东南一道泉。六月杖藜寻石路,午阴多处弄潺湲。"曰:"茅屋沧洲一酒旗,午烟孤起隔林炊。江清日暖芦花转,只似春风柳絮时。"曰:"萧萧出屋千竿玉,蔼蔼当窗一炷云。心力长年人事外,种花移石尚殷勤。"曰:"冥冥江雨湿黄昏,天入沧洲漫不分。北涧欲通南涧水,南山正绕北山云。"曰:"两山松栎暗朱藤,一水中间胜武陵。午梵隔云知有寺,夕阳归去不逢僧。"

<h1 style="text-align:center">陈智者住金陵敕</h1>

《天台志》有陈宣帝《留智者住瓦官敕》云:京师三藏虽弘,皆一途偏显,兼之者寡。朕闻瓦官济济,深用慰怀。宜停训物,岂遑独善?一二曹义达口,具得朕意也。四月一日,臣景历少主请于光宅寺讲《仁王经》,敕今欲于寺舍身,僧得大施,敬屈讲《仁王经》日,自欲听闻,今遣后阁舍人李善庆往,迟知一二。又《治光宅寺敕》:光宅是梁武龙潜之地,不整处多,今敕缮量,随由就功,一二罗宣取来意。

<h1 style="text-align:center">徐陵与智者书</h1>

《国清百录》云:陈左仆射徐陵与大师书最多,门人竞将去,追寻止得三纸。其一曰:"陵和南:昨预沈仪同法席餐,奉甘露无畏之吼,众咸归伏。然正法炬朗,诸未悟。自庆余年,得逢妙说,寻事谘展,此不申心。谨和南。"其二曰:"陵和南:注仰之心,难可敷具。拔公至蒙三月二十日旨,用慰积岁倾心。麦冷,体中何如?愿一日康胜。山中春夏无余恼耳,迟复存旨。弟子二三年来溘然老至,眼耳聋暗,心气昏塞,故非复在人。兼去岁第六儿夭丧,痛苦成疾,由未除愈。适今月中,又有哀故。频岁如此,穷虑转深。自念余生无复能几,无由礼接,系仰何言敬重。璪公今还,白书不次。弟子徐陵和南。"其三曰:"陵和南:放生星闻公家极相随喜事,是拔公口具,谨不多谘。惟迟拔公连出数百里水,全其命根,如此功德,算数无尽。随喜无量,此

不悉谙。"又其一曰："弟子徐陵和南：弟子思出樊笼，无由羽化。既善根微弱，愿力庄严：一愿临终正念成就；二愿不更地狱、三涂；三愿即还人中不高不下处托生；四愿童真出家如法奉戒；五愿不堕流俗之僧。凭此誓心以策西暮，今书丹款，仰乞证明。陵和南。"

## 毛尚书与智者书

其一曰："累年仰系，不易可言。承今夏在石像行道，欣羡无极。又闻欲于天台营道场，当在夏竟耳。学徒远近归依者，理应转多，安心林野，法喜自娱，禅讲不辍耳。四十二字门令附，虽留多时，读竟不解，无因谘访，为恨转积。南岳亦时有信，照禅师在岳岭徒众，不异大师在时。善公于山讲释论，彼亦邑迟望还纲维大法。不者，归钟岭摄山，亦是栖心之处，何必适远方诣道场，希勿忘京师。边地之人，岂知回向倾心，无时不积？未因接颜色，东望歂满。敬德信人今返，书不具。弟子毛喜和南。弟子诸弟及儿，悉蒙平安。第三任鄱阳郡，第二为豫章王司马，第四大延卿，第五入阁度支郎，大儿由在东宫为中书舍人。仰蒙垂顾，大善知识大同学辄复远谘。"其二曰："秋色尚热，道体何如？禅礼无乃损德，弟子老病相仍，汤药无效，兼不得自闲，转有困耳。仰承移住佛陇，永恐不复接颜色，悲慨具深。仰惟本以旷济为业，独守空岩，恐违菩萨普被之旨。近与徐丹阳诸善知识共酬量，等是一山，钟岭、天台亦何分别？必希善加三思，不滞于彼我。京师弥可一二，因拔师口具其间，愿敬道德。弟子毛喜和南。"其三曰："适奉南岳信，山众平安。弟子有答，具述甲乙。后信来当有音外也。今奉寄笺香二片，熏陆香二斤，槟榔三百子。不能得多，示表心弗责也。弟子毛喜和南。"其四曰："今仰餐敷说，训往绰然，道俗嗟味，般若照明，岂是拙辞所能称述？弟子毛喜和南。"

按：喜，荥阳人，仕陈，官五兵尚书，为光禄大夫、领军骁骑将军。瓦官法会，获预听众，恳求禅要，躬执弟子礼，受六妙门及四十二字法门，旦夜研寻，不因事废。徐、毛二公皆在金陵与智者往还，是此中一故事。且南朝文笔，世如晨星，偶搜他志得之，抄附于此。陵书"在沈仪同席听法”，沈名君理，吴兴人。尚陈武帝女会稽长公主。疏请师住瓦官开《法华经》题。宣帝敕停朝一日，令群臣往听。陵后身为法华第六祖，嗣章安之法，所愿真不虚矣。

## 陈后主沈后施物

瓦官智者禅师在建业灵曜寺，后主遣主书罗阑宣口敕，送金像一躯、光趺五寸。释论一部、阙宝楼拚案一面、山羊鬈麈尾一柄并匣、虎面香炉一面并合、东田口二。又宣口敕，不许让口，且留山中使役，勿劳输送。又送扶月供夏服一通、细蕉五端、绢布各十匹、绵十斤、黄屑二斗、扶月米五石、钱三千文，果菜付随由扶月送。后住光宅寺，沈后致书云：“妙觉和南：今遣内师许大梵往稽首，乞传香火，愿赐菩萨名，庶借薰菩提眷属。谨和南。”送扶月供薰陆、沉檀各十斤、黄屑一斗、细纸五百张、烛十挺、赤松涧米五石、钱一千文。右件月月供光宅寺。大师答启云：“今名海慧菩萨。”又后主扶月供薰陆香一合、檀香三十斤、中藤纸一堕、乳酥一斗、钱二千文。右件月月供光宅寺。黄屑，《开元十道志》：驩州贡黄屑。沉香，香之类也。

隋炀帝为晋王，嚫戒师衣物，有圣种纳袈裟一缘，黄纹舍勒一腰，绵三十屯，郁泥南布袈裟一缘，黄丝布袜一具，绢四十匹，郁泥南丝布褊袒一领，黄细卧褥一领，布三十禅，郁泥丝布坐褥一具，乌纱蚊帱一张，纸一百张，郁泥丝布方裙一腰，紫綖靴一量，钱五十贯，郁泥云龙绫被一缘，龙须席一领，蜡烛十挺，郁泥罗头帽一领，须弥毡一领，铜砚一面，高丽青坐布一具，乌皮履一量，墨二挺，黄丝布被裆一领，南榴枕一枚，和香一盒，铁锡杖一柄，象牙管一管，麈尾一柄，乌油铁钵一口并袋，斑竹笔二管，铜匕箸一具，犀角如意一柄并匣，白檀曲几一枚，铜重碗三口，石青炉奁一具，山水绳床一张，铜搔劳一口，铜香火匕箸一具，白檀支颊一枚，铜澡罐一口，南榴夹膝桃一枚，竹蝇拂一柄，铁剪刀一口，蒲移文木案一具并褥，犀庄瓜刀一口，铁剃刀一口，黄丝布隐囊一枚，紫檀巾箱一具，铁镊子一具，白瓦唾壶一口并笼巾，柿心笔格一枚，铜烛擎一具，鍮石庄柿心经格一具，犀装书刀一口，白团扇一柄,爪篆、龙篆、县针、垂露、飞白、倒薤、鱼篆、科斗、小篆、大篆字谷皮屏风一具。净人善心,年十一。右楪开皇十一年十一月二十三日。又施物至玉泉寺:五彩四十九尺幡二张,五色斑罗经巾二枚,绢五十匹,锦香炉禠十张,熏陆香二斤,剃刀十口,鸧纳袈裟一领,油铁钵十口,雄黄七斤,须弥毡五领。又施天台山:纳袈裟十领,龙须席二领,须弥毡二领,猫牛酥三瓶,熏陆香一盒。及为太子,仁寿元年十二月十七日施天台山:白石香炉一具,大铜钟一口,鸧纳袈裟一领,鸧纳褊衫二领,四十九尺幡七口,黄绫裙一腰,毡二百领,丝布祇支二领,幡一百口,和香二盒,胡桃一笼,衣物三百段,麦䴵一盒,石盐一盒,酥六瓶。二年又施天台山:飞龙绫法衣一百六十领,幡一百五十张,光明盐一石,酥五瓶。又别赐灌顶法师金缕成弥勒像并夹侍菩萨圣僧周匝五十三佛织成经禠七张,织成经袋二口,熏陆香一百斤,酥合和香一斤。

陈、隋二主皈依智者,恣行五欲,自断善根,所赐喋施本无足纪,第以其中名相多六朝方物方言,文人考据间有所遗,因附载之,为淹通者资一二异闻奇字耳。又智者答上晋王万春树皮袈裟一缘,乃梁武帝时外国所献者。晋王谢启云:“菩萨戒称所着袈裟,皆染使坏色,况复自然嘉树,妙彩天成,相应之言,无劳外假。万春表长生之称,二翼合善譬之辞,永服周旋,恒充布萨。常事半月,岂惟六日?着如来衣,深荷慈奖。谨和南。”衣名甚新奇,启文亦妙。

## 金 甲 人

何工部遵,正德中疏谏南巡,廷杖死。世庙初,赠公尚宝卿,官其子一人。《南畿志》言公赠光禄少卿,误也。公葬南郊且百年矣,其孙诸生应鼎,常梦一金甲人谓之曰:“讵改扦而祖,吾为而祖所压且百年,奈何!”形家亦言地非吉壤。应鼎乃改葬。既开圹,则棺木已腐而形故不坏,面如生,目开而睛甚黄;衣红袍,色犹未变也。掘其下,果有砖甃为古冢,不知何人之墓。且当何公葬时,岂不知是前人冢而扦之!皆异事也。

## 先祖梦中三人

万历己卯秋，先祖赠中宪公梦一人语之曰："今科报中式者三：一者之北门桥，一者之剪子巷，一者之上新河。"觉而臆其人，是科无验。庚辰冬，先祖谢宾客矣。逾三年为壬午，应天中式者三人：第六名沈天启，住剪子巷；第十二名黄梦麒，住上新河；第十四名张文晖，住北门桥。梦之奇中如此，且逾一科始验，梦之人已逝而兆始符，造化之巧，真不可测也。

## 秦桧女墓

王君履泰言：秫陵镇人曾掘地得冢，朱其棺，以铜为凳庋之，羡中多金银器。报于巡检司官，勘志石，秦桧第三女也，官亟令人掩之。《金陵琐事》载嘉靖末江宁镇人有掘得桧墓者，所获不赀，官因恶桧而缓其狱。按元《金陵志》，桧墓在牛首山，在江宁镇南木牛亭者，其祖茔耳。未知孰是。

## 猿　妖

张韫甫言：嘉、隆间，一部郎之妻偶出南门梅庙烧香，为物所祟，每至辄迷眩，百计遣之不去。后部中一办事吏谙道箓符水，郎命劾治之。吏设坛行法，别以小坛摄怪。久之，坛内啧啧有声，吏复以法咒米，每用一粒投坛中，其怪即畏苦号叫，似不可堪忍者。问其何所来，怪答曰："本老猿也，自湖广将之江以北，道过金陵，偶憩于高座寺树杪，而此夫人经行其下，适有淫心，遂凭而弄之耳。"吏以符封坛口，火焚之，怪遂绝。按《宋高僧传》载会稽释全清，工密藏禁咒法，劾治鬼神。所治市侩王家之妇，草为刍灵，立坛咒之，良久妇言乞命，乃取一罂驱刍灵入其中，呦呦有声，缄器口，以六乙泥朱书符印而瘗之，即此术也。

## 翟　氏

友人翟德孚，名文炳，以庠生援入监。第四子聪敏能文而病瘵，其家多妖祟，日夜抛掷瓦砾不休。德孚请劾鬼者治之，设坛于所居楼之庭中，而置坛以俟。久之，一妇人啼哭呜咽，自楼而下，趋入坛上坛中，悲凄不可闻，云是德孚亡妇，"不忍舍吾子，来相顾耳，今何意煎迫至此？亡已，请勿埋我，埋则永无生路矣"。德孚不听，竟于园地掘坎瘗之，所掷瓦砾遂绝，而子竟不起。此上二事，与《琐事》所载方崦杏花村事正同。

## 语　怪　录

鲁南陈先生著《语怪录》。中四则，一曰：秦云字士龙，金陵人也，号南堂居士，有诗名。为定西侯记室，不得志，卒于彭城。金元玉家尝召箕，书案上云："吾南堂居士也。"请赋一章，即降箕云："十年尘足走京华，桃李春风几度花。地下尚怀天子殿，世间依旧故人家。铁城野哭存青眼，玉垒蛮戈荡白沙。怨恨征西元帅使，不如江海泛仙槎。"一曰：方伯吴公彦华为参政时，出按部，宿公署中。夜入厕，自置烛地上，见一人为执烛起，黄裳绿衣女子也。公不敢仰视。久之，遣执烛前导，过牖下，门子皆熟睡，撼之不醒。遣入室，取衣冠危坐，曰："置烛案上。"挥之出，乃去。一曰：刘司空麟初为刑部郎，出理刑于澶渊。夜方寐，有物如木棉团压于被，遂不能醒。强振起，去若飘风。少寐，又复压被上。如是者三。乃呼门役，皆入室，不能醒。公自起逐之，若烟从牖隙中去。一曰：周公约庵巡抚延绥时，榆林一妇方产，渴思饮水，饮辄至满桶。自是不食，亦不复与人间事矣，终日求掩埋。其夫苦其乱，从之。穿穴使入，上留一窍。越数日，启视犹生。城中人以为神，强出之，将以布裹其躯，漆而为供奉。公闻而怪之，罪其众。召妇至台讯之。妇曰："吾不粒食久矣，非人间所宜存者，但掩埋可，何治为？"竟遣之，不知所终。

　　余又记王公少冶官刑部,差竣归京,未携家,往寓中卧,室以席布地。夜忽觉有物压其胸,而身遂如在磨盘上,旋转如风,眩运甚,然心了了。强力簸顿之,其物堕床下,走席上,窣窣有声。急呼僮起逐之。僮仓卒开门,遂逸去。此与刘公所遇正同,皆狐妖也。

## 陈 公 善 谑 录

　　司马王公敞身短,纱帽作高顶,靴着高底,舆用高扛。人呼为"三高先生"。

　　顾太仆居忧,须发尽白,至服阕北上,乃皆乌之。人曰:"须发亦起复矣。"

　　陈铎为指挥。善词曲,又善谑。常居京师,戏作《月令》,惟记其二月下云:是月也,壁虱出,沟中臭气上腾,妓靴化为鞋。最善形容,"化为鞋"更可笑也。

　　夏学正病,有传方焚漆头巾作灰,酒服之。其子取服,顷之烦燥而卒。学正少与南太宰张公澯同舍,因为志其墓,其铭曰:"少学于学宫,既官于学宫,今也卒于学宫。呜呼!夏公!"黄执之主事为改数字:"少学于头巾,既官于头巾,今也卒于头巾。呜呼,夏君!"太宰闻之,叹曰:"真油嘴也!"

　　南部考察刑部黜一郎中。时陈留刘公忠为太宰,人问刘何以得其情而黜之,执之曰:"王顾左右而言他。"时王考功韦、顾验封璘为刘所信任,故云。

　　蔡承之见碑龟趺,问周子庚曰:"此亦龙种,有别名,非龟也,偶忘之。"周答曰:"名老蔡。"承之笑曰:"问误也。大龟曰蔡。"

## 怪　　石

　　东坡先生黄州江岸细石,第有温莹如玉,或深浅红黄之色,或细纹如人手指螺文,又有一枚如虎豹者,有口鼻眼处而已。余乡王藩幕家有一大石子,中具兜尘观音像,面目跏趺,俨然如生,衣袯亦复分晓。又程别驾家南门外有石子累数百，有白质五彩文，或黑质素文，中或现北斗七星，或具山水草木状，或具鹳鹆眼，或如桃丝竹根，圆点数十，斑驳如画，或赤如丹砂，或碧如翡翠，种种奇特，不但如《东坡志林》所书矣。石多出六合山中，今尽为人掘取。如前所记，一枚直可钱数千。

## 目　静　齿　动

余向偶病齿痛，有人教以常漱且叩，曰："目病宜静，齿病宜动。"因读《志林》记张文潜语曰："目有病当存之，齿有病当劳之，不可同也。"又记黄鲁直语曰："治目当如治民，治齿当如治军；治目当如曹参之治齐，治齿当如商鞅之治秦。"知此说其来久矣。

## 评　　花

余尝评牡丹花、虞美人花、菊花似纸花，扶桑花似绉纱花，芍药花似绢花，玉兰花、栀子花、秋海棠花、百合花、玉簪花、西番莲花似通草花，桂花、蜡梅花似蜡花，兰花似角花，梅花似鲥鱼鳞花。而东坡先生《志林》与王文甫评花，言荼蘼花似通草花，桃花似蜡花，杏花似绢花，罂粟花似纸花，则既已先之矣。

# 卷四

## 笔墨研冠天下

《渑水燕谈》记李后主留意笔札，所用澄心堂纸、李廷珪墨、龙尾研，三物为天下之冠。又言墨不直廷珪。廷珪父超，易水人，与廷珪度江，至歙州，以其地多美松，因留居，以墨名。本姓奚，江南赐姓李氏，珪或为邦。珪弟廷宽，子承宴，孙义用，皆有闻。江南善墨者，又有朱君德、柴恂、柴承务、李文远、张遇、陈赟，著名当时。其制有剑脊、圆饼、拙墨、进贡墨、供堂墨，其面多作蛟龙，其幕有"宣府"字，或云"宣"，或著姓氏，或别州府。宋仁庙尝于宴赐近臣墨，其文曰"新安香墨"。其后翰林承赐者皆廷珪双脊龙样，尤为佳品。又《墨庄漫录》载宣政间佳墨，如关珪、关瑱、梅鼎、张滋、田守元、曾知唯，不知何许人。又唐州桐柏山张浩制作精妙，遂压京都。又河东解子诚，又韩伟升，所制久藏胶力皆不乏，精采与新制敌，可与李氏父子甲乙者。又李格非《破墨癖说》言：用薛安、潘谷墨三十余年，皆如吾意，不觉少有不足。《避暑录话》言：潘衡墨佳，以墨得名，尤用功，可与九华朱仅上下也。又言墨工高庆和，大观中令取煤制墨，不计其直。又言潘谷亲造者黑，它如张谷、陈瞻与潘使其徒造者，皆不黑。

## 瘗　鹤　铭

周吉甫摹《瘗鹤铭》仅得十七字，其后王瓒诗字遂无载矣。按《墨庄漫录》云：瓒刻诗一篇于铭之右方，字画差小于铭，而笔势八法乃极相类，或此铭是瓒书，亦未可知。顾氏《铭考》独不及此，盖李石《续博物志》谓书板帖与此铭，皆定为陶隐居书耳。瓒诗在宋已漫涁，其全篇云："冬日与群公泛舟此山。江水初不冻，今年寒复迟。众芳且未歇，近腊仍夹衣。载酒适我情，兴来趣渐微。方舟大川上，环酌对落晖。两片青石棱，波际无因依。三山安可到，欲到风引归。沧溟壮观多，心目豁暂时。况得穷日夕，乘槎何所之。谪丹阳功曹掾王瓒。"铭字焦弱侯先生据《茅山志》，定以为顾况书。

## 庆奴黄罗扇

江南李后主尝于黄罗扇上书以赐宫人庆奴，云："风情渐老见春羞，到处销魂感旧游。多谢长条似相识，强垂烟态拂人头。"扇宋时犹传诸贵人家。"见春羞"三字新而警。

## 异　芝

梁简文延香园，大同十年竹林吐一芝，长八寸，头盖似鸡头实，黑色。其柄似藕，内通干空，皮质皆纯白，下微红。鸡头实处似竹节，脱之又得脱也。自节处别生一重，如结网罗，四面周可五六寸，围绕周匝，以罩柄上，相远不相着也。其结网众目轻巧可爱，其柄又得脱也。验仙书，与威喜芝相类耳。

## 娑罗树

今南中有娑罗树，干直而多叶，叶必七数，一名曰七叶树。初夏作花，花挺出于枝上，长数寸。茎紫青色，一茎数十花。花色白，结实如栗。《酉阳杂俎》：巴陵有寺，僧房床下忽生一木，随伐随长。外国僧见之，曰："此娑罗也。"元嘉初，出一花如莲，此与今木不类。天宝中，安西道状言："臣所管四镇有拔汗郁密，有娑罗树，特为奇绝。不芘凡草，不止恶禽。耸干无惭于松栝，成阴不愧于桃李。近差官采得前件树枝二百茎，如得托根长乐，擢颖建章。布叶垂阴，邻月中之丹桂；连枝接影，对天上之白榆。"

## 梁朝乐游苑流杯仪

魏使李同轨、陆操聘梁，入乐游苑西门内青油幕下。梁主备三仗乘舆从南门入，操等东面再拜。梁主北入林光殿。未几，引台使人。梁主坐皂帐南面，诸宾及群官俱坐定，遣书舍人殷灵宣旨慰劳，具有辞答。其中庭设钟悬及百戏，殿上流杯池中行酒具，进梁主者题曰"御杯"，自余各题官姓之杯，至前者即饮。又图象旧事随流而转，始至讫于坐罢，首尾不绝也。尝读六朝人曲水序诗，观此当日流杯故事，宛然如见。今之为此宴者少矣。

## 湖 册 口 数

《侯鲭录》载天下生齿之数，止据《宋会要》户数言耳。今以《后湖志》载古今人口数，参诸史册，禹九州口千三百五十五万三千九百二十三；周成王时口千三百七十万四千九百二十三；汉自高祖讫于孝平，口五千九百五十九万四千九百七十八；东汉光武中元二年，口二千一百万七千八百二十；桓帝永寿三年，口五千六百四十八万六千八百五十六；晋平吴之后，口千六百一十六万三千八百六十三；隋大业二年，口四千六百一万九千九百五十六；唐天宝十四载，口五千二百九十一万九千三百九；宋治平三年，口二千五十万六千九百八十；熙宁十年，口三千八十万七千二百十一；绍圣元年，口四千二百五十六万六千一百四十三；元符三年，口四千四百九十一万四千九百九十一；大观四年，口四千六百七十三万四千七百八十四；国朝洪武中，户一千六十五万二千七百八十九，口六千五十四万五千八百一十三；弘治十五年，户九百六十九万一千五百四十八，口六千一百四十一万六千三百七十五；嘉靖二十一年，户九百九十七万二千二百二，口六千二百五十三万一百九十五；万历六年，户一千六十三万一千四百三十六，口六千六百六十九万二千八百五十六。我朝数较前代独多，然今之隐漏者实夥。总之，册籍虽具，漫难凭据。《会典》称休养既久，生齿渐繁，户籍分合及流移附属，并脱漏不报者多，其数乃减于旧。此探本之论也。

## 二 月 生 子

《隋书·萧皇后传》：后，梁明帝岿之女也。江南风俗，二月生子者不举。后以二月生，由是季父岌收而养之。未几，岌夫妻俱死，转养舅氏张轲家。后隋文帝为晋王访姻萧氏，岿乃迎后归，受聘为晋王妃焉。当时俗忌如此。《后汉·张奂传》：凉州俗，子生于二月、五月、与父同生日，俱不举。此俗久矣，至是相沿于江南也。

## 莠　　民二则

十步之内，必有恶草，百家之中，必有莠民。其人或心志凶谲，或膂力刚强，既不肯勤生力穑以养身家，又不能槁项黄馘而老牖下。于是恣其跳踉之性，逞其狙诈之谋，纠党凌人，犯科扞网，横行市井，狎视官司。如向来有以所结之众为绰号曰十三太保、三十六天罡、七十二地煞者；又或以所执之器为绰号，曰棒椎、曰劈柴、曰槁子者。赌博酤酱告讦打抢。闾左言之，六月寒心；城中有之，日暮尘起。即有尹赏之窖，奚度之拍，恬焉而不知畏者众矣。

又有一等，既饶气力，又具机谋，实报睚眦，名施信义。或殚财役贫以奔走乎丐贷，或阳施阴设以笼络乎奸贪。遇婚葬则工为营办以钓奇，有词讼则代为打点以罔利。甚则官府之健胥猾吏，为之奥援；闾巷之刺客奸人，助之羽翼。土豪市侩，甘作使令；花鸨梨姐，愿供娱乐。报仇借客而终不露身，设局骗财而若非动手。有求必遂，无事不干。徒党至数十百人，姓名闻数千百里。如曩之崔二、龚三，概可睹矣。此尤良民之螟螣，而善政之蟊贼也。可亡禁与！

## 二 无 字 碑

梅冈晋太傅谢安石墓碑，有石而无其辞，人呼为无字碑。前记言：“以安功德，难为称述，故立白碑。”《桯史》言：“牧牛亭，秦氏之丘陇在焉，有移忠、旌忠二寺，相去五里。桧墓前隧碑，宸奎在焉，有其额而无其辞，卧一石草间。曰：当时将以求文而莫之肯为，今已矣。”按此则金陵有二无字碑。

# 石　头　城

《桯史》言：六朝建国江左，台城为天阙，复筑石头城于右，宿师以守，盖如古人连营之制。然古今议攻守者，多疑以为分兵力而无用。东阳陈同甫尝上书乞移都建康，谓古台城当在今钟山，而大司马门在马军新营之侧，今城乃江南李氏所筑耳。使六朝因今城以守，则不费侯景数日力，何以历年如彼其久乎？因言曹武惠登长干，兀尤上雨花台，城中秋毫不能遁，其说良是。第指古台城所在未有明据，亦出臆度。自清凉寺而上皆古石城，颓墉犹可识，其址皆依山而高。然则六朝非不知备也。

# 三　段　石　碑

府学中三段石碑。按《实录》，吴天册元年，吴郡临平湖开，又于湖边得石函，函中有小石，青白色，长四寸，广二寸，刻上作皇帝字。于是改元天玺，立石刻于岩山，纪吴功德。其文乃东观令华覈作。黄睿《东观余论》曰：“皇象书人间殊少，惟建康有吴时《天发神谶碑》，若篆若隶，字势雄伟，相传乃象书也。”戚光《续志》云：“象书独步汉末，况体兼篆籀，诚宜居周鼓秦刻之次，魏钟繇诸碑勿论也。其石四方，面背阔，书各八行，两傍狭书□行。其文书满三方而虚其一，辞虽不可读，其可识者百八十余字，首曰‘上天帝言’，次曰‘天发神谶’，曰‘□谶广多’，曰‘将军裨将军关内侯’，曰‘诏遣中书郎’，曰‘章咸李楷贺□吴宠建业丞许□等十二人’，曰‘永归大吴上天宣命’，曰‘文字炳眼’，曰‘在诸石上’。其后又别书曰‘兰台东观令’，曰‘巧工九江’，曰‘吴郡’，曰‘东海夏侯’。此盖列与事之臣于正文之后，东观令时为华

覲。碑辞虽未易读，大抵犹秦碑刻制尔。泰山碑似方非方，四面广狭
皆不等，正与此石类。"

## 铸　　钱

南都自开国至嘉靖中，开局铸钱，独洪武、宣德、弘治、嘉靖四种
耳。正、嘉中民间用古钱，其后悭滥之极，至剪铁叶锡片伪为之，后乃
稍稍厌弃，而更用"开元通宝"钱。至今上十年前，始用"万历通宝"钱
而与嘉靖、隆庆制钱相兼行使，自后工部遂议就局铸造矣。庚子辛丑
间，又别造大厂，与宝源局并行鼓铸，增多至百二十余炉，于是户部与
操院亦议并铸。久之，京府亦别起炉，鞴铸钱于常平仓矣。所铸之钱
既多，而行钱止于都城之内，久则钱益多而其直反贱，诸军役匠作应
受钱者咸不乐三七搭支。又铜商以抽税多，故昂其直，而部所给之铜
价不可增，则铜不时至。于是乃减所增铸炉，斥停铸者各归其家，而
私铸之犯者众矣。向也未行广铸，局中供役者不过世业旧工，自广铸
而召募多人，于是拨砂、看火、醒眼、错边之法，人人具晓之。身既不
隶于官而无所牟利，则往往私铸以市，而其钱颇与官铸者埒，且又减
其直以仇于市之贸钱者，而私钱乃盈地。至官以法禁之，小民以死抵
突，不可止也。故曰："鱼不可脱于渊，国之利器不可假人。"又曰："利
出于一孔者，国无敌。"噫，诚然哉！

## 斗　十　六　度

建业、丹阳分野属扬州，于天文入斗十六度，盖十二次度数，班固
取《三统历》十二次配十二野，其文最详。又有费直说《周易》、蔡邕
《月令章句》所言颇有先后，如自南斗十二度至须女七度，固言为星
纪，而费直言起斗十度，蔡邕言起斗六度。又范蠡、鬼谷先生、张良、
京房、张衡、谯周、诸葛亮、陈卓并云斗、牵牛、须女为吴、越、扬州，与
固所言微有不同，而必以丹阳入斗十六度，亦或有无定者矣。按斗六
星，其状似北斗，二十五度，天庙也，亦曰天机。五星贯中，日月正道，

为丞相太宰之位,宜褒进贤良,禀授爵禄。又主兵。南二星魁,天梁也。中央二星,天相也。北二星,天府庭也。亦为寿命之期。将有天子之事,占于南斗,星盛明,君臣一心,天下和平,爵禄行。

## 绿　蝴　蝶

丙申秋初,家僮捉得一蝴蝶,大如掌,翅作浅绿色,娇腻艳发,睛如点漆,两眉纯紫,腹下白,微带淡红,前翅头两画,后翅末三圈,俱燕支色。又两带如燕尾,拖于后,疑为橘蠹所化。段公路《北户录》纪卢肇员外说,一蚡蝶如两手大,上有散绿点,丁香眼,前翅头两画,燕支色,后翅为燕尾分,与予所见者大半相似。

## 斗　鱼

潘庚生《亘史》载宋文献公云:余客建业,见有畜波斯鱼者,俗讹为师婆鱼。其大如指,鬐具五采,两腮有小点如黛,性矫悍善斗。人以二缶畜之,折藕叶覆水面,饲以蚓若蝇及蚊,伺鱼吐泡叶畔,知其勇可用,乃贮水大缶合之。各扬鬐鬣相鼓视,怒气所乘,体拳曲如弓,鳞甲变黑。久之,忽作秋隼击,水声泙然鸣,溅珠上人衣,连数合复分。当合,如矢激弦绝,不可遏,已而相纠缠,盘旋弗解。其或负,则胜者奋威逐之,负者惧,自掷缶外,视其身纯白云。今闽中有此鱼,以夏而斗,秋则否。

## 女　饰

今留都妇女之饰,在首者翟冠,七品命妇服之,古谓之副,又曰步摇。其常服戴于发者,或以金银丝,或马尾,或以纱帽之。有冠,有丫髻,有云髻,俗或曰假髻。制始于汉晋之大手髻,郑玄之所谓假紒,唐人之所谓义髻也。以铁丝织为圜,外编以发,高视髻之半,罩于髻,而以簪绾之,名曰鼓,在汉曰剪牦蔮,疑类于《周礼》之所谓编也。摘遗发之美者缕束之，杂发中，助绾为髻，名曰头髲《诗》之所谓"髢"也。长摘而首圜或方，杂爵华为饰，金、银、玉、玳瑁、玛瑙、琥珀皆可为之，曰簪。其端垂珠若华者曰结子，皆古之所谓笄也。掩鬓或作云形，或作团花形，插于两鬓，古之所谓两博鬓也。花钿，戴于发鼓之下，古之所谓鑁蔽髻也。耳饰，在妇人大曰环，小曰耳塞，在女曰坠，古之所谓耳珰也。塞即古之所谓瑱也。以小花贴于两眉间曰眉间俏，古谓之花子，一曰其制自古之玄旳、龙黔为之眆也。饰于臂曰手镯。镯，钲也，《周礼·鼓人》："以金镯节鼓。"形如小钟，而今相沿用于此，即古之所谓钏，又曰臂钗、曰臂环、曰条脱、曰条达、曰跳脱者是也。金玉追炼约于指间曰戒指。又以金丝绕而箍之曰缠子，即繁钦诗之所谓"约指一双银"也。以金珠玉杂治为百物形，上有山云题、若花题，下长索贯诸器物系而垂之，或在胸曰坠领，或系于裙之要，曰七事。又以玉作珮，系之行步声璆然，曰禁步。皆古之所谓杂珮也。古取其用，今取其饰也。金玉珠石为华爵，长而列于鬓傍曰钗，古一谓之笄，齐、梁间始有花钗、金钗之名，而实始于汉，前此未之有也。其差小于钗者曰掠子，或谓即古搔头，义取掠发，疑有类于古之所谓"导"也。亲迎妇将登车，以彩帊或锦幅羃其首，至夫家行合卺礼，始揭去之，曰盖头，古名曰幪。北齐纳后礼有所谓"加幪"、"去幪"者，此也。

## 陈 南 北 狱

陈武帝令尚书删定郎范果参定律令，又令徐陵等知其事，惟重清议禁锢之制，若搢绅之族，犯亏名教不孝及内乱者，终身不齿。其当刑于市者，夜须明，雨须晴，朔日、八节、六斋，日月在张、心日，并不得行刑。廷尉寺为北狱，建康县为南狱。

## 金陵古今铸钱

吴大帝赤乌元年，铸一当千钱、一当五百钱。
宋文帝元嘉七年，铸四铢钱。

宋孝武帝孝建元年，铸孝建钱，一边文为四铢。

宋废帝景和二年，铸二铢钱。时私铸钱多，无轮廓，不剪凿者谓之耒子；尤薄轻者谓之荇叶；一千钱长不盈三寸，大小称此，谓之鹅眼钱；劣于此者，谓之缝环钱，入水不沉，随手破碎。

梁武帝铸五铢钱，又别铸除其肉郭，谓之女钱。

普通中，议尽罢铜钱，更铸五铢铁钱。

梁末，又有两柱钱。

陈文帝天嘉五年，铸五铢钱。

宣帝太建十一年，铸六铢钱。

隋文帝于开皇十年诏晋王广，听于扬州立五炉铸钱。

唐高宗乾封二年，诏天下铸开元通宝钱。

唐玄宗天宝□年，诏扬州置十炉铸开元通宝钱。

南唐元宗保大元年，铸唐国通宝钱、大唐通宝钱、保大元宝钱。

皇明洪武初，置宝源局，于应天府铸大中通宝钱。凡五等：一两、五钱、三钱、二钱、一钱。重各如之。令户部及各行省铸洪武通宝钱。

宣德九年，令南京工部铸宣德通宝钱。

弘治十八年，铸弘治通宝钱。

嘉靖八年、二十一等年，铸嘉靖通宝钱。国朝皆纪在南京铸者。

# 太 学 生 徒

南大司成江夏郭公奏：欲罗异材，复具列于教条，如诗赋、天文、律算、兵法，各为一科。其论甚伟。因考唐西京立国子监：一曰国子学，生徒三百人，分有五经，一经六十人，以文武官三品以上及国公子孙从二品以上之曾孙为之；二曰太学，生徒五百人，每一经百人，以四品五品及郡县公子孙及从三品之曾孙为之；三曰四门学，生徒千三百人分经与太学同，其五百人以六品七品及侯伯子男之子为之；其八百人以庶人之俊造者为之；四曰律学，生徒五十人，取年十八以上、二十五以下，以八品九品子孙及庶人之习法令者为之；五曰书学，生徒三十人，以习文字者为之；六曰算学，生徒三十人，以习计数者为之。其州县学,生徒门荫与律、书、算学同,诸生皆限年十四以上、十九以下,皆郡县自补。郭公之意盖本于此。我朝国初太学之制,犹有汉、宋遗风,自景泰以后纳粟之例开,而古法荡然尽矣。以考德讲艺释奠视学之地,一变而为西园、鸿都卖官鬻爵之区。谁秉国成,为斯作俑? 可叹亦可恨也!

## 五　　祀

留都人家以腊月二十四日夜祀灶,饷饼果酒,自士大夫至庶人家皆然。此古五祀之一也。商制五祀,一曰户,二曰灶,三曰中霤,四曰门,五曰行,天子与诸侯、大夫同。门户主出入,灶主饮食,中霤主堂室居处,行主道路也。周制,王为群姓立七祀,曰司命,曰中霤,曰国门,曰国行,曰泰厉,曰户,曰灶。诸侯立五祀,曰司命,曰中霤,曰国门,曰国行,曰公厉。大夫立三祀,曰族厉,曰门,曰行。嫡士立二祀,曰门,曰行。庶人立一祀,或立霤灶,或立户。汉立五祀,《白虎通》云:户以春祭,灶以夏祭,门以秋祭,井以冬祭,中霤以六月祭。其后人家祀山神门户,山即厉也。然则今以士大夫止祀灶一,不及其他,与祭以冬尽,皆与礼异。

## 耕台蚕观

宋文帝元嘉二十一年,司空大司农京尹令尉度宫之辰地,八里之外,整制千亩。中开阡陌,立先农坛于中,阡西陌南;设御耕坛于中,阡东陌北。梁武帝普通二年,又移籍田于建康北岸,筑兆域如南北郊,别有望耕台在坛东。宋孝武帝大明四年,始于台城西白石里为蚕所,设兆域,置大殿,又立蚕观。今地皆不复可考。

## 乘马衣冠

唐景龙二年,皇太子将亲释奠于国学,有司草仪注,令从臣皆乘马衣冠,左庶子刘知几进议非之,内云:"江左官至尚书郎而辄轻乘马,则为御史所弹。又颜延年罢官后好骑马出入闾里,当时称其放诞。此则专车凭轼,可擐朝衣;单马御鞍,宜从亵服。求之近古,灼然之明验也。褒衣博带,大屦高冠,本非马上所施,自是车中之服。且长裾广袖,襜如翼如;鸣珮纤组,锵锵奕奕。傥马有惊逸,人从颠坠,遂使遗屦不收,绁骖相续,因以受嗤行路,有损威仪。乘马衣冠,宜从废改,皇太子付外施行,且著为式。"今留都百官送表,朝服乘马,阴雨时甚栗栗,有谘及旧典者,检此答之。

## 桃符画鸡蒜头五毒等仪

岁除岁旦,秣陵人家门上插松柏枝、芝麻秸、冬青树叶,大门换新桃符,贵家房门左右贴画雄鸡。此亦有所自起。按魏晋制,每岁朝设苇茭、桃梗、磔鸡于宫及百寺之门,以辟恶气。自夏后氏以苇茭,商人以螺首,周人以桃为梗,汉兼用三代之仪,以苇茭、桃梗,五月五日,朱索五色印为门户饰,以催止恶气。后汉又以朱索连荤菜弥牟朴蛊钟,以桃印长六寸方三寸五色书文如法以施门户。魏晋乃杂用于岁旦。今人家五月五日,庭悬道士朱符,人戴珮五色绒线符牌,门户以缕系独蒜,及以彩帛、通草制五毒虫、虎、蛇、蝎、蜘蛛、蜈蚣、蟠缀于大艾叶上,悬于门,又以桃核刻作人物珮之。盖用汉五月五日之遗法也。

## 郊　　香

梁武帝制:南郊明堂用沉香,取天之质,阳所宜也。北郊用上和香,以地于人亲,宜加杂馥。又祈雨之祀,朱异议止从坎瘗,停用柴燎,曰以火祈水,于事非宜。

## 祈　　雨

都中祈雨,小儿扛香亭,沿街市吁呼龙王,见路人持伞者,击而碎之。或曰："此何始也?"予曰："魏孝成定雩祭仪,自断屠诸旧典外,有百官断伞扇一条,《开元礼》因著断扇之文,此其由也。"又道人登坛祈祷用妇人。或曰："毋乃为渎与?"予曰："以阴求阴,董广川有是言矣。罗泌《路史》论雩祭宜用女巫,意盖本此。汉武帝祈雨仪用女子、女巫,丈夫遂至不许入市。道士之用妇人,亦自有义,未可尽非之也。"

## 北　斗

偶友人言北斗第四星不明,主天下官无权。此与古占异。北斗七星,一至四为魁,五至七为杓。第一星曰天枢,二曰璇,三曰玑,四曰权,五曰玉衡,六曰闿阳,七曰摇光。枢为天,璇为地,玑为人,权为时,玉衡为音,闿阳为律,摇光为星。石氏之第一曰正星,主阳德,天子之象;二曰法星,主阴刑,女主之位;三曰公星,主祸害;四曰伐星,主天理,伐无道;五曰杀星,主中央,助四旁,杀有罪;六曰危星,主天仓五谷;七曰部星,亦曰应星,主兵。又云:一主天,二主地,三主火,四主水,五主土,六主木,七主金。又曰:一主秦,二主楚,三主梁,四主吴,五主赵,六主燕,七主齐。张衡云:若天子不恭宗庙,不敬鬼神,则第一星不明,或变色;若广营宫室,妄凿山陵,则第二星不明,或变色;若不爱百姓,骤兴征役,则第三星不明,或变色;若发号施令,不顺四时,不明天道,则第四星不明,或变色;若废正乐,务淫声,则第五星不明,或变色;若不劝农桑,不务稼穑,峻法滥刑,退贤伤政,则第六星不明,或变色;若不抚四方,不安夷夏,则第七星不明,或变色。又弼星附乎闿阳,所以助斗成功也。七政星明则国昌,不明国殃。斗旁欲多星则安,斗中少星则人恐。弼星明而斗不明,臣强主弱;斗明弼不明,主强臣弱也。天下官奉上行令,安得有权? 主强臣弱,其占自明。友人之言,未足据也。

## 唐润州贡

唐贡赋,金陵曰润州,调火麻,贡方棋水波绫。今吴绫以松江为上，杭次之。而考唐贡绫，多州，亦多品。如仙、滑二州方纹绫，豫州鸂鶒绫、双丝绫，兖州镜花绫，青州仙纹绫，定州两窠绫，幽州范阳绫，定州绫，荆州方縠纹绫，随州绫，澧州龟子绫，阆州重莲绫，越州吴绫，梓州、遂州樗蒲绫，或以地，或以花样，多在西北。而其绸贡，则汝、陕、颍、徐、定、洺、博、魏、恒、璧、巴、蓬、通、忠、渠、简等十六州。纱则相州。罗则益、蜀二州单丝罗，恒州春罗、孔雀等罗。其纻布之类，则胜、银等州女稽布，齐州丝葛，泗水赀布，海州楚布，隰、石二州胡女布，邢州丝布，荆州交梭縠子，邓、利、果等州丝布，郢、复、开等州白纻，归州纻麻布，洋州白交梭，涪州连头□布，渝、峡、随等州葛，襄州白縠、白纶巾，巴州兰干布，房州纻，凉州毲布，扬州细纻，庐州交梭熟丝布，申、光二州絺绤，楚州孔雀布，和州纻练，滁、沔二州麻赀布，蕲、舒二州白纻布，黄州纻赀布，安州青纻布，寿州葛布，常州紫纶巾，苏州红纶布，杭、越二州白编，睦、越二州交梭，建州花练，洪、抚、江、潭、永五州葛，朗州纻练，常、湖、歙、宣、虔、吉、袁、岳、道等州白纻布，宣州绮，南州班布，彭州交梭，汉州纻布、弥牟布，绵州双紃，戎、普、泸等州葛，印、建、隽等州丝布，连州细布，振州班布，端州蕉布，福州、安南及潮州蕉，韶州竹布。绢则唐在所有之，不具载。今海内土产比唐相悬，第葛之所出不甚远，以地所生就而织纴故耳。绫帛之细者，纹帛也。或谓之绮罗。帛之美者，意取罟鸟之意。纱缚属，轻曰纱。练音疏，绤属，纻，檾属，白而细疏者。纻俗作苧，今谓段曰纻，或劣言之也。绮，细绫也。纶，青丝绶。它无解。有白纶巾似布之轻细者。交梭，亦布类，以其功名之。

## 出母嫁母服

里中有丧出母者，或疑其亡服，引子思之言曰："为伋也妻，则为白也母；不为伋也妻，则不为白也母。"孔氏之不丧出母，自子思始也。然孔鲤之妻，鲤卒而嫁于卫，《檀弓》曰："子思之母死，柳若谓子思曰：'子圣人之后也，四方于子乎观礼，子盍慎诸！'子思曰：'吾何慎哉！'"丧之礼如子，云子圣人之后，即父后也。石苞问淳于睿："为父后者不为出母服，嫁母犹出母也。或者以为嫁与出不异，不达礼意，虽执从重之义，而以废祭见讥。君为详正。"睿引子思之义为答，且言圣人之后服嫁母明矣。

宋景祐二年，礼官宋祁言："前祠部员外郎集贤校理郭积幼孤，母边更嫁，有子。积无伯叔兄弟，独承郭氏之祭。今边不幸而积解官行丧。按《五服制度敕》'齐衰杖期降服'之条曰：'父卒母嫁及出妻之子为母。'其左方注：'谓不为父后者。若为父后者，则无服。'"诏议之。御史刘夔曰："按天圣六年敕，《开元五服制度》、《开宝正礼》并载齐衰降服条例，虽与祁言不异，然《假宁令》：'诸丧斩衰三年，并解官；齐衰杖期及为人后者为其父母，若庶子为后为其母，亦解官申心丧；母出及嫁，为父后者，虽不服，亦申心丧。'注云：'皆为生己者。'《律疏》云：'心丧者为妾子及出妻之子，合降其服，二十五月内为心丧。'载详格令：'子为嫁母，虽为父后者不服，亦当申心丧。'又称：'居心丧者，释服从吉及忘哀作乐、冒哀求仕者，并同父母正服。'今龙图学士王傅文、御史中丞杜衍，尝为出嫁母解官行丧者，使生为母子，没同路人，则必亏损名教，上玷孝治。且杖期降服之制，本出《开元礼》文，逮乎天宝降敕，俾终三年，然则当时已悟失礼。晋袁准谓：'礼为人后，犹服嫁母。据外祖异族，犹废祭行服，知父后应服嫁母。'刘智释云：'虽为父后，犹为嫁母齐衰。'谯周曰：'非父所绝，为之服周可也。'积之行服，是不为过。"诏两制、御史台、礼院再议，曰："按《仪礼》：'父卒，继母嫁，为之服期。'谓非生己者，故父卒改嫁，降不为己母。唐上元元年敕，父在为母尚许服三年，今母嫁是父终，得申本服。唐绍议曰：'为父后者，为嫁母杖周；不为父后者，请不降服。'至天宝六载敕，五服之纪，所宜企及；三年之数，以报免怀。其嫁母亡，宜终三年。又唐八坐议吉凶加减礼云：'凡父卒，亲母嫁，齐衰杖期为父后者不服，不以私亲废祭祀。惟素服居垩室，心丧三年，免役解官。母亦心服报之，母子无绝道也。'按《通礼·五服制度》：父卒，母嫁，及出妻之子为母，及为祖后，祖在，为祖母；虽周除，仍心丧三年。"侍讲学士冯元言："《仪礼》、《礼记正义》，古之正礼；《开宝通礼》、《五服年月敕》，国朝见行典制。为父后者，为出母无服。惟《通礼义纂》引唐天宝六年制：'出母嫁母并终服三年。'又引刘智《释义》：'虽为父后，犹为出母嫁母齐衰,卒哭乃除。'盖天宝之制,言诸子为出母嫁母,故云'并终服三年';刘智言为父后者为出母嫁母,故云'犹为齐衰,卒哭乃除':各有所谓,固无疑也。况《天圣五服年月敕》:'父卒母嫁及出妻之子为母降杖期。'则天宝之制已不可行。又但言母出及嫁为父后者虽不服,亦申心丧,即不言解官。若专用礼经,则是全无服式;若俯同诸子杖期,又于条制相戾。请凡子为父后,无人可奉祭祀者,依《通礼义纂》、刘智《释义》,服齐衰,卒哭乃除,逾月乃祭,仍申心丧,则与《仪礼》、《礼记正义》、《通典》、《通礼》、《五服年月敕》'为父后为出母嫁母无服'之言不远。如诸子非为父后者,为出母嫁母,依《五服年月敕》降服齐衰杖期,亦解官申心丧,则与《通礼·五服制度》言'虽周除仍心丧三年'及《刑统》言'出妻之子合降其服皆二十五月内为心丧'其义一也。郭秾应得子为父后之条,缘其解役行服已过期年,难于追改,后当依此施行。"诏:"自今并听解官,以申心丧。"

## 生 母 服

子为生母。大中祥符八年,枢密使王钦若言:"编修《册府元龟》官太常博士、秘阁校理聂震丁所生母忧,嫡母尚在,望免持服。"礼官言:"按周制,庶子在母之室,则为其母不禫。晋解遂问蔡谟曰:'庶子丧所生,嫡母尚存,不知制服轻重。'答云:'士之妾子,服其母,与凡人丧母同。'钟陵胡澹所生母丧,自有嫡兄承统,而嫡母存,疑不得三年,问范宣,答曰:'为慈母且犹三年,况亲所生乎?嫡母虽尊,然厌之制,父所不及。妇人无专制之事,岂得引父为比而降支子也?'齐褚渊遭庶母郭氏丧,葬毕,起为中军将军。后嫡母吴郡公主薨,葬毕,令摄职。则震当解官行服,心丧三年,若特有夺情之命,望不以追出为名。自今有类此者,亦请不称起复。"

## 孝 慈 录 三则

前代服制,未有定式。我圣祖谓其君牵制文义,优游不断,于是作《孝慈录》,立为定制。子为父母,庶子为其母,皆斩衰三年。嫡子、众子为庶母,皆齐衰杖期。大哉王言,自是人子得申其罔极之情,而从来短丧之谬论与拘儒之曲说,可废而不谈矣。《服制图》:子为继母、为慈母、为养母皆斩衰三年;为嫁母、出母、为父卒继母改嫁而已从之者皆齐衰杖期;为继父同居两无大功之亲者服齐衰不杖期;为继父先曾同居今不同居者、为继父虽同居而两有大功以上亲者,皆齐衰三月。于是以恩服,以义服,以名服,三者曲到周尽,无毫发遗憾于人心。此所以明天伦,正人纪,顺人情,为万世不易之经也。

　　出母、嫁母虽均称义绝,而实固不同。有出当其罪者,有出不当其罪者,有出而改适他人者,有出而终不他适者。嫁母有父卒而自愿改适者,有为父母舅姑所迫而不得自由者,又有为五服无依、饥寒困瓶、不得已而适人者。程子虽云:"饿死事极小,失节事极大。"然制律者不立服满改嫁之条,盖圣人曲体人情,固难尽以共姜《柏舟》之事望之人人也。人子不幸而处此,其不敢忘父而惟母是徇,固礼之正。若忘其怀抱乳哺之恩,遽等于路人,掉臂不顾,视生身之人,曾乳母、养母之不若,且也同爨尚服缌麻,朋友尚加麻,邻丧里殡尚无相杵巷歌,乃于出母、嫁母之死而不为解官持丧,是又视母在朋友邻里下矣。此岂复有人心者哉!生则致爱,死则致哀,不敢违父命,亦不敢伤母情,如是而已矣。如齐之章子坐视其母葬马栈之下,临以君命而不肯改,余终不忍以其行为得中。赵苞之守城,嵇绍之绝裾,终不若徐庶"方寸乱矣"之言可以亡愧于人子也。如以此言为不明大义,则或有为嫡母所子而遂不肯认其生母者,有为异姓人后而不为本生行服者,亦可以其知大义而称为孝子乎哉?

　　或又问余曰:"出母而真犯七出之条,于父为有罪矣,大义灭亲,其理自正。乃子公然奉其出母,知母而不知父,所谓禽兽者也,何居?"曰:"出母之有罪,不待言矣。然母出矣,子晏然忘其母之被出,而拥妻子,甘豢养,忍乎哉!《凯风》之母之不安其室也,七子以我无令人自怨自艾,若无所容者。何况于出有人于此,其兄关弓而射之,则已垂涕泣而道之、戚之也。于兄且然,何况母也?"曰:"假令出母死而父在,父不听子之服,即解官申心丧,且迹于重伤父之志也;则奈何?"曰:"凡吾所为甚出母之子者,谓夫莫之禁而不为者也。然使孝子处此,即父之命不可违,母之罪无可逭,而委曲周旋,必有不忍恝然,遂等于涂人者矣。"曰:"如子之言,于母得矣,父则如何?"曰:"各尽其道,并行而不相悖而已矣。子之事母也,犹其事父也。其事父,犹父之事其祖也。不幸而母之得罪于其父,犹不幸而父之得罪于其祖也。蒯聩得罪于灵公,废而逐之也则可;辄以父之得罪于祖遂祢祖而拒其父,则不可。然则父固可以夫而绝其妻,子安可遂以子而绝其母乎哉!妃匹之际,义绝则离,是子之所不能得于父者也。母子之爱,死而后已,是父之所不能得于子者也。极而言之,文姜预弑桓之恶,《春秋》书'肆大眚',然后葬文姜。《元经传》曰:仲尼谓子道不可略母葬,故特书'肆大眚',然后葬文姜。子道掩亲之恶也,孝子仁人,不幸而处人伦之变,所以权于礼与情之中者,其当必有道矣。"

## 大　　乐

余两典南雍,三奉丁祭,见所奏乐舞颇详,诸器实无有不奏者,俗言琴瑟之类皆徒设,殊不然也。第所奏音律多弗克谐,畴人子弟、庸妄羽流,实不晓钟吕为何物。因忆宋姜夔大乐议,言大乐之弊,考击失宜,消息未尽,至于歌诗,则一句而钟四击,一字而笙一吹,未协古人槁木贯珠之意。况乐工苟焉占籍,击钟磬者不知声,吹匏竹者不知穴,操琴瑟者不知弦,同奏则动手不均,迭奏则发声不属,校之今日,如持左券。国朝乐学最为失传,端冕而听,恐卧宜矣。

## 官　历　五　字

人问:"官历中每日下注有伐字、制字、义字、专字、宝字,何说也?"余曰:京房《易传》有之,孔子易云有四易:一世二世为地易,三世四世为人易,五世六世为天易,游魂归魂为鬼易。八卦:鬼为击爻,击即伐也。财为制爻,天地为义爻,天地即父母也。福德为宝爻,福德即子孙也。同气为专爻。同气即兄弟也。历之取用,其源在此。"

## 杨 元 慎 嘲

梁沈庆之使魏，杨元慎嘲之曰："吴人之鬼，住居建康。小作冠帽，短制衣裳。自呼阿侬，语则阿傍。菰稗为饭，茗饮作浆。呷啜鳟羹，唼嗍蟹黄。手把豆蔻，口嚼槟榔。"又曰："网鱼洒鳖，在河之洲。咀嚼菱藕，捃拾鸡头。蛙羹蚌臛，以为膳羞。布袍芒履，倒骑水牛。沉湘江汉，鼓棹遨游。随波溯浪，唅喝沉浮。白纻起舞，扬波发讴。"当时南北分疆，互相诋诨，南谓北为索虏，北谓南为岛夷。自隋世混一之后，南之丝帛米粟，服食天下，中土且随风而靡。古今之异宜如此。

## 王 符 潜 夫 论

《潜夫论·浮侈篇》云："今京师贵戚，衣服、饮食、车舆、文饰、庐舍皆过王制，僭上甚矣。从奴仆妾皆服葛子升越、筒中女布，细纹绮縠，冰纨锦绣，犀象珠玉，琥珀玳瑁，石山隐题，金银错镂，獐麂履舄，文组彩褋。骄奢僭主，转相夸诧，箕子所晞，今在仆妾。"近日留都风尚往往如此，奢僭之俗，在闾左富户甚于搢绅。诵此论之言，可为太息。

## 铸鼎剑于蒋山

吴皓铸一鼎于蒋山，纪吴之历数，八分书。晋怀帝永嘉六年，铸一鼎，沉于瓜步江中，无文字，鼎似龟形。宋文帝得鰕鱼，遂作一鼎，其文曰"鰕鱼"，四足。齐高祖讳道成，于斋中池内见龙斗，箫磬，遂埋一鼎，其文曰"龙鼎"，真书，四足。梁武帝大通元年，于蒋山埋一鼎，文曰"大通"，真书；又铸一鼎，书《老子》五千言，沉之九江中：并萧子云书。陈宣帝于太极殿中铸一鼎，文曰"忠烈"，常侍丁初正书，见梁虞荔《鼎录》。宋后废帝昱以元徽二年于蒋山顶造一剑，铭曰"永昌"，篆书,见陶弘景《刀剑录》。

## 品石 螺子石

宋山阴云林杜绾《石谱》有品石,建康府有石三块,颇雄伟,有岩洞崄怪,色稍苍翠,遍产竹木,茂郁可观,石罅中有六朝唐宋诸公刻字,谓之品石。又有螺子石,江宁府江水中有碎石,谓之螺子,凡有五色,大抵全如六合县灵居岩及他处所产玛瑙无异,纹理萦绕石面,望之透明可喜。

## 李后主研山

李后主常宝一研山,径长尺余,前耸三十六峰,皆大犹手指,左右别引两坡陀,而中凿为研。及国破,研流在士人家,为米元章所得。后来归丹阳,与苏氏易甘露寺并江地。地多古木,盖晋唐人故居,米起庵,名曰海岳。研归苏氏,不几月,索入禁中,后又在台州戴家。

## 钟 隐

海岳《画史》云:钟峰白莲居士,又称钟峰隐居,又称钟峰隐者,皆李重光画自题号,意是钟山隐居耳。每自画必题曰"钟隐笔",上着内殿图书之印及押用内合同集贤院黑印。有此印者,是与于文房物也。元章直以钟隐为李后主如此。按,刘道醇《五代名画补遗》花竹翎毛门神品二人,一曰钟隐,字晦叔,天台人,少清悟,不婴俗事,好肥遁自处。尝卜居闲旷,结茅屋以养恬和之气,好画花竹禽鸟以自娱。凡举笔写像,必致精绝。尤喜画鹞子、白头翁、鹦鸟、班鸠,皆有生态。尤长草棘树木。其画在江南者,悉为南唐李煜所有,煜亲笔题署及以伪玺印之。钟隐之事,明白如此,元章何遂没其人邪?

## 陶缜菜

邓椿《画继》载：陶缜，不知何郡人。荆公有题所画菜示德逢诗。所作花果，精致可玩。周公谨《云烟过眼录》言镇江张万户所藏陶缜菜，诸色凡二十种，上题"金陵陶缜笔"。缜乃金陵人也。

## 豨莶草

豨莶草治风湿如神，里中人所习知也。至其能补元气、强筋骨、长眉发、乌髭须、聪明耳目，则医亦有未知者。得酒良，九月九日采者佳。张忠定公咏进御表云：金棱银线，素根紫荄。谁知至贱之中，乃伏殊常之品。臣服百剂，耳目聪明。渐服满千，须髭再黑。罗守一坠马，中风不语，十服即痊。僧知严七十，口眼㖞斜，十服亦愈。其功效如此。

## 桂

《杨文公谈苑》记江南后主患清暑阁前草生，徐锴令以桂屑布砖缝，宿草尽死。谓《吕氏春秋》云："桂枝之下无杂木。"盖桂枝味辛螫故也。

## 河冰成花

万历丁未冬，秦淮河儒学贡院之前冰成花卉，其枝叶瓣朵，无一不具。时以为创见之异，然前记已多有之。《酉阳杂俎》言：开成末，河阳黄鱼池冰作花如缬。《梦溪笔谈》言：庆历中，京师集禧观渠中冰纹皆成花果林木。又：元丰末，秀州人家屋瓦上冰亦成花，每瓦一枝，正如画家所为折枝。有大花似牡丹芍药者，细花如海棠萱草者，皆有枝叶，气象生动，虽巧笔不能为之。以纸拓之，无异石刻。又宋次道《春明退朝录》：天圣中，青州盛冬浓霜，屋瓦皆成百花之状。

## 海陵王墓铭文

沈存中在金陵，有饔人以一方石镇肉，视之若有镌刻。试取石洗濯，乃宋海陵王墓铭，谢朓撰并书，其字如钟繇，极可爱。铭曰："中枢诞圣，膺历受命。於穆二祖，天临海镜。显允世宗，温文著性。三善有声，四国无竞。嗣德方衰，时唯介弟。景祚云及，多难攸启。载骤载猎，高辟代邸。庶辟欣欣，威仪济济。亦既负扆，言观帝则。正位恭己，临朝渊嘿。虔思宝缔，负荷非克。敬顺天人，高逊明德。西光已谢，东旭又良。龙纛夕俨，保挽晨锵。风摇草色，日照松光。春秋非我，晚夜何长！"

## 篆太学石经

胡恢，金陵人，博物强记，善篆隶，臧否人物，坐法失官，十余年潦倒贫困，赴选集于京师。是时，韩魏公当国，恢献诗自达，有联云："建业关山千里远，长安风雪一人寒。"魏公深怜之，令篆太学石经，因得复官，任华州推官而卒。篆石经是一大典故，而前记多不书。

## 爱　　爱

宋爱爱，钱塘倡家女，姿体纤素艳发，不类人间人。泛舟西湖采荷香，为金陵少年张逞所调，遂相携潜遁于京师。后逞为父捕归，爱爱即闭户蔬素三年，念逞之勤，感疾而死。苏子美为作《爱爱集》，纪其事。

## 秋　　娘

唐杜秋娘，金陵女子也，为浙西观察使李锜妾。尝为锜辞云："劝君莫惜金缕衣，劝君须惜少年时。有花堪折君须折，莫待花残空折枝。"锜反，被籍入宫。后随皇子漳王。王有罪废，秋娘放归故里。杜牧之《樊川集》云，过金陵，感其穷且老，为之赋诗，五言长篇五十六韵，语多奇丽。

## 小史见庐山夫人

建康小史曹著见庐山夫人，夫人命女婉出与著相见。女欣然，命婢琼枝令取琴出。婉抚琴而歌曰："登庐山兮郁嵯峨，晞阳风兮排紫霞。欣良运兮畅云柯，升云龙兮乐太和。"琴歌既毕，婉便回去。见《祖台志怪》。

## 金字心经大宝珠

李后主手书金字《心经》一卷，赐其宫人乔氏。乔氏后入禁中，闻后主薨，自内庭出经舍相国寺西塔以资荐，且自书于后云"故李氏国主宫人乔氏"云云，字整洁而词甚凄惋。其后江南僧持归故国，置之天禧寺塔相轮中。寺后大火，相轮自火中堕落，而经不损，为金陵守王君玉所得。王卒，子孙不能保之，以归宁凤子仪家。

小说：伐江南，大将获李后主宠姬，夜见灯辄闭目，云："烟气。"易以蜡炬，亦闭目，云："烟气愈甚。"曰："然则宫中未尝点烛邪?"曰："宫中本阁，每至夜，则悬大宝珠，光照一室，如日中。"右俱见王铚《默记》。

## 徐十郎茶肆

徐常侍铉无子，其弟锴有后，居金陵摄山前，开茶肆，号徐十郎。有铉、锴诰敕甚多，有自江南入朝初授官诰，云"归明人伪银青光禄大夫守太子率更令"云云。如内史乃江南宰相也，银青存其阶官也。人第知金陵近日始有茶坊，不知宋时已有之矣。

## 张 尚 书

靖难兵渡江后,吏部尚书张公纮自经于部之后堂,一妻二妾二子六奴隶相继投池中死。此《革除录》载而未备者。今第言侍中黄公观夫人二女与臧获俱投通济桥死,而无有言张公者。大都靖难死事之家,不独妻妾子女,即奴仆以义死其主者,不可胜数。昔人有言自归附劝进外,人人皆苟息、豫让矣。呜呼,国初作人之化如此哉!

## 大 舍 记

梁武帝三舍身于同泰,谢吴撰有《皇帝菩萨大舍记》。又严冔亦有《梁皇大舍记》。

## 金 陵 寺 塔 记

祠部郎葛公所著《金陵梵刹志》四十余卷,一时大小寺院亡不详载,大都据见在者详其建置之始末,元、宋以前微不能举,文献无征,因宜尔也。因考唐僧清澈著《金陵寺塔记》三十六卷,又唐僧灵偏著《摄山栖霞寺记》一卷,二书皆亡,第名载于史志耳。此书若存,六帝之都,四百八十寺之盛,必更有可考据者。山川不改,遗迹莫稽,余尝过太冈寺,睹其凋落,为诗吊之,落句"可怜佛土还成坏,况复人间罗绮场"。寺在昭代犹尔,又何论千百年而上者哉?

## 古 志 搜 访

尝谓地方文献,士大夫宜留意搜访。至前代图籍,尤当甄录;即断编缺简,亦当以残珪碎璧视之。金陵古称都辇,乃自国朝以上,纪载何寥寥也?仅有《金陵新志》一书,南雍旧板尚在,然讹阙过半,亦复无他本可备校补者。《景定建康志》,闻礼部旧有藏本,近亦不知存

亡。余念此，但见往记有关金陵者，辄纪载其名，为搜访之地，二卷中
曾纪古志，近又考得数种，具疏如左：周处《风土记》三卷，梁元帝《丹
阳尹传》十卷，应詹《江南故事》三卷，徐铉等《吴录》二十卷，不知名
《南唐书》十五卷，不知名《江南志》二十卷，十五卷者疑是陆务观书。王显南
《唐烈祖开基志》十卷，徐铉、汤悦《江南录》十卷，陈彭年《江南别录》
四卷，龙衮《江南野史》二十卷，不知名《江南余载》二卷，钱惟演《金陵
遗事》三卷，不知名《金陵叛盟记》十卷，王豹《金陵枢要》一卷，曾洵
《句曲山记》七卷，张情《茅山记》一卷，不知名《茅山新记》一卷，张隐
龙《三茅山记》一卷恐即张情。朱存《金陵览古诗》二卷，袁陟《金陵访古
诗》一卷，吴操《蒋子文传》一卷，不知名《南朝宫苑记》一卷。其郑文
宝《南唐近事》、《江表志》，近已有板行者，二书所载，大概多同。

# 卷五

## 礼 乐 群 英 像

宋嘉定五年，黄度作晋元帝新庙于石头东，两庑设礼乐群英三十六人像，叶适为之记。按三十六人为：王公导字茂弘，谢公安字安石，刘公琨字越石，祖公逖字士雅，顾公荣字彦先，贺公循字彦先，纪公瞻字思远，邓公攸字伯道，周公访字士达，应公詹字思远，戴公渊字若思，周公颛字伯仁，司马公承字敬才，卞公壶字望之，郗公鉴字道徽，陶公侃字士行，温公峤字太真，庾公亮字元规，刘公超字世瑜，钟公雅字彦胄，桓公彝字茂伦，陆公晔字士光，孔公瑜字敬康，孔公坦字君平，何公充字次道，蔡公谟字道明，颜公含字弘都，孙公绰字兴公，王公羲之字逸少，王公述字怀祖，王公彪之字叔虎，王公坦之字文度，桓公冲字幼子，谢公石字石奴，谢公玄字幼度，陶公潜字元亮。

## 歌 章 色

教坊顿仁曾于正德中随驾至北京，工于音律，于《中原音韵》、《琼林雅韵》终年不去手，于开口闭口与四声阴阳字皆不误，常云：南曲中如"雨歇梅花"，《吕蒙正》内"红妆艳质"，《王祥》内"夏日炎炎"，《杀狗》内"千红百翠"，此等谓之慢词，教坊不隶。琵琶筝色，乃歌章色所肄习者。南京教坊歌章色久无人，此曲都不传矣。何柘湖尝令仁以《伯喈》一二曲教弦索，仁云：《伯喈》曲某都唱得，但此等皆是后人依腔按字打将出来，正如善吹笛管者听人唱曲，依腔吹出，谓之唱调，然不按谱，终不入律，况弦索九宫之曲，或用滚弦、花和、大和、钐弦，皆有定则，故新曲要度入亦易。若南九宫原不入调，间有之，只是小令，苟大套数，既无定则可依，而以意弹出，如何得是？且笛管稍长短，其声便可就板，弦索若多一弹或少一弹，则龠板矣，其可率意为之哉！

## 查八十琵琶

王亮卿，徽州人，能诗。入试留都，闻查八十在上河，往访之，相期于伎馆，欲听其琵琶。查曰："妓人琵琶，吾一扫即四弦俱绝，须携我串用者以往。"亮卿设酒于旧院杨家。杨家世以琵琶鸣。酒半，查取琵琶弹之，有一妓女占板，甫一二段，其家有瞽姬最知音，连使人来言："此官人琵琶与寻常不同，汝占板俱不是。"半曲，使女子扶掖而出，问查来历。查云："我正阳钟秀之弟子也。"妪旧与秀之相与，与查相持而泣，留连不忍别。

## 苦　竹　君

友人张玄度，名振英，隽才也。为诸生有声，神鲜标令，飘然人外。家四壁，而书室内左图右史，焚香扫地，秩如也。研床笔格，楚楚皆有致。窗下杂植花卉杞菊，倚而啸咏，自谓不减古人。兴发，辄复豪举高歌，一引数十觞不倦。诗多溪刻，好林和靖、孙太初之为人，每摹而效之。字法李北海《云麾将军碑》，得其遒侠。后以酒成疾而卒。间于隙地种竹数十竿，因号"苦竹君"，盖以张鹰自况也。尝与余唱和，见余《修禊阁稿》，标其佳句赏咏之，至今犹感其意。余尝箴君韶年而诗好作苦语，乃未四十而没，岂其兆邪？遗墨犹存，而清音靡嗣，悲夫！

## 前 记 异 闻 一百则。以皆金陵之事，故存之。

吴桓王时，金陵雨五谷于贫民家，富者则不雨。

吴孙皓天纪中，建康有鬼目菜生黄狗家，又有芣菜生吴平家。按图以为瑞，封狗侍芝郎，平为平虑郎，皆银印青绶。

晋泰始后，中国相尚用胡床、貊盘，及为羌煮貊炙。

王昙首家世居马粪里,世号"马粪诸王"。

晋时,有徐景于宣阳门外得一锦橙,至家开视,有虫如蝉,五色,后两足各缀一五铢钱。

王僧辩尝为荆南,得橘一蒂三十子,以献梁元帝。

宋大明五年,广郡献白孔雀,以为中瑞。

宋世纳后,纳采、问名、纳吉、请期迎皆用白雁、白羊各一头,酒米各十二斛。纳征诸物外有虎皮二枚。泰始中,又议加豹、熊、罴皮各二枚。

宋、齐间,扶南等国献赤白鹦鹉者凡四五。又有青虫,不知何物。

泰始二年、六年,献四眼龟、六眼龟、八眼龟。

宋孝武大明三年,广州献三角水牛。七年,永平郡献三角羊。

宋元嘉中,有嘉禾,一茎九穗。

宋元嘉中,华林园中荷花二花一蒂者,凡六七见。

王献之尝写晋元帝庙祝文版,墨入木八分。

王濬伐吴,战舰长二百四十步,上起走马楼。舟船之盛,自古莫比。

晋元帝大兴初,有女人阴在腹上,当齐下,性淫而不产;义熙中,豫章人有两阳道,重累而生。

卞壶死苏峻之难,后盗发其墓,见壶鬓发苍白,面色如生,两手皆拳,甲穿于手背。

谢灵运有逸才,每出入,自扶接者常数人。民间谣曰:"四人掣衣裾,三人捉坐席。"

张僧繇于金陵安乐寺画四龙,不点睛。人问之,答曰:"点则飞去。"人以为虚诞,固请点之,顷刻震霆,二龙乘云腾上,其二不点者犹在。

宋元嘉中,民间妇人结发者,三分发,抽其鬟直向上,谓之飞天纥。

梁武帝酷好佛法,性多含恕,敕天下贡献绫罗锦绮不令织鸟兽之形,恐裁剪之时有伤生物之意也。

宋明帝借张永南苑三百年,敕云:"期毕便申。"

齐永明九年,秣陵安明寺有古树,伐以为薪,木自然有"法大德"三字。

齐王奂二子融、琛,同是殷夫人四月二日孪生,又以四月二日同刑于都市。

宋明帝嗜鲑鮧,以蜜渍之,一顿食数盂。鲑鮧乃乌贼鱼肠也。又啖肥猪肉至二百脔。

宋元嘉中,吴兴东迁孟慧度婢蛮与狗通好,如夫妻弥年。又明帝初,有狗与女人交,三日不分离。

沈约家藏书十二万卷,然心僻恶,闻人一善,如万箭攒心。

沈约谢始安王赐茯苓,一枚重十二斤八两,有启。

梁武帝于钟山造一佛像,长一丈七尺,每量辄余二尺,递量之至二丈七尺,而望之高大如初。

姚泓将妻子降于刘裕,裕斩之于建康市,百里之内,草皆焦而死。唐小说载泓遁去得仙,与衡山僧语。

颜含兄畿,服药过多遂死,已而复生,终岁偃卧。有须以梦托之,含弃官侍兄疾十三年。

郗超有旷世之度,每有寒素后进,力引拔之。超死日,为作诔者四千余人。

周兴嗣为梁散骑常侍,聪明多才思。武帝出千言无章句,令嗣次之,因成千字文。归而两目俱丧。及死,开视之,心如掬燥泥。此出《独异志》,与《刘宾客嘉话》不同。

宋前废帝母太后病危笃,呼之不肯往,曰:"病人间多鬼,可畏,那可往!"

东昏为潘妃造殿,未施梁桷,便于地画之,但求宏丽,不知精密。工匠自夜迨晓,犹不副速,剔取诸寺佛殿藻井、仙人、骑兽以充足之,山石皆涂以采色。当暑种树,朝种夕死,死而复种,卒无一生。

梁元帝徐妃无宠。帝眇一目,帝间至妃许,妃预作半面妆待之。

东昏因潘妃所生女百日而亡,身服斩衰,蔬膳积旬。左右直长奄竖王宝孙诸人共营看羞,云为天子解菜。

东昏于阅武堂置市卖酒,潘妃为市令,东昏小有过失,妃辄笞决之。因敕虎贲威仪,不得进大荆子、实中获。

齐郁林王侍祖武帝疾,比危笃,私与妃何氏书,中央作一大"喜"字,又作三十六小"喜"字绕之。

宋明帝多忌讳,以"骟"字似"祸"字,敕改为马边瓜。

宋前废帝为山阴公主立面首,左右三十人。

宋郁林王即位,每见钱,曰:"我昔思汝,一个不得,今日得用汝未!"

郁林与诸不逞群小诸宝器,以相击剖破碎之,以为笑乐。

齐武帝时,有小史姓皇名太子,帝易名为犬子。

东昏永元元年七月,淮水变赤如血。

永元三年七月,龙斗于建康,淮水激五里。

齐明帝崩,太中大夫羊阐入临,无发,号恸俯仰,帻遂脱地。帝辍哭,大笑。

东昏置射雉场二百十六处。

东昏有筋力,牵弓至三斛五斗,白虎幢七丈五尺,齿上担之,折齿不倦。

东昏每出,不欲人见之,驱斥百姓,唯置空宅,悬幔为高障,置人防守,谓之屏除。魏兴太守王敬宾新死未敛,家人被驱不得留视,及家人还,鼠食两眼都尽。

东昏侯潘妃琥珀钏,直一百七十万。

梁临川王宠姬江无畏宝屩直千万。

东昏于诸楼阁壁上画男女私亵之像。按,前此有汉广川王海阳,坐画屋为男女裸交接、置酒请诸父姊妹饮,令仰视画,及它罪废。

中大通元年、太清元年,帝两幸同泰寺舍身为奴。群臣以钱一亿万,奉赎皇帝菩萨,僧众默许。陈高祖永定二年五月辛酉,幸大庄严寺舍身,群臣表请还宫。

梁武末年,都下用钱,每陌皆除其九。元帝江陵每陌又除六文。时以为阳九百六之占。

太建十四年,陈后主即位,江水色赤如血。

隋文帝问监者陈叔宝所嗜,对曰:"嗜驴肉。"问饮酒多少,对曰:

与其子弟日饮一石。

宋吴郡妇人韩兰英有文辞，孝武时献《中兴赋》，被赏入宫。明帝用为宫中职僚。齐武帝以为博士，教六宫书学，呼为韩公。

沈约《宋书·乐志》凡"歌"字皆作"哥"字。

晋纳后六礼之文，皆称皇帝咨，后家称粪土臣某顿首稽首再拜以答。又宋时刺史二千石拜诏书除辞关板文云：某官粪土臣某甲。

梁武帝丁贵人，生有赤痣，在左臂，又体多疣子。及帝镇樊城，纳之，并失所在。

元帝徐妃时，有贺徽者，美色。妃要之于普贤尼寺，书白角枕为诗相赠答。

陈宣武章后，美容仪，手爪长五寸，色并红白，每有期功之服，则一爪先折。宣帝柳后，身长七尺二寸，手垂过膝。后主张贵妃，发长七尺，鬒黑如漆，其光可鉴。

宋文帝即位后，皇后生元凶劭。自前代惟殷帝乙践祚，正妃生纣，至劭二人而已。

宋前废帝号明帝为"猪王"，建安王休仁为"杀王"，山阳王休祐为"贼王"，东海王祎为"驴王"。

宣阳门，民间谓之白门。宋明帝甚讳之。江谧常误犯，帝变色曰："白汝家门！"

宋明帝奢费过度，每所造制，必为正御三十，副御、次副又各三十，须一物辄造九十枚。

宋孝武至殷贵妃墓，谓刘德愿曰："卿哭贵妃若悲，当加厚赏。"德愿应声便号恸，抚膺擗踊，涕泗交流。上甚悦，以为豫州刺史。

侯景篡位，令饰朱雀门。有白头乌万许，集于门楼。

徐聿之为元凶所害，子孝嗣在孕。母年少欲更行，不愿有子，自床投地者亡算，又以捣衣杵舂其腰，并服堕胎药，胎更坚。及生，故小字遗奴。

晋纳后六礼，版长尺二寸，以应十二月；博四寸，以象四时；厚八分，以应八节：皆真书。后家答蚊脚书之。

魏太武攻盱眙，臧质为将军北救。太武就质求酒，质封溲便与之。

王融自撰其文章，以一官为一集。

王偃尚宋武帝女吴兴公主，常倮偃缚诸庭树。时天夜雪，噤冻久之。偃兄恢排阁诉主，乃免。

何涧为文惠太子作《杨畔歌》，辞甚侧丽。歌曲即《杨叛儿》，一作《杨婆儿》。

齐高帝好水引饼，何偃尝供上焉。

东昏潘玉儿有国色。齐亡，军主田安启梁武帝，求为妇。玉儿泣曰："昔者见遇时主，今岂下匹非类？死而后已，义不受辱！"既见缢，洁美如生，舆出，尉吏俱行非礼。

陈后主宫娃七宝束带，至宋犹在润州苏氏家。

沈约腰有紫痣。徐陵目有青精。

江泌衣敝虱多，绵裹置壁上，恐虱饥死，乃复置衣中。数日间，终身无复虱。

张嘉贞尝于贵人家见梁昭明太子胫骨，微红而润泽。此出《尚书故实》。又《宾客嘉话》作刘梦得。

江宁县寺有晋长明灯，岁久火色变青而不热。隋文帝平陈，已讶其古，至唐犹在。

南唐烈祖税严。尝旱，伶人申渐高侍侧，祖曰："闻四郊乃多雨。"渐高遽曰："雨惧抽税，不敢入城。"

元宗母宋太后，一日失去，不知所在。数日后访得之，在方山宝华宫。

后主佞佛礼拜，额生疣赘，行坐手常结印。为僧寺手削厕筹，于面上试之。

韩熙载家多妓乐，后主密令顾闳中就其会客时写之，为《韩熙载夜宴图》。图中有宾客调其姬人者。《云烟过眼录》又有周文矩图此事。

南唐一诗僧赋中秋月，云"此夜一轮满"，至来秋，方得下句云"清光何处无"。喜跃，半夜起撞寺钟，城人尽惊。后主擒而讯之，具道其事，得释。

　　南唐元宗溧水桑树中生一木人，长六寸，如僧状，右袒左跪，衣裓皆备。其色如纯漆可鉴，谓之须菩提。汉成帝永始元年，河南街邮栌树生枝如人。哀帝建平三年，汝南有树生枝如人。灵帝熹平中亦两见。

　　烈祖受禅，旧唐有某御厨者来金陵，于是宴设有中朝承平遗风，长食有鹭鸶饼、天喜饼、驼蹄馂、春分馂、蜜云饼、铛糟炙、珑璁馂、红头签、五色馄饨、子母馒馂。

　　冯权给使元宗于太子宫，元宗常曰："我富贵之日，为尔置银靴焉。"保大中，赐权银三十斤以代银靴，权遂命工锻靴穿焉。

　　南唐陈继善，自江宁尹拜少傅致仕。自荷锄理小圃成畦，以真珠百千余颗若种蔬状布土壤间，记颗俯拾，周而复始，以此为乐。

　　卢郢姊为徐铉妇。铉尝受后主命撰文，累日未就。郢曰："当试为君抒思。"适庭下有石，千夫不得举，郢戏取弄之。有顷，索酒顿饮数升，复弄如初。忽顾笔吏，口占使书，不易一字。铉服其工。

　　后主大周后创为高髻纤裳及首翘鬓朵之妆，人皆效之。

　　孙忌，一名晟。口吃。初与人接，不能道寒暄；坐定，辞辩锋起。

　　后主大周后，元宗尝因其上寿，赐以烧槽琵琶。后将卒，以此并玉臂钏留别后主。后主以后生平所爱金屑檀槽琵琶附葬。

　　后主为小周后于花间作亭，穷极雕镂，而狭迫仅容二人，与后同处其中。

　　后主时，僧尼犯淫者，有司请追还俗。后主曰："僧尼犯淫，使其冠笄，乃是遂其所欲。姑令礼佛自忏。"

　　沈存中曾于建康见发六朝墓，得玉臂钗，两头施，宛转可以屈伸令圆，仅于元缝为九龙绕之，功侔鬼神。

　　王荆公乘驴入钟山，时与路傍村媪语。一日，媪以麻线数缕诒荆公曰："烦相公归与相婆。"

　　秦桧当国，有执政出守建康，为谄媚，每发书，必写百幅，择而用之。

# 三　藏　塔

余尝至大报恩寺,登三藏殿后阶,有小塔,云是唐玄奘葬处。私臆谓三藏自在长安慈恩,以何因缘复过江表?乃考晋隆安中延致鸠摩罗什施寺赐额法王,尊为三藏国师;寺名白塔,后并入报恩,疑此是三藏旧塔院,误认为唐之玄奘耳。顷检《金陵新志》云:白塔在寺东,即葬唐三藏大遍觉玄奘大法师顶骨之所,金陵僧可政宋端拱元年得于长安终南山紫阁寺,俗名白塔。于是始灼然知为唐之三藏。惜所谓塔记无从可考,《梵刹志》亦两存其说而未详。且既云石塔唐时建,又云宋天禧寺僧可政云云,恐误。

# 长　干　塔

长干寺旧有阿育王塔。梁大同三年,高祖改造,出旧塔下舍利及爪发,发青绀色,众僧以手伸之,随手长短,放之则屈为蠡形。始吴时有尼居此地,为小精舍,孙綝寻毁除之,塔亦同泯。吴平后,诸道人复于旧处建立焉。中宗渡江,更修饰之。至简文咸安中,使沙门安法师程造小塔,未及成而亡。弟子僧显继而修之,至孝武太元九年上金相轮及承露。其后西河离石县有胡人刘萨何遇疾暴亡,而心下犹暖,不敢便殡,经七日更苏,说云:有两吏见录至十八地狱,随报重轻,受诸苦毒,见观世音语云:“汝缘未尽,若得活,可作沙门。洛下、齐城、丹阳、会稽并有阿育王塔,可往礼拜,则不复地狱。”因此出家游行礼塔。至丹阳,未知塔处,乃登越城,望见长干里有异气色,因就礼拜,果见阿育王塔所放光明,由是定知有舍利。乃集众掘之。入一丈,得三石碑,中一碑有铁函,函中有银函,银函中有金函,盛三舍利及爪发各一枚,长数尺。即迁舍利近北,对简文所造塔,建一层塔。十六年,沙门僧尚加为三层,即梁高祖所开者也。至南唐时,废寺为营庐。久之,舍利数表见感应。祥符中,僧可政状其迹,并感应舍利投进,有诏复为寺,即其表见之地建塔,赐号“圣感舍利塔”。天禧元年,改名天禧寺。元至顺初,赐金修塔,塔完之日,天花如雨,祥光如练,满空者数日。国朝永乐中,即其地重建大报恩寺,塔高九层,纯用琉璃为之,其工丽甲古今佛刹矣。第不知塔中舍利,仍是阿育王塔中所函否？旧曾以问寺僧,无能详者。

## 长 干 寺 金 像

《实录》:晋咸和中,丹阳尹高悝行至张侯稿,见浦中五色光长数尺,令人于光处掊视之,得金像,未有光趺,乃下车载像还。至长干巷首,牛不肯进,乃令御人任牛所之,牛径牵车至寺,因留像付寺僧。每至中夜,常放光明,又闻空中有金石响。经一载,捕鱼人张系世于海口忽见铜花趺浮出水上,取送县,县以送台,乃施像足,宛然合会。简文咸安元年,交州合浦人董宗之采珠投水,于底得佛光艳,交州押送台,以施像,又合会焉。历三十年,光趺始具。隋文帝徙入长安。

## 长 干

《金陵新志》:长干是秣陵县东里巷名。江东谓山垅之间曰干。建康南五里有山冈,其间平地,庶民杂居,有大长干、小长干、束长干,并是地名。小长干在瓦官寺南,巷西头出大江,梁初起长干寺。按是时瓦官寺在淮水南,城外,不与长干隔。而今日赛工桥西即是江水流处,其后洲渚渐生,江去长干遂远,而杨吴筑城围淮水于内,瓦官遂在城中,城之外别开今壕,而长干隔远,不相属矣。

## 少冶先生评李王诗

外舅少冶公尝手批《李于鳞集》,唯七言律耳。言其诗律细而调高,然似吴中新起富翁,局体止是华俊精致。若杜工部,便如累世老财主,家中百物具足,即陈朽间错,愈见其为富有也。又曰:弇州好用古之奇字奇句,凑合一处,诗文皆然,终不似古之大家滔滔莽莽,无意为奇,而卒亦未尝不奇者。平日论文章之达者,独首推王文成公,曰:能道其胸中所欲言,婉折畅快,是国朝第一人。

## 金 陵 古 城

曩侍吾师蛟门先生,问余五城云何,仓猝对以东晋所筑,今有五城渡是。后读前志,知唐韩滉又筑石头五城。自京口至土山,修坞壁,起建业抵京岘,是有二五城矣。因悉考金陵前代城郭。一古越城,一名范蠡城,蠡所筑,在长干里,俗呼为越台。一楚金陵邑城,楚威王置,在石头清凉寺,西南开二门,东一门。吴石头城,大帝因旧城修理,一名石首城。吴丹阳郡城,晋加筑,在长乐桥东一里,今桐树湾处。吴至六朝古都城,吴大帝所筑,周回二十里一十九步,在淮水北五里,晋过江不改其旧,宋、齐、梁、陈因之。台城,一名苑城,本吴后苑城,晋成帝咸和中新宫成,名建康宫,即世所谓台城也,在青溪西东府城。晋安帝义熙十年冬,城东府,在青溪东,南临淮水。西州城,即古扬州城,晋永嘉中置,西则冶城,东则运渎,俱在今下街口西等处。冶城,即在今之朝天宫也。琅邪城,在江乘南岸。金陵乡金城,吴筑,后主宝鼎元年置,亦在上元金陵乡。秣陵城,在小长干巷内。建邺城,淮水北,吴冶城东。蒋州城,隋置于石城。檀城,在清风乡谢玄别墅,宋属檀道济,故名。白下城,在江乘之白石垒靖安镇,唐罢金陵县,筑此城,因名,贞观七年废。东宫城,宋元嘉中修永安宫为东宫城,在台城东门外。金陵府城,隋大业六年置。湖熟城,古县名,宋元嘉中徙越城流人于此,在今湖熟镇。白马城,在江宁县三十里。梁同夏县城,在上元县长乐乡。临沂城,晋侨置,在今上元之白常村。怀德县城,晋置,后改曰费县,在古宫城西北耆阇寺西,今鼓楼之西是其地。

## 凹 凸 画

欧逻巴国人利玛窦者,言画有凹凸之法,今世无解此者。《建康实录》言：一乘寺寺门遍画凹凸花，代称张僧繇手迹，其花乃天竺遗法，朱及青绿所成，远望眼晕如凹凸，就视即平，世咸异之，名凹凸寺。乃知古来西域自有此画法，而僧繇已先得之。故知读书不可不博也。

## 金陵南唐画手

金陵艾宣，工画花竹翎毛，孤标雅致，别是风规，败草荒榛，尤长野趣。东坡跋其画云："宣画花竹翎毛为近岁之冠，既老，笔尤奇。今尚在，然眼昏不能复运笔矣。"升州厉昭庆，工佛像，尤长于观音。句容郝澄，以丹青自乐。周文矩，能画鬼神、冕服、车器、人物，升元中命图南庄，最为精绝。江宁沙门巨然，画烟岚晚景，当时称绝。建康蔡润，善画舟船及江湖水势。曹仲元，工画佛道鬼神。竺梦松，工画人物女子、宫殿楼阁。顾德谦，工画人物。刘道士，工画佛道鬼神。此《图画见闻志》所纪，在《金陵新志掇遗》卷中。南唐又有王齐翰，工画罗汉，而志不之载。

## 赵 母 授 经

宋赵定母，金陵人，多通诗书，常聚生徒数十人，张帷讲说。儒硕登门质疑，必引与之坐，开发奥义，咸出意表。景德二年，子定登第，授海陵从事。训曰："无饰虚以沽名，无事佞以奉上。处内在尽礼，居外在活民。"见石祖徕《贤惠录》。按此母亦曹大家、宋宣文之流亚也，而乃埋灭不甚著称，岂非词采不彰，不获与李易安、朱淑真辈扬芬艺苑，惜哉！

## 古 碑 刻

金陵六代文献之渊薮，自唐历五季、宋、元，名人魁士，代不乏贤。金石之章，固当不可胜记。乃今余所目见，仅吴天玺碑、重刻峄山碑、摄山江总持碑、唐高正臣书碑、祈泽寺宋绍兴碑耳。改革之际，为人焚毁。桥基柱础,何但魏经? 砺角磨刀,宁唯汉寝。以不刊之遗贯,与寒烟野草共销灭于三山二水之间,固有识者之深悲,而无名公所窃笑也。臧晋叔恒言"六朝碑版,街心巨石皆是",虽系谑言,实有斯理。暇日寻检旧志,择其文字之尤宜存者志之,为慕古者动遐想焉。

南岳碑,七十七字。湛尚书门人重勒,在临淮侯园中。

秦始皇帝东游颂德碑。

秦泰山碑。

秦峄山碑。二碑在府学。

吴后主纪功三段石碑,一曰天发神谶碑,一曰天玺碑。华覈作,皇象书,《琐事》又定为苏建。今在府学尊经阁下。

摄山栖霞寺碑。梁元帝作。

钟山飞流寺碑铭。梁元帝作。

晋元帝庙碑。宋叶适撰。

开善寺碑铭。梁王筠作。

卞公忠烈庙碑。宋胡铨撰。

长干寺众食碑。陈徐陵撰。

维摩居士像碑。晋顾长康画,重刻在元戒坛寺。苏魏公有像记,见《金陵新志》。

瓦官寺维摩诘画像碑。唐元黄之文。

王羲之兰亭记。留守晁谦之以家本刻于绸书阁三段石后壁间。

齐海陵王墓志。宋谢朓撰并书。

栖霞寺新路记。徐陵作。

梁开善寺法师碑。萧挹书。

梁忠武王碑。徐勉造,贝义渊书。在上元县黄城村。

梁康王碑。刘孝绰文,贝义渊书。上元清风乡甘家巷。

陈景阳宫井阑刻铭。一隋开皇中分书,或云炀帝所作。一唐开元中江宁丞王震分书。一大和中篆书。

摄山栖霞寺碑文并铭。江总持撰,京兆韦霈书。今重刻存。

大庄严寺碑。梁江总撰。

颜氏大宗碑。二碑颜真卿书。在上元金陵乡,乾道中移入府学。其碑座尚存,故地犹名颜碑冲。

颜鲁公放生池碑。

唐明征君碑。高宗御制，侍相王书高正臣书王知敬篆额。今存。

庄严寺僧旻法师碑。梁元帝作。

草堂寺约法师碑。梁王筠作。

佛窟寺碑。孙忌撰。在牛首。

蒋庄武帝庙碑。徐铉文。

方山上定林寺碑。元虞集文。

李太白赞宝公画像。吴道子画，李太白赞，颜真卿书，赵子昂又书《十二时歌》。

福兴寺碑。尚书许某文，张从申书。

南唐五龙堂玄元像记。徐锴文。在石城。

李顺公碑。高越书。在西门外石子冈下。

南唐追封庆王碑。在城南娄湖桥。韩熙载作，徐铉篆额。

德庆堂题榜。李后主书，宋僧昙月刻石。在清凉寺。

宝华宫碑。南唐行书入品方山。

宋仁宗飞白书。乾道八年留守洪遵刻之华藏寺。

高宗孝经。晁谦之刻石郡学。

祈泽寺宋绍兴祈雨碑。

高座寺雨花台记。宋马光祖文并书。

南唐宋齐丘凤凰台诗。石在台上。

明道先生祠记三。宋朱熹、游九言、真德秀文，马光祖跋。

忠襄杨公祠堂记。宋魏了翁作。

八功德水记。宋梅挚作。

本业寺记。南唐僧契抚作，东山任德筠书。

定林寺记。朱舜庸文，秦铸书。

道光泉记。王安国作。

王介甫平甫此君亭竹诗。在今府学中，石已断碎。

张文潜书太白凤皇台诗。马光祖书跋，倪垕刻石台上。

苏子瞻书渔家傲词。送王胜之。在白鹭亭。

江宁府凉馆记。宋吕升卿建，元时敏记，米芾书。

金陵杂咏。黄履诗。溧水尉周沔书刻江宁府治。

子隐堂记。梅挚作。

东冶亭记。梅挚作。

高斋记。胡宿作。

二水亭记。史正志作。

新亭记。史正志作。

开善寺修志公堂石柱记。唐李顾行作。

义井记。李迪作。

太平兴国寺碑。元虞集作。

崇禧万寿寺碑。元赵世廷作。

龙翔集庆寺碑。虞集文。

# 围 中 长 短 句

李后主在围中犹作长短句,未就而城破。其词云:"樱桃落尽春归去,蝶翻金粉双飞。子规啼月小楼西。曲阑珠箔,惆怅卷金泥。

门巷寂寥人去后,望残烟,柳低迷。"尝见残稿,点染晦昧,心方危窘,意不在书耳。此出《西清诗话》。当时江南被围,自开宝七年十一月至八年十一月二十七日城破。宋祖令吕龟祥诣金陵,籍煜图书赴阙下,得六万余卷,其为后主与黄保仪聚焚者又不知几许也。后主之好文如此,故非庸主。其词是《临江仙》调,凄婉有致。

# 金 陵 诸 园 记

弇州《游金陵诸园》序,谓李方叔记洛阳名园十有九。若金陵中山王诸邸所见,大小凡十。若最大而雄爽者,有六锦衣之东园,清远者有四锦衣之西园。次大而奇瑰者,则四锦衣之丽宅东园,华整者魏公之丽宅西园。次小而靓者,魏公之南园与三锦衣之北园。度必远胜洛中。盖洛中有水、有竹、有花、有桧柏而无石,方叔记中不称有垒石为峰岭者可推已。所记诸园,凡十有六:一曰东园,记称近聚宝门稍远,园在武定桥东城下,西与教坊司邻,今废圮。二曰西园,在城南新桥西骁骑仓南,记称凤台园误,其隔弄者乃凤台园也,今再易主属桐城吴中丞。三曰凤台园,记止称凤皇台,此中旧有一巨石,为陈廷尉载去,今废为上瓦官寺。四曰魏公南园,本徐八公子所创,后转入魏公,在府第对门。五曰魏公西园,在赐第之右,多石而伟丽,为诸园之冠。六曰四锦衣东园,在东大功坊下。七曰万竹园,在城西隅,地大,皆种竹,今为王计部张太守许鸿胪分有之。八曰三锦衣北园,在府第东弄之东。九曰金盘李园,在卜忠贞庙西,今废圯。十曰九公子家园,在府第对门。十一曰莫愁湖园,在三山门外莫愁湖南,今圯。以上皆中山王诸邸所有也。十二曰同春园,齐王孙所创,在南门内沙窝小巷,今为他人分据。十三曰武定侯竹园,在竹桥西汉府之后。十四曰市隐园,在武定桥油坊巷,即姚元白所创者,今南半为元白孙宪副允初拓而大之,北半为故侍御何仲雅改名足园矣。十五曰武氏园,在南门内小巷内,记称武宪副之第非,乃宪副之叔名易者,今数更主。十六曰王贡士杞园,在聚宝门外,小市西之弄中,其门北俯城壕,贡士官县令。当弇州官南都时,诸园如顾司寇之息园、武宪副之宅傍园、齐王孙似碧之乌龙潭园,皆可游可纪,而未之及也。

## 古　　园

古园苑之在志者：华林园,本吴宫苑,晋及陈皆名华林,在台城。乐游苑,在覆舟山南,宋元嘉中以其地为北苑,后改今名。颜延之有《三月禊饮诗序》。上林苑,在鸡笼山东归善寺后,宋初筑于玄武湖北,孝武立,名西苑,梁改名上林。博望苑,在城东七里,齐文惠太子所立。沈约《郊居赋》云："睇东巘以流目,心凄怆而不怡。昔储皇之旧苑,实博望之余基。"谢玄晖诗："鱼戏新荷动,鸟散余花落。"即此。娄湖苑,齐武帝筑青溪后宫作娄湖苑。青林苑,在篱门亭北。灵丘苑,齐武帝立,在新林界。方山苑,在方山侧,齐武立。江潭苑,在新林路西,梁大同初立。西园,晋安帝元兴三年桓玄筑于冶城。芳林苑,一名桃花园,一名芳林园,齐高帝旧宅,在古湘宫寺前。芳乐苑,齐东昏即台城阅武堂为芳乐苑,在今覆舟山前小教场地。建兴苑,梁立于秣陵里,在秦淮南岸。玄圃,齐文惠太子立,在台城北。南苑,宋有之,在瓦官寺东北。桂林苑,《南朝宫苑记》在落星山之阳。东篱门园,梁何点所寓,内有卞忠贞家,即今冶城西地,一云即乌榜村。南唐北苑,徐铉有《北苑侍宴赋序》云:"望蒋峤之钦崟,祝为圣寿;泛潮沟之清浅,流作恩波。"在城北。金波园,南唐,未详其处。乌衣园,在乌衣巷之东,王、谢故居,一堂匾曰"来燕",马光祖新之,堂后植桂,亭曰"万玉香中,梅花弥望",堂曰"百花头上",其余亭馆皆佳。东园,在东冶亭侧。沈约郊园,在钟山下,约《憩郊园和约法师堂诗》云:"郭外三十亩,欲以贸朝馔。繁蔬既绮布,密果亦星悬。"谢朓有《和沈祭酒行园诗》。沈庆之园,在娄湖。柳元景菜园,在秦淮南。陆静修茱萸园,在钟山。半山园,在报宁寺,王半山诗:"今年钟山南,随分作园囿。"又云:"孙陵曲街,去吾园数百尺。"绣春园,宋高定子记旧社坛东。行宫养种园,在宋江宁府东城外,马光祖修。按古园苑多属官家游幸之所,士大夫所居,自二沈、柳、王而外,未甚有灼然可纪者也。然亦岂能如洛阳之诸园与夫金谷、午桥、平泉争盛哉!国初以稽古定制,约饬文武官员家不得多占隙地、妨民居住,又不得于宅内穿池养鱼、伤泄地气,故其时大家鲜有为园囿者,即弇州所纪诸园,大抵皆正、嘉以来所创也。

## 三　宜　恤

南都徭役繁重,所以困吾百姓者多矣。近年当事者加意铲除,始稍有苏息之望。向有议裁寄庄户之兼并,禁质铺之冈利,与搜富户之非法者,其说固亦有见,第余尝闻姚太守叙卿之言曰:"均赋者不宜苟摘寄庄户,寄庄户乃无田者之父母也。令寄庄户冒役太重,势必不肯多置田,彼小民之无立锥者安所倚命乎?寄庄户以田一亩予佃户种,必以牛与车予之,又以房居之。计一岁所入,亩之中上者可收谷二石,以其半输之田主,而佃户已得一亩之入矣。是寄庄户不惟无害于民,且有利于民,即田连阡陌,其仰给者不啻众也,何以尤其兼并也?"方司徒采山之言曰:"质铺未可议逐也,小民旦夕有缓急,上既不能赈之,其邻里乡党能助一臂力者几何人哉! 当偬迫之中,随其家之所有抱而趣质焉,可以立办,可以亡求人,则质铺者,穷民之管库也,可无议逐矣!"王太守元简之言曰:"往日海中丞在吴中,贫民有告富家者,必严法处之,一时刁讦四起,富户之破亡者甚众。此大非是。邑有富民,小户依以衣食者必夥,时值水旱,劝借赈贷须此辈以济缓急,虽一村有一富者,近村田房不免多为所有,然必是贫者方卖,卖于他人与卖于富家一也。且富家自非豪恶闵不畏法者,岂必尽谋占而计取之? 假令摧剥富民,富者必贫,阖百千万室而皆赤贫,岂能长保?"三先生之言皆深思远虑,与浮见者不同,因表而出之,以谂于当事者。

## 鼠　拖　卷

嘉靖庚子科第八十三名举人颜芳,其朱卷已为房考抹掷案下矣,倏而又在案上,再掷去,已又复杂于所取卷中。房考心讶之,因再掷于地,假寐榻上俟之,则群鼠共抱自地而置诸案也。因取以中式。出棘后,询芳曰:"尔家必有阴德。不然,何以鼠为拖卷若此?"芳对曰:"不省有何阴德,第三世以来戒不畜猫耳。"余尝举此似客,客因笑曰:"物莫小于蚁,宋公序一为桥而领取状元宰相。又莫贱于鼠,颜嗣桂三世不畜猫而芥拾举人。勿以善小而不为,岂不信哉!"又进而求之,状元、宰相,人世之极荣也,若何仅为南柯郡中报功之典? 保穿墉之牙而受报于场屋,天之于鼠子何若是重也? 万物并育而不相害也,其亦可恍然而悟也夫。

## 许王二公雅量

前辈酒德之美,使人欲倾家酿者,无过石城先生。先生饮可二斗许,年至八十,与客饮,终日笑语,献酬交错,玉山乍颓,金波犹写,真盛德士也。其次莫如方伯王与竹公。公名桥,举万历甲戌进士,饮差隃石城先生。对客以大尊置坐侧,计壶,命侍者温而进之,尽其所有而罢,而饮啖犹不辍,竟日陶然。尝至一中贵所,以十大碗一百小杯进,公徐饮毕,酕醄策马而归。公七十时,余有诗祝之,曰:"遗风自许从先进,古道真堪式后生。胸次几曾忘坦荡,口端终不挂讥评。"皆实录也。

## 少冶公注杜诗

少冶先生尝批点杜律虞注,今止记其二条:"三分割据纡筹策,万里云霄一羽毛。"注云:"鼎足之功,不可谓不大。自孔明视之,直一羽毛耳。霍光知此,安能赤宗。"又:"蜀主窥吴幸三峡。"注云:"窥字不妥。征字事体又太大。"后见澹园《笔乘》解前二语,正与此同。

## 南京太庙祀典

工部尚书丁敬宇公为余言,饬修奉先殿,入殿中瞻望,殿所祀者六室:一为德祖,二为懿祖,三为熙祖,四为仁祖,五为太祖高皇帝、孝慈高皇后,六为仁孝皇后。颛祀仁孝,盖以成祖在御日未定都北京,故祀于南太庙。后长陵肇建,太庙立于京师,南京大内崇奉如故,而升祔之礼不行,故所祀唯后一位也。

## 上　　陵

上陵之礼,南京文武官凡八次,其在京师止清明与霜降耳。京师之礼,是嘉靖时所定,旧亦与南京同。当时更制,不知何以不并行南京,不可解也。万寿圣节,百官于礼部拜贺后,吉服诣孝陵行香,京师各陵乃无此举。庚戌,余随诸公后行礼,光禄吴公达可、太常刘公曰:梧每讲求于此,以为世庙以八月初十日生,而是日适为高皇后忌辰,故拜贺后遂诣陵行礼。隆庆中,踵而行之,以至今日,果如所言。贺寿与祀陵礼并行,似亦不可不一为厘正也。

## 注 篆 司 官

前通山令路公九同,举隆庆丁卯乡试。万历中,夏夜露坐大中桥宅之中庭,忽体倦,趋卧入室,有二皂衣人尾其后,呼之同往。久而至一官府,殿宇嵬丽甚,有冕黻贵人坐于上。公庭谒之。贵人曰:"呼若至无它,此中缺一注篆司官,须汝铨补耳。"公骇汗,伏地,泣而请曰:"举人年幸未老,家赤贫,而子幼,若拜此命,则一家之生路断矣。希别简贤良,活此蝼螘。"言讫,泪雨下。贵人曰:"此官职殊不庳。"命左右试引至其所,令观之。人遂引公至一官府,其制差小于前所见,而嵬丽相埒。穿堂后至密室,中置朱棺,扃镭甚固。左右指而告公曰:"此即而所飨用也。"复引至贵人所。贵人问曰:"地佳否? 若竟愿居此否?"公复泣辞如前。贵人愀然,久之曰:"若既坚不欲,不汝强也。"令左右纵使归。既归,而飒然如梦觉。公后数年始谒选为通山令,家颇饶,年至七十余而卒。卒时亦无它异。

## 葛 云 蒸

葛云蒸,名如龙,为应天诸生。屡试不利,谢去之,隐于凤皇台畔。初治居曰竹护斋,有竹数百竿。又建阁竹中,甚窈窕。后徙于上瓦官寺之北山麓,甫构架,掘地得一巨石,数人畀起之,而泉泓然出其下。为诗极力法唐人,时有佳语。沈大令生予亟称其"莺声懒出村"之句,余尝为之序。字法欧阳率更。年七十余而卒,亡子。

## 国子生中式额数

应天国子生中式,有谓以三十五名为额者,有谓以三十名为额,而其五名乃杂流者。历考前科试录,殊不然。两畿一百三十五名之额,定于景泰之四年乡试后,是年应天所取至二百五人,而以国子生中式者,仅十八人而已。天顺三年,应天中者一百三十五名,以监生中式者,九人而已。至嘉靖之戊子,仅十人。辛卯仅四人,而甲午骤增至三十二人,丁酉至三十五人。顾第未深考,岂时有因事为之建白者邪? 自后或递增递减无恒数,至己酉仅十五人,壬子仅二十一人,乙卯仅二十人,戊午至二十六人,辛酉至二十七人,甲子至二十五人,而诸所称杂流者已尽禁不与登贤书矣。时诸曹六馆士亦安其常,或赢或绌,未有哗者。至丁卯以议去皿字号,明示裁抑国学之意,于是中式者仅八人,考试官谒庙之时,诸士群聚而哗之矣。疏闻,诸生颇入严谴,而额数乃定为三十五名。自是,庚午以恩贡加额足五十名,癸酉足三十名,其后多至三十,少至二十六,而大略以二十八名为常则。丁卯后沿而相因不敢为之议减也。乃知天下事,因其旧,则人情相忘于无言,即少亏于额而不敢议;惟明示以裁抑,而更旧制,则一激而哄,亟救其弊,反为常额以徇之,迄今奉加额三名之恩诏,而人人犹上书以争,不肯静矣。呜呼,议天下事真不易哉!

## 登 第 有 定 命

妻大父王西冶公,为诸生最有声。大京兆某公奇之,延以教其子。正德丁卯乡试,填榜将终,不见公名。某公大言于主考曰:"我应天学中如王銮者,国士无双,何以不入彀? 若无此子名,榜不可出也。"乃令遍搜诸卷字号,得应天者三十人,一一拆之,皆非公。某公怏怏甚。至二十九卷,主考与监试曰:"天明矣,不容更待。"某公不得已,以二十九卷人名填榜。既发,其第三十卷犹在案上,试拆之,乃西冶公也,因共叹以为定命,不可强乃尔。后公贡入京部试,以其才必登第,趋赴南监,比至,八月初矣,科试已毕,司成石公试公《彝伦堂记》,大加称赏,躬送公入场,遂以是年登第。明年,成进士。嗟夫,某公之爱才而荐引如此! 其在今日,议论多而嫌疑重,即无一人登榜者,亦嗫不敢开一言矣。古今之异如此哉!

# 李　祺

李祺为驸马都尉,韩国公善长之长子也,尚临安公主。其九世孙君锡家,尚存其诰命与像。君锡但据史言祺于永乐初死于江浦而已。或言以不归顺赐死,然无明证,亦初不言其以父罪被囚也。惟朱鹭《建文书法拟附录》载之,曰:"祺以父罪囚于家,建文初赦出,守江浦,北兵入,投水死之。"且注曰:"独见史翼,未及入谱,不知鹭从何得之。"按史言韩公暴卒,不记其详。君锡言廷臣劾奏,上命公归第,次日早,命百官往吊其门,公遽投缳而死。死后,临安公主即徙宅于聚宝门外碧峰寺之南。夫以其母成穆贵妃孙氏生前之宠,高皇帝岂不少念之,而忍听其女出于郊坰? 意徙宅必出于上意无疑,而祺之被囚当必不谬。君锡又言其城外府制与赵、梅二都尉府同。此则高皇以爱女之故,终不使祺之与父骈死也。呜呼,可谓义尽而仁至也已。公主薨于永乐十九年,二子当荫指挥镇抚,未赴官。弇州《宗戚表》言韩公赐死,公主寻薨,祺以忧卒,似未详确。

# 建业风俗记

王丹丘先生著有《建业风俗记》一卷,其事自冠婚丧祭以迨饮食衣服,其人自乡士大夫秀才以至于市井之猥贱,亡不有纪,大较慕正、嘉以前之厖厚,而伤后之渐以浇薄也。姑举其数则。如云:嘉靖初年,文人墨士虽不逮先辈,亦少涉猎,聚会之间言辞彬彬可听;今或衣巾辈徒诵诗文,而言谈之际无异村巷。又云:嘉靖中年以前,犹循礼法,见尊长多执年幼礼;近来荡然,或与先辈抗衡,甚至有遇尊长乘骑不下者。又云:嘉靖初年,市井极僻陋处,多有丰厚俊伟老者,不惟忠厚朴实,且礼貌言动可观,三四十年来,虽通衢亦少见矣。又云:嘉靖初脚夫,市口或十字路口,数十群聚,阔边深网,青布衫裤,青布长手巾,靸鞋,人皆肥壮,人家有大事,一呼而至,至于行礼娶亲,俱有青布褶,其人皆有行止;今虽极繁富市口,不过三五齁瘦之人,衣衫蓝缕，无旧时景象。又云：正德中，士大夫有号者十有四五，虽有号，然多呼字；嘉靖年来，束发时即有号；末年，奴仆、舆隶、俳优无不有之。又云：嘉靖十年以前，富厚之家多谨礼法，居室不敢淫，饮食不敢过；后遂肆然无忌，服饰、器用、宫室、车马，僭拟不可言。又云：正德已前，房屋矮小，厅堂多在后面，或有好事者画以罗木，皆朴素浑坚不淫；嘉靖末年，士大夫家不必言，至于百姓有三间客厅费千金者，金碧辉煌，高耸过倍，往往重檐兽脊如官衙然，园囿僭拟公侯，下至勾阑之中，亦多画屋矣。它多感刺之言，不能具载。噫嘻，先生所见，犹四十年前事也，今则又日异而月不同矣。石城许先生尝有述怀诗："若使贾生当此日，不知流涕又如何？"嗟乎，难言哉！

## 蝎

南都三四十年前绝无蝎，人多白首未见之。顷年处处生此虫。余家自乙巳归自京师，每岁夏秋间必见之。形差小于京师，被螫者痛楚无异，盖疑为厢笥中携其种至，因遂挛育如此。南邻赵光禄家亦有之。按《酉阳杂俎》，江南旧无蝎，开元中，一主簿以竹管盛渡江，江南因此有蝎，俗呼主簿虫。又曰：蜗牛食蝎，以迹规之，蝎不复去，虿之螫而为蜗牛所食。物之相制，固不在形体间也。又蝎前谓之螫，后谓之虿。

## 燕子矶江中龙

严文靖公讷为翰编时，使楚藩归。舟行，过燕子矶，维而登焉。雷大作，遂入舟解维。已而江波大涌，喷沫蔽空，一龙曳尾，自江而下。舟如箕荡，人皆股弁。公神色不变，与客纵目之曰："真奇观也。"龙徐徐而逝。公生平悛悛小心，今段乃尔恬穆，人皆异之。

## 册 库 锁 匙

南都册库在后湖中。每月之一六日，户科给事中与户部主事督理者过湖查勘,其门之锁钥,以一监生往请于内守备太监所。既开,即缴还。其钥匙以一旧黄绒索系之,传为高皇后手所制也。曾一监生偶捧过寓,其妻不知,谓绳旧,为易一新者。比缴而太监大骇惧,诘知其故,亟命索旧者系之。监生幸得亡罪。

## 铜　仪　龙

钦天山有观象台,上庋铜浑仪,四隅柱各一龙蟠绕拱之,而龙各以一铜锒铛縶之。相传前几年风雨中,一龙曾飞去,人伺而见之,遂加锁。自是不复飞矣。

# 卷六

## 梅　将　军

晋梅将军庙在聚宝门外雨华台东,祀晋豫章内史梅公赜也。赜尝屯营于此地,旧名东石子冈,后因公名梅岭冈,或名梅赜营。赜在豫章,以《书经》古文孔安国传奏上于元帝,古文出孔子壁中,皆古字也。安国,孔子十一世孙,悉得其书。序云:"凡五十九篇,为四十六卷,承诏作传,定为五十八篇。"后又亡其一篇。献之,遭巫蛊事,未列于学宫。晋王肃注《书》,似窃见孔传者。晋皇甫谧得其书,载于《世纪》。郑冲得以授苏愉,愉授梁柳,柳授臧曹,曹授赜,赜奏上其书。亡《舜典》一篇,范宁为解时已不得焉。至齐建武四年,姚方兴于大航头得而献之,事亦随寝。至隋开皇中募遗典,始得其篇。自是,夏侯胜、夏侯建、欧阳和伯所传皆废矣。按赜之有功于《书》如此,今世人第知为梅将军,不知有传《古文尚书》事。

## 金　白　屿

金白屿山人鸢尝渡江,同舟一人无渡钱,且有饥色,金怜而为代给,且饮食之。后数年,往真州,过驿门,一人呼金,乃前同舟者也,以事问徒银铛系驿中。金问所以,其人泣而曰:"得银十二铢,即脱械矣。"金如数与之。后二年,金于湖广江中遇盗登其舟,已胠箧矣,忽一人从后遽呼曰:"此非金先生也邪?"金应曰:"是也。"其人呕从舟跃而过,执金手痛哭,告其侣曰:"此吾大恩人,何以劫之?"呕哀己囊,得钱十三两、腊肉数十斤赠金。金临别,语其人曰:"汝良家子也,不宜久为绿林玷,今曷且休矣。"其人复垂涕而别。嗟乎,世有生平受人恩,临事而反面且下石焉者,比比然也。使此盗闻之,其不以为非人也与哉!

## 策 冒 同 语

东桥先生常云:同乡吴公大有官参政,以弘治五年举乡试第三名,九年举会试,其两场中五策,第一第三第五道策冒俱云"三问而三不知,君子以为深知;三问而三不答,君子以为深答",不知何故,主司皆列高等。丹丘王先生曰:"弘治中风气淳庞,若此者,人不以为诽。使在嘉靖中,必以是为关节矣。"

## 举进士复袭指挥

梅损斋名纯,字一之,驸马殷之曾孙也。举成化辛丑进士,官定远知县。方于事上,罢归,复袭其祖职为孝陵卫指挥,官至中都副留守。私印有"赐进士中都留守之章",所著有《续百川学海》、《性理彝训》、《损斋备忘录》。

## 鼠 拖 生 姜

黄紫芝先生名谦,字执之,举成化壬辰科进士,授工部主事。初会试时,过书肆,有《菊坡丛话》四册,持阅之。傍一人从公借阅,视其人貌寝甚,调之曰:"老鼠拖生姜。"讥其无用也。其人微笑,私从公从者问其姓名去,心深衔之,公初不知也。后与公同第官刑部,会公以乡人上钱粮夤缘事发,参送过法司,其人当讯鞫,遂坐公受赇,削其籍。过司日,其人大声曰:"老鼠拖生姜。"公始悟结怨之由也。时梁公厚斋怜公,夙知公精岐黄之业,因以《玉机微义》授之,俾熟玩。无何,皇太后病,诸医束手,梁公荐公于朝,一药而愈。遂授太医院院判。告归,道大行,延治者常阗门。公工诗,善书法,以性好诙谐,遂离此祸。陈太史《善谑录》常记之,往往令人绝倒。

## 严　宾

　　严宾字子寅,号鹤丘,正、嘉中为府学博士弟子,以群哄点斋台史,褫革之。字法米帖,粗能诗,及画兰竹。所畜古法书名画颇多。有藤床、藤椅,皆藤所成,不加寸木。又有枣根香几,天然为之,不烦凿削,最称奇品。精于煮茶,茶具皆佳妙。文人墨客多与之游,往来东桥、衡山诸公之门。身长面大口阔,语多排调,人以"严呆"名。尝为文彭、文嘉等以四六文谑之,大怒,欲诉于学使者,友人劝归。而所谑之文竟不与易,至今为笑柄也。

## 刘　京　兆

　　府尹刘公自强,中州人也,操持严峻,人不敢干以私。嘉靖甲子试士,南太宰尹公尝遣隶持书为童生道地,公距之。隶立堂下呫嗫不肯去,公怒,下阶拳之,落其齿。是年,公所取童生首,乃顶名替考者,公觉发置于理。它冒籍若诈伪者,闻风敛迹遁去。送院者仅八十八人。督学耿恭简公定向不得已汰其八人,曰:"例不可废也。"

## 警　世　词　余

　　徐子仁尝作《警世曲》,调《对玉环带清江引》,曰:"极品随朝,谁似倪宫保? 万贯缠腰,谁似姚三老? 富贵不坚牢,达人须自晓。兰蕙蓬蒿,到头终是草。鸾凤鸥鹳,到头终是鸟。北邙道儿人怎逃? 及早寻欢乐,纵饮十万场,大唱三千套。无常到来还是少。"其一。"暮鼓晨钟,聒得咱耳聋。春燕秋鸿,看得咱眼朦。犹记做顽童,俄然成老翁。休逞姿容,难逃青镜中。休逞英雄,都归黄土中。算来不如闲打哄,枉把机关弄。跳出面糊盆,打破酸齑瓮。谁是惺惺谁蒙懂?"其二。"春去春来,朱颜容易改。花落花开,白头空自哀。世事等浮埃,光阴如过客。休慕云台,功名安在哉! 休访蓬莱,神仙安在哉! 清闲两字钱难买,何苦深拘碍。只恁过百年,便是超三界。此外别无闲计策。"
其三。"礼拜弥陀,也难凭信他。惧怕阎罗,也难回避他。世事枉奔
波,回头方是可。口若悬河,不如牢闭着。手惯挥戈,不如牢袖着。
越不聪明越快活,省了些闲灾祸。家私那用多?官职何须大?我笑
别人人笑我。"其四。

## 海 浮 赠 曲

　　冯海浮赠许石城先生曲。《一枝花》:"迹虽羁天壤间,心只在羲皇
上。客常来,谈艺圃;尘不到,草玄堂。二十年衣锦还乡。居帝里,山
河壮;荷皇图,气运昌。且休提,仰泰山,北斗齐名;单只看,震春雷,
南宫放榜。"《梁州》:"想当时,冠群英贤科第一;到如今,抱孤贞国士无
双。老山涛到底留清望。空只有松筠节操,更不树桃李门墙。玩一
会,蜉蝣世界;笑一会,傀儡排场。起甲第,休看做许史金张,论词华,
并不数卢骆王杨。有时节,千仞冈,高整云衣;有时节,七里滩,轻移
雪舫;有时节,百花潭,满引霞觞。再休提你长我长。闲刁搔,不把在
心头放。圣明君,贤良相。四海升平振纪纲,醉也何妨!"《尾》:"望长
江万顷掀银浪,对钟山一带排青嶂,满金陵胜迹供游赏。任乌兔且
忙,喜丰神且康,看春草庭前岁应长。"此词高华佚荡,诵之使人有天
际真人想,故与先生之生平称也。

## 髯仙秋碧联句

　　黄琳美之元宵宴集富文堂,大呼角伎,集乐人赏之,徐子仁、陈大
声二公称上客。美之曰:"今日佳会,旧词非所用也。请二公联句,即
命工度诸弦索,何如?"于是子仁与大声挥翰联句,甫毕一调,即令工
肄习。既成,合而奏之。至今传为胜事。子仁七十时,于快园丽藻堂
开宴,妓女百人,称觞上寿,缠头皆美之诒者。大声为武弁,尝以运事
至都门,客召宴,命教坊子弟度曲侑之。大声随处雌黄,其人距不服,
盖初未知大声之精于音律也。大声乃手揽其琵琶,从座上快弹唱一

曲,诸子弟不觉骇伏,跪地叩头曰:"吾侪未尝闻且见也。"称之曰乐王。自后教坊子弟无人不愿请见者,归来问馈不绝于岁时。嗟乎!二公以小伎为当时所慕如此,岂所谓折杨黄荂则听然而笑者耶?顷友人陈荩卿所闻,亦工度曲,颇与二公相上下,而穷愁不称其意气,所著多冒它人姓氏,甘为床头捉刀人以死,可叹也。嗟呼!彼武夫伶人,犹知好其知音者,今安在乎哉?

## 四 景 联 句

陈秋碧与徐髯仙咏《四景联句》,调曰《金索挂梧桐》。其一:"东风转岁华,院院烧灯罢。陌上清明,细雨纷纷下。天涯荡子心尽思家,只见人归不见他。合欢未久轻抛舍,追悔从前一念差。无聊处,恹恹独坐小窗纱。见了些片片桃花,阵阵杨花,飞过秋千架。"其二:"杨花乱滚绵,蕉叶初学扇。翠盖红衣,出水莲新现。金炉一缕微袅沉烟,睡起纱帼云髻偏。巫山好梦谁惊破,花外流莺柳外蝉。无聊处,千思万想对谁言。添了些旧恨眉边,新泪腮边,界破残妆面。"其三:"闲阶细雨妆,翠幕新凉透。疏柳残荷,又早中秋后。新来减尽了旧风流,无奈新愁压旧愁。碧云望断天涯路,人在天涯欲尽头。无聊处,恹恹鬼病几时休。听了些雁过南楼,人倚西楼,正是我愁时候。"其四:"银台绛蜡笼,绣幕金钩控。暖阁红炉,少个人儿共。月明才转过小房栊,不放清光照病容。无端画角声三弄,吹落梅花一夜风。无聊处,天寒水冷信难通。孤眠人正怕穷冬,又到残冬,做不就鸳鸯梦。"此词绵丽宛折,曲尽个中情景。如二公者,故词场之伯仲也。

## 雉 山 填 词

邢太史雉山先生填词多不传,曾见其《咏牡丹》一调云:"《一枝花》雕阑百宝妆,良夜千金价。芳菲三月景,富贵五侯家。春色偏佳。赛巧笔丹青画,胜蓬莱顷刻花。护轻寒,摆列着孔雀银屏,对芳丛,掩映着鸳鸯绣榻。《梁州》红烂熳琼枝低簇,碧玲珑玉叶交加。更有那妖娆万种天生下,恰便似蓝桥仙侣,金屋娇娃。湘裙拖翠,蜀锦翻霞。试新妆脂粉轻搽,吐余芬兰麝争夸。喜孜孜,相逢着群玉山头;颤巍巍,款步着瑶台月下;娇滴滴,半笼着翡翠窗纱。仙葩焕发,端的是天香国色非虚假。你看那玉楼人,金勒马,一日笙歌十万家,江左繁华。《尾》从今后,删抹了芭蕉夜雨灯前话,回避了桃李春风墙外花。早不觉春归又初夏。我这里高高的烧着绛蜡,满满的斟着玉斝,一般儿倚翠偎红受用煞。"此词音节谐畅,词意艳美,真作家也。

## 孙 夏 工 诗

孙炎,句容人也。身六尺,面铁色,一足偏跛。于书无所不通,与金陵夏煜皆有诗名。时与煜饮酒赋诗角胜,得一隽语,辄捶案大哗,声撼四邻。每下笔,累纸可尽。由此惊动江东。炎后官总制,处州苗将之叛,死之。煜字允中,尝与杨宪等言于太祖曰:"李善长无宰相材。"煜后为佥事,犯法,太祖取到湖广,投于江。二公负诗名,挟意气,而皆以不良死,可悼也。

## 于忠肃公神道碑

倪文毅公草《于公神道碑》,末云:"惟公讳与先考同,未敢以私故阙而不书,盖公之所关者大也。临文悚然。"按公弟阜,于公之孙婿也,故碑云"岳在里姻之末"。倪亦仁和人,与于公同乡。按此可为作文避讳者增一事例。

## 夏 大 理 断 狱

慈溪夏公名时正,弘治中为南大理卿。刑部狱因有欲乱其子妇而未成者,坐死,不服。公拟流罪以闻,报可。时议有谓事干伦理十恶,不可以未成贷死。复引经据律奏辩数千言,大要谓春秋无将,将则必诛,今律劫囚者斩,不须得囚,此则不分成未成也。若谓事干伦理,无甚于谋杀祖父母、父母,今律犹已行已杀为差。内乱固十恶之一,其已成者,妇行已为所污,伦理已为所渎,故不得已而刑之;其未成者,妇行尚未亏,伦理犹未坏,故罪止于流,不忍加之死。此圣祖好生之德,制律之微意。永乐、宣德间,其未成者犹多谪戍,今安得一切论死乎?章下刑部,尚书陆公瑜覆奏,谓当拟以死罪,开其未成,取自上裁。自是未成者多谪戍边,公所建明也。公前官南太常少卿,修《太常寺志》十卷。

## 康状元祖墓

国初康公汝楫,文皇帝时为刑部侍郎。侍郎三子,长曰爵。侍郎既死,昭皇帝以旧辅导功,赠工部尚书。爵累官南京太常寺少卿,卒,葬江宁县新亭南,乃浒西太史之曾祖也。公子健,官通政知事。健子铺,官平阳府知事,实从公生长南中云。坟今邻永泰寺,后浒西《赠沈侍御越西巡北还诗》曰:"新亭有先垅,瞻省愧予生。每遇江东客,曷胜渭北情。"

## 五　　堰

伍余福《三吴水利论》论五堰云:古者宣、歙、金陵、九阳江之水皆入芜湖,以五堰为之障也,其地在今溧阳县界。自唐昭宗景福二年,有杨行密者作此以为拖舸馈粮之计。而苏轼奏议,称五堰所以节前项诸水,其后贩卖簰木以入东西二浙者,又以五堰为阻,遂废去,而东西二坝列焉。于是前项诸水多入荆溪,间有入芜湖者,亦西北之源而非东南之势也,其故道尚在,去溧阳八十里。宋进士单锷亦尝言之,九阳江正溧阳之所谓颍阳江者,其源出自曹姥山,流为濑渚,昔子胥避楚,乞食于女,后投金以报。有李太白碑在焉。

## 供用船只旧例

嘉靖间,进贡船只,一则司礼监,曰神帛、笔料。二则守备尚膳监,曰鲜梅、枇杷、杨梅、鲜笋、鲥鱼。三则守备不用冰者,曰橄榄、鲜茶、木犀、榴、柿、橘。四则尚膳监不用冰者,曰天鹅、腌菜、笋、蜜樱、苏糕、鹭鹚。五则司苑局,曰荸荠、芋、姜、藕、果。六则内府供用库,曰香稻、苗姜。七则御马监,曰苜蓿,后加以龙衣板方等项,而例外者亦多。夫物数以三十,而船以百艘,此固旧规也,今则滥驾者不减千计矣。此在当时已然,今日又当何如哉!

## 粮 船 帮 次

嘉靖间,天下十总,每年过淮船一万二千一百四十三只。其一则南京总,曰旗手卫、羽林左卫、金吾前卫、府军左卫、沈阳卫、应天卫以及兴武卫,共十三卫。其二则中都留守总,曰凤阳卫、怀远卫、留守中卫、长淮卫以及颍上所,共十二卫。其三则南京总,曰留守左卫、虎贲右卫、锦衣卫、鹰扬卫以及虎贲左卫,共十九卫。其四则浙江总,曰杭州前卫、绍兴卫、宁波卫、处州卫、台州卫以及海宁所,共十三卫。其五则江北直隶总,曰淮安卫、大河卫、徐州卫以及归德卫,共八卫。其六则江南直隶总,曰镇江、苏州、太仓、镇海等十一卫。其七则江北直隶总,曰扬州、通州、泰州、盐城、高邮等十卫。其八则江西总,曰南昌、袁州、赣州、安福等十二卫。其九则湖广总,曰武昌、岳州、黄州、蕲州、荆州等十二卫。其十则遮洋总,曰水军、龙江、广洋等十三卫。迄今则有十三总,事体亦多所更置矣。

## 李 敬 中

李庄,字敬中。父以功臣子,尚太祖第七女大名大长公主,为驸马都尉,拜栾城侯,北征,没于王事。敬中年七岁,袭父爵。成祖朝公主纳其诰券,敬中年已长,尚未知书,或有劝之学者,乃从刘原博游。襟度洒落,刻意辞翰,有所作,人争传之。年七十九,发不白,齿不摇,步履如四五十许人,一日无疾而逝。

## 徐 居 云

徐居云,名京,字禹量,中山王七世孙也。嘉靖中,与顾公璘、璘弟瑮、陈公沂、王公廷相、蔡公子羽、王公宠、黄公省曾、蔡公子楠、王公廷幹、施公峻、皇甫公汸、汸弟涍为词翰友,赋诗唱和。所著有《居云集》吴行、浙行二稿,又著《隐》若干卷。皇甫司勋参定,蔡中丞、谢司直所芟定者,为之序。既卒,又为之墓铭,词甚凄折。

## 谢 小 娥

谢小娥,豫章估客女也,嫁历阳段居贞。父畜巨产,隐商贾间,与居贞同舟贸迁江湖间。小娥年十四,寓舟中。亡何,湖盗掠舟货,杀父及夫,两家兄弟童仆数十人悉葬鱼腹。小娥亦伤胸折足漂波中,它船傍人救之,经夕活。因流转乞食,至上元依妙果寺尼净悟。初,父之死也,小娥梦父谓曰:"杀我者,车中猴,门东草。"复梦其夫谓曰:"杀我者,禾中走,一日夫。"小娥不解,问之人,人亦不解。元和八年春,陇西李公佐罢江西从事,扁舟东下,泊建业,登瓦宫寺阁。僧齐物者与公佐善,语曰:"有嫠妇名小娥者,频至寺中,示我隐语十二字,某不能辨。"书示公佐。公佐凭槛凝思,倏然了悟,趣小娥至。小娥呜咽良久,告之故。公佐曰:"若然者,吾审详矣。杀汝父申兰,杀汝夫申春。何也,车中猴,车字去上下画,申字也。申属猴,故曰车中猴。草下有门,门中有东,乃兰字也。又禾中走,是穿田过,亦申字也。一日夫者,春字也。足可明矣。"小娥恸哭,书"申兰、申春"四字绾衣中,誓将访贼复仇,因问公佐姓氏官族,垂涕去。改男子服,佣江湖间。岁余转至浔阳,见户上书召佣者,小娥乃应召诣门,问其主,乃申兰也。兰引归。娥心愤,貌阳顺之,给侍兰左右甚勤。兰大信爱之,凡金帛出入,亡不委小娥者。居二岁余,莫知其女人也。而小娥尝入其室,睹父之遗赀尽在,辄时时私拨血泣。而申春与兰族昆季也,住大江北独树浦,与兰往还密。每出门剽,留小娥居守,衣食小娥甚厚。一夕,兰与春会群盗酣饮，寻盗去，春醉卧内室，兰露寝于庭。小娥乃潜锁春于内，抽佩刀先断兰首，号邻人并至。春擒于内，获赃货直千万。贼党数十人，小娥默识其姓名，悉擒之。浔阳太守张善表之，小娥得免死。时元和十二年夏也。小娥复仇毕，归本里。里中豪族争求聘。小娥誓不二夫，祝发披褐，访道牛头山，师主大士尼将律师。十三年四月，受具戒于泗州开元寺，竟以小娥为法号。其年夏，公佐归长安，道泗溪，过善义寺，谒大德尼。小娥侍尼左右，目公佐曰："官非洪州李判官二十三郎者乎？"公佐曰："然。"曰："使我获报仇雪冤，公也。"悲泣顿首。公佐初不之识，小娥因泣诉杀二申状。公佐叹息，为之传其事。金陵尼中，乃有如此人！

## 好 夸 之 戒

金陵张允怀，以写梅游于苏、杭。其为人好修饰，虽行装必器物皆具。一夕，泛江而下，月明风静，舣舟金山之浒，出金银器饮酒，将醉，吹洞箫自娱。为盗所窥，夜深被歼，尽取其酒器以去。视之，则皆铜而涂金银者也。此可为好夸之戒。王锜《寓圃杂言》志其事如此。

## 倪 公 迁 学 士

景泰中，选内侍之秀异者四五人进学于文华殿之侧室。倪文僖公谦与吕文懿公原实教之。上时自临视，命二人讲，倪讲《国风》，吕讲《尧典》。讲罢，问二人何官，倪时以左中允兼侍读，吕以右中允兼侍讲。又问几品，皆曰正六品。上曰："二官品同，安得相兼？"命取官制视之，乃命二人以侍讲学士兼中允。上既临幸，二人因改坐于旁。他日上至，讶之。二人对："君父所坐，臣子不敢当。"上曰："如是乎？"其后至馆中，惟立谈，或东西行，不复坐云。后天顺三年，倪公以光学主顺天试，有门生不中式，为所讦陷，谪戍，后复起官礼部尚书。

## 宰 相 街

建昌伪平章王溥全城来降,自备军食,不支官粮。太祖于聚宝门外造屋令溥居住,置立牌楼,号其街曰宰相街。后溥为事,毁之。

## 立 院

太祖立富乐院于乾道桥。男子令戴绿巾,腰系红搭膊,足穿带毛猪皮靴,不许街道中走,止于道边左右行。或令作匠穿甲,妓妇戴皂冠,身穿皂褙子,出入不许穿华丽衣服,专令礼房吏王迪管领。此人熟知音律,又能作乐府。禁文武官及舍人不许入院,止容商贾出入院内。夜半忽遗火,延烧脱欢大夫衙,系寄收一应赃物在内。太祖大怒,库官入院内,男子妇人处以重罪,复移于武定桥等处。太祖又为各处将官妓饮生事,尽起赴京入院。彼时良贱之分如此,今澜倒尽矣。

## 君子舍人二卫

太祖于国初立君子、舍人二卫为心腹,选文官子侄居君子卫,武官子侄居舍人卫,以宣使李谦安子中领之。昼则侍从,夜则直宿更番。按即此勋卫之所由始也,后不复用文官子侄矣。

## 平 话

太祖令乐人张良才说平话。良才因做场,擅写省委教坊司招子,贴市门柱上。有近侍人言太祖曰:“贱人小辈,不宜宠用。”令小先锋张焕缚投于水。又尝使人察听将官家,有女僧引华高、胡大海妻敬奉西僧行金天教法。太祖怒,将二家妇人及僧投于水。以上二事皆刘辰《国初事迹》所记。

# 南都人物

叶文庄《水东日记》云：南都数年前人物，勋旧之贤如襄城伯李公，通材重望如少保黄公，学行老成如都御史吴公，得大臣体如侍郎徐公，端厚有文如侍郎金公、通政陈公、尚书黄公，词藻艳发如少卿杨公，志勤修纂如学士周公，皆有足称。他如祭酒陈公之教条规矩，终始不渝；尚书魏公之清修雅尚，可以廉贪敦薄，要皆无愧士论。噫！如诸公者，今何可多得！文庄之言如此，可以想见成、弘间南都宦籍之盛。

# 鸦　朝

献皇帝之国也，舟泊龙江关，乌鸦以万数集江柳，向舟鸣噪，李空同以为世宗中兴之兆。又曰，弘治初侍朝，钟鼓鸣，则乌鸦以万数集于龙楼，正德间不复见矣。自先大夫登朝，与余忝窃班行中，见每日黎明时群鸦盘旋飞绕五凤楼，久之方散去。有人曰："此之谓鸦朝也。"堪舆家又有所谓鸟朝、牛朝、鱼朝之说。

# 杜　叔　循

杜环字叔循，庐陵人，家金陵。父一元之友兵部主事常允恭死于九江，家破，其母张年六十余，哭九江城下，无所归。安庆守谭敬先，允恭友也，母附舟诣谭，谢不纳。母大困。因念允恭尝仕金陵，亲戚交友或有存者，复从人至金陵，问一二人亡存者。因访一元家所在，问一元亡恙否，道上人以死对，惟子环存，其家直鹭洲坊，中门内有双橘可辨识。母服破衣，雨行至环家。环方对客坐，见母大惊，颇若尝见其面者，因问曰："母非常夫人邪？何为而至于此？"母泣告以故。环亦泣扶就坐拜之，复呼妻子出拜。妻马氏解衣更母湿衣，奉糜食母，抱衾寝母。母问其平生所亲厚故人，及幼子伯章。环知故人无在者，又不知伯章存亡，姑慰之曰："天方雨，雨止，为母访之。即无人事母，环虽贫，独不能奉母乎？"时兵后岁饥，母见环家贫，雨止，坚欲出问它故人。环令媵女从其行。至暮，果无所遇而返。环市布帛，令妻为制衣衾。自环以下，皆母事之。母性卞，少不惬意，辄诟怒。环私诫其家人，顺其所为，毋以困故轻之。母有疾，环躬为煮药，进匕箸，不敢大声语。越十年，环为太常赞礼郎，奉诏祠会稽还，道嘉兴，逢其子伯章，泣谓之曰："太夫人在环家，日夜念少子成疾，不可不往见。"伯章无所问，第曰："吾亦知之，第道远不能至耳。"环归半年，伯章来。是日环初度，母见少子，相持大哭。环家人以为不祥，止之。环曰："此人情也，何不祥之有？"既而伯章见母老，恐不能行，绐以它事辞去，不复顾。环奉母弥谨，然母愈念伯章，疾顿加。后三年，遂卒。将死，举手向环曰："吾累杜君，吾累杜君！愿杜君生子孙咸如杜君。"言终而瞑。环具棺椁敛殡之，买地城南钟家山葬之，岁时常祭其墓。环后为晋王府录事，至工部主事。宋太史濂为之传。万历中，焦太史请祠于学官之乡贤祠。

# 尤 六 十

国初，南都有尤六十者，父以六十岁日生之，因名六十。力负万斤。途人或不识，误与竞，六十不怒，更好谓："若且来，吾与若语。"遂持其襟袖，挼至廊檐下，以一手援柱起，引其人之裾压柱下，人始知而恳之，乃举柱出衣。其力有时发不可忍，急走山中，遇大树拔之，连仆数株，力稍稍杀矣。长日不出，则取径寸大麻绳十许丈，以指掐之，寸寸断，以是为嬉娱。以勇名远近，而卒不出，无所为。然如此力用而性不好竞，悛悛众人中，俯首徐步，若无儋石力者。有勇而善藏之，亦一奇人也。

# 舟 檣

《野记》言：太祖初渡江，御舟濒危，得一檣以免。令树此檣于一舟而祭之，遂为常制。今在京城清凉门外，已逾百四十年矣。有司岁祀，给一兵世守之。万历乙亥秋，余从先大夫登舟北上，犹见此竿，高仅可丈五六尺，一木栅围之，植地上。后不复见矣。

## 南 内 藏 书

前代藏书之富，无逾本朝。永乐辛丑，北京大内新成，敕翰林院，凡南内文渊阁所贮古今一切书籍，自一部至有百部，各取一部送至北京，余悉封识收贮如故。时修撰陈循如数取进，得一百柜，督舟一艘，载以入京。至正统己巳，南内大灾，文渊阁所藏之书，悉为灰烬矣。

## 番 僧

《青溪暇笔》言：近日一番僧自西域来，貌若四十余，通中国语，自言六十岁矣，不御饮食，日啖枣果数枚而已。所坐一龛，仅容其身。如欲入定，则命人锁其龛门，加纸密糊封之。或经月余，謦咳之声亦绝，人以为化去矣，潜听之，但闻掐念珠历历。有叩其术者，则劝人少思、少睡、少食耳。一切布施皆不受，曰："吾无用也。"在雨花台南回回寺中。

## 利 玛 窦

利玛窦，西洋欧逻巴国人也。面皙，虬须，深目而睛黄如猫。通中国语。来南京，居正阳门西营中。自言其国以崇奉天主为道。天主者，制匠天地万物者也。所画天主，乃一小儿，一妇人抱之，曰天母。画以铜板为帧，而涂五采于上，其貌如生，身与臂手俨然隐起帧上，脸之凹凸处，正视与生人不殊。人问画何以致此，答曰："中国画但画阳不画阴，故看之人面躯正平无凹凸相。吾国画兼阴与阳写之，故面有高下而手臂皆轮圆耳。凡人之面，正迎阳，则皆明而白。若侧立，则向明一边者白；其不向明一边者，眼耳鼻口凹处皆有暗相。吾国之写像者解此法用之,故能使画像与生人亡异也。"携其国所印书册甚多,皆以白纸一面反复印之,字皆旁行,纸如今云南绵纸,厚而坚韧,板墨精甚。间有图画人物屋宇细若丝发,其书装钉如中国宋折式,外以漆革周护之,而其际相函,用金银或铜为屈戍钩络之。书上下涂以泥金,开之则叶叶如新,合之俨然一金涂版耳。所制器有自鸣钟,以铁为之,丝绳交络,悬于簨,轮转上下,戛戛不停,应时击钟有声。器亦工甚,它具多此类。利玛窦后入京,进所制钟及摩尼宝石于朝,上命官给馆舍而禄之。其人所著有《天主实义》及《十论》,多新警,而独于天文算法为尤精。郑夹漈《艺文略》载有婆罗门算法者,疑是此术,士大夫颇有传而习之者。后其徒罗儒望者来南都,其人慧黠不如利玛窦,而所挟器画之类亦相埒。常留客饭,出蜜食数种,所供饭类沙谷米,洁白逾珂雪,中国之粳糯所不如也。

## 南 京 殿 庙

正统时,南奉天殿灾而后北都定。嘉靖时,南太庙灾而后九庙成。

## 载 酒 亭

载酒亭,顾东桥先生息园中亭子名也。三字篆书,乃赵松雪门人桐江俞和号紫芝樵者笔。解学士大绅尝推俞有能书名,此篆端劲古朴,无俗态。东桥先生既以扁其亭矣,且索图于姑胥谢时臣成卷,画亭中人长者面几坐,耸身若谈,前坐者磬恭若请益状,几列觞缶,路下舣虚舟,笔意祖吴兴公。见吴鼎《记载酒亭卷》。

## 绎 山 记

景伯时太史游绎山,在正德甲戌之秋。其记文不数百言,而宛然如觌。曰:"未至邹二十里,山甚高,望之石磊磊然,不见土木。玲珑嵌空，紫翠涌郁。维兹山之石不相连属，方圆平敧，各各异象。其高大者数十丈，小者亦数丈，如屋覆，如偃盖，如走丸，如斧劈，如抵壁，如累棋，如马首，如巾敷几筵，如砌，如累，如戏，如掷。其大可讶者，绝顶一丸，高数十丈，欹置平石，下临不测，有可转而不转之势，或曰神戏为之，理或然也。"此一段文，可谓文中有画矣。

## 好　　石

南大理卿陈玉叔先生性癖好石，不啻米襄阳之下拜也。尝过北门桥访上舍嘉定李生，见其几上英石郁然森秀，先生数目属之。李生曰："公得毋爱此石乎？当畀以送公。"公欣然曰："果见诒，何待送？"即命皂隶以手巾络之，系于轿杠，乘而归。又爱徐公子凤台园大石，善价购之，欲归而置于沔阳之玉沙园。数百人绁而登舟，嚯哗动闾巷。比舟至大江马当山下，风涛汹涌，竟簸入江，百计取之，迄不能出。未几，先生以省臣论归，将行，余送于舟次，先生意颇怏怏。余解之曰："据所云云，古人以为佳话。即不然，亦风流罪过耳。且升沉常事，何足芥蒂邪？"先生大笑，抗手而别。

## 谑　　语

陆仲《记谑语文》云：优季，南京教坊弟子也，慧而滑稽。予每从席上令季为谑，语多不能悉记，录其四事。一曰：昔有病伛者，自以为丑也，日购医于市曰："谁能直我者，予千金。"或绐之曰："我实能直汝。"伛喜，问其方，曰："蠢尔背，断尔筋，束版而夹之，三日直之。"左右曰："害于生。"曰："吾与其直尔，不保其生也。"二曰：丐儿与其妻冬夜俣而卧，区而不能燠也。起突富人之髹宇，得敝篷簛覆而甘寝焉。顷之，风作，警而寤，出一指探篷簛外，遽缩而入，蹴谓其妻曰："吾与尔飨福，恶知外寒犹尔邪？"三曰：有富翁山行而攫于虎，其子操刃而逐之。翁在虎口，见其子，呼谓之曰："刺则刺，毋刺伤其皮。"既而虎死，翁得生。其子问之，翁曰："得虎而售，利存乎皮。皮坏斯减贾,汝蔑所获矣。吾为是惧而亟汝语也。"四曰:南人有学琴十年而极其趣者,自以天下无愈己,挟琴而上都邑,次舍于教坊之旁。教坊之人所肄皆箜篌、琵琶、筝、籇属也,见南人至,喜,群聚而求听焉。南人乃出琴而鼓之,曲未成,皆哄然而散,惟一人留而泣。南人喜,起,作礼而问之,对曰:"昔者吾父病介孪而死,今见先生之布指似之也,故泣。"南人乃抵琴于地而叹曰:"嗟哉!知音之寡也。"盖自是不复鼓琴。

## 弇州评诗

弇州《明诗评》于孙左司炎曰:"左司侠气鸷发,辨辞虹矫,疆圄之寄,援分以没。今作歌诗十不一二存者,然颇跌宕雄逸。青凤吉光之裘,片语千金,藏龙如意之珠,一照累乘。奚啻多哉!"汤参将胤绩曰:"胤绩雄才盖世,与刘生御医溥,字原济。雁行,气所压政犹小巫见大巫耳。"王太仆韦云:"太仆宛曲秾鲜,颇类温、李,风人之致,可挹而言。若乃妙舞《霓裳》,逸主犹憎其肉;靓妆妖婢,见人更羞举止。斯为所短,颇号难药。"刘司空麟曰:"司空朗爽登朝,荣跻八座,急流勇退,用谐素心。烟霞之癖更多,泉石之身难老。其诗如痴女儿能织鸳鸯,谓未艺绝,更绣凤皇,并无此鸟,可发一笑。"顾尚书璘曰:"尚书器并瑚琏,材悬绮绣,束发班行,遂屈群公之左。珥管江表,首驰三杰之目。如春园尽花,藦迈错杂。又如过雨残荷,虽复衰落,尚有微情。"此弇州初评也。其后评又曰:"汤公让如淮阳少年,斗健作啖人状;王钦珮如小女儿,带花学作软丽;顾华玉如春原尽花,苞藦不少;刘元瑞如闽人,强作齐语多不辨;陈羽伯如东市倡,慕青楼价,微傅粉泽,强工鞏笑。"语涉太苛。噫!千载而下,其当自有定论。

## 蟾

内兄王孝廉肖徵尝言:嘉靖乙卯春,往朝天宫,行至九曲街,见一丐者卧地上,饭笋中盛一大虾蟆三足者。当时惘惘,行数十步,始

忆三足虾蟆乃蟾也,大惊诧。亟回觅之,则丐者不可得矣。是年孝廉
登乡书。

## 雅　游　篇

余幼峰先生以平生所游览金陵诸名胜二十处,各著诗纪之,曰钟
山、曰牛首山、曰梅花水、曰燕子矶、曰灵谷寺、曰凤凰台、曰桃叶渡、
曰雨花台、曰方山、曰落星冈、曰献花岩、曰莫愁湖、曰清凉寺、曰虎
洞、曰长干里、曰东山、曰冶城、曰栖霞寺、曰青溪、曰达磨洞,因约焦
澹园、朱兰嵎二太史与余起元同赋,都为一集,曰《雅游篇》,刊而行
之,属余师叶阁学为之序。一时以为胜事。

## 金 陵 人 物 志

盛仲交贡士家有陈中丞《人物志》抄本,余从其子敏耕伯年文学
得之。仲交手题其首简云:“陈中丞为此书,历有岁时脱稿,没后归罗
太守。余妻姑丈司马宪副屡借之不得,最后于陈中丞子求得草本,录
之。余又借司马家本录二册寄玉泉师于豫章,昨玉泉师以母夫人制
家居,余又复借录本抄之以藏于家。于以见里中故物,恐仓卒中难得
尔。何时有力正其讹误,并金陵世纪刊之,以传布四方邪?嘉靖壬子
仲冬十六日题于鷦息馆中。时寒雨弥旬,落叶堆阶上,自以研承檐溜
书之。云浦居士盛时泰仲交甫。”据此,去今万历乙卯六十四年矣。
伯年示余此书在乙未、丙申间,亦二十余年。伯年下世,又复屡易岁
华矣。此志恐世鲜传本,偶检笥得之,于伯年有人琴之感,因掇而
笔之。

## 赤 松 山 农

金元玉尝游浙之赤松山,爱其佳,徘徊不能去,因以赤松山农自
号。居常遐视清啸,人莫能窥。至其处己接物,高简粹白,王公贵人

雅相倾慕,非先施未尝一登其门。太宰青溪倪公参赞南京时,尝拟荐于朝,未果。以弘治辛酉卒。山农之标韵如此,盖亦高士,王子新作诗嘲之,有"内桥写铭旌"之语,何也?

## 梁公雅量

梁端肃公虽立身清峻,而弘人之度未尝不优。为浙江方伯,执法不挠。时巡按御史某公某,某处人也,公以伉直不为加礼。某公疑公易己,积不能平,乃摭公十恶奏之。铨曹廉其非实,量移公云南而已。公居之恬然,不以为介,曰:"御史言是邪,谴死无恨;无然,自有公论在矣。"居恒尝曰:"犯而不校,某敢当之。"即某公事,知其言不虚也。余外舅王公又言:公为都御史,里居,尝用乡夫肩小舆行道中。一御史前驺呵之,峻不避,御史遣问之,公答曰:"乡官。"又问:"何官?"答曰:"梁某也。"御史悚然,呕尾公舆造其庭请罪。公曰:"何罪之有?第骢马行,人人敛手避,小舆而敢突之,必有以,可勿问耳。"揖之而出。

## 薛　九

薛九,江南富家子,得侍李后主宫中,善歌《嵇康》。《嵇康》,江南曲名,后主所制也。江南平,零落江北,逢人歌此曲,尝一歌,坐人皆泣。钱易为《嵇康曲舞词》曰:"薛九三十侍中郎,兰香花态生春堂。龙蟠王气变秋雾,淮声与水浮秋霜。宜城酒烟湿雾腹,与君试舞当时曲。玉树遗词莫重听,黄尘染鬓无前绿。"

## 蒋　康　之

涵虚子《太和正音谱》载知音善歌之士。蒋康之,金陵人,其音属宫,如玉磬之击明堂,温润可爱。癸未春,度南康,夜泊彭蠡之南。其夜将半,江风吞波,山月衔岫,四无人语,水声淙淙。康之扣舷而歌"江水澄澄江月明"之词,湖上之民莫不拥衾而听,推窗出户,见听者杂沓于岸。少焉，满江如有长叹之声。自此声誉愈远矣。

## 都城门

六朝旧城近北，去秦淮五里，至杨吴时改筑，跨秦淮，南北周回二十里，近南聚宝山。皇明定都，大建城阙，城之域惟南门、大西、水西三门因旧，更名聚宝、石城、三山。自旧东门处截濠为城，开拓八里，增建南门二，曰通济、曰正阳。自正阳而北建东门，一曰朝阳。自钟山之麓围绕而西抵覆舟山，建北门，曰太平。又西据覆舟、鸡鸣山，缘湖水以北至直渎山而西八里，建北门二，曰神策、金川。西北括师子山于内，雉堞东西相向，建门二，曰钟阜、仪凤。自仪凤迤逦而南，建定淮、清凉二门以接旧西门，而周九十六里。

## 外郭门

西北据山带江，东南阻山控野，辟十有六门。东南北六，曰姚坊、仙鹤、麒麟、沧波、高桥、上方。西南六，曰夹冈、双桥、凤台、驯象、大安德、小安德。西一，曰江东。北三，曰佛宁、上元、观音。周一百八十里。此《京城图志》所载也。今俗云"里十三，外十八"。西又有栅栏门二，一在仪凤门西，一在江东门北，共十八门。

## 十四楼

国初，市之楼有十六，盖所以处官妓也。而《南畿志》止十四，曰南市、斗门桥东北。北市、乾道桥东北。鸣鹤、西关中街北。醉仙、西关中街南。轻烟、西关南街。澹粉、与轻烟楼对。翠柳、西关北街。梅妍、与翠柳楼对。讴歌、鼓腹、石城门外。二楼相对。来宾、聚宝门外之西。重译、聚宝门外之东。集贤、瓦屑坝西。乐民。集贤楼北。按李泰字叔通，鹿邑人，洪武时进士。博学知天文，曾掌钦天监。有集句咏十六楼，中有清江、石城二楼。晏振之永乐中《金陵春夕诗》又曰"花月春江十四楼"，则知相沿已久。今独南市楼存，而北市在乾道桥东北，似今之猪市，疑刘辰《国初事迹》所记富乐院，即此地也。

## 诸　　桥

城内桥之跨秦淮者，曰武定、镇淮，南门内。曰饮虹，俗名新桥。曰上浮，曰下浮。跨国朝之御河者，曰青龙，在东长安门外。曰白虎，在西长安门外。曰会同，会同馆前。曰乌蛮，曰柏川。此水自朝阳门外钟山南流穿城为铜窦而出。跨古城壕者，曰大中，即古白下。曰复成，曰玄津，曰北门。跨运渎者，曰斗门，曰乾道，曰笪桥，曰武卫，笪桥西。曰景定。笪桥东。今名羊市桥。跨古官城河者，南曰内桥、曰东虹、上元县东。曰西虹，北曰珍珠，曰莲花。跨青溪者，曰淮清，曰升平，曰竹桥。跨今城濠者，曰正阳，曰通济，曰聚宝，曰三山，曰石城。跨城外诸水者，曰赛工，在驯象门外。曰江东，在江东门外。曰上方，在上方门里。曰中和，在通济门外。曰下方，三俱跨淮水。曰来宾，在小市口东。曰善世，在小市南。二俱跨涧，即蘼芜涧。曰重译。在西天寺东古乌衣巷。

## 府　治　县　治

府治，洪武初自集庆路徙治古锦绣坊大军库地，即今治也。

上元县，唐始置于永寿宫东，徙凤台山西。宋徙白下桥。国朝在府治东北升平桥西。

江宁县，古去城七十里，即今江宁镇。南唐迁北门清化坊。元徙城外之越台侧。国初徙集庆路治，即今治也。县无大门，前临街有二亭子，俗谓其地势为牛形。万历中，肤施杨令来，谓二门前通衢不便，于街侧建一屏墙。甫毕役，病头痛不可忍，人以俗记语之，亟撤而瘳。

## 洞　天　十　友

金润十二能赋诗，以乡贡授兵部司务，擢南安知府。政暇弹琴写画赋诗,以子侍郎绅贵,乞休。家居,手制床几十事,号洞天十友,风神如仙。寿九十,赋诗一章而逝。

## 平 生 万 首

沈公钟,字仲律,上元人也。举天顺庚辰进士,官副宪致仕。日赋诗,平生万首。文字之外,世事无所闻。公后以子宝迎养江夏,年八十余而卒。有《休斋稿》若干卷。

## 多 宿 山 寺

丁公镛,举成化己丑进士,官兴化守,致仕。性嗜文学,耽诗,尤爱佳山水,多宿山寺。盖清逸之士也。公有《石厓集》,今亦不甚传。

## 祝 唐 二 赋

祝枝山作《观云赋》,手书以赠东桥先生。先生甚重之,每遇文士在坐,即出而展玩,甚相夸诩。枝山又尝为黄琳美之作《烟花洞天赋》倾动一时。而何柘湖皆不以为佳。要之,烟花洞天,自是风流佳话,不必绳以礼法也。东桥先生又称唐六如《广志赋》,口常诵之。柘湖言,唐赋托意既高,遣辞甚古,而唐集不之载。唐才情绝胜,失意后所作,多凄咽感叹之旨,往往使人歔欷欲绝,真一代之异才也。诗赋胜于枝山,而画高出沈石田、文衡山之上,与祝之字并雄,可以上掩前古。

## 东桥先生论诗

东桥先生喜谈诗,尝曰,李空同言:"作诗必须学杜,诗至杜子美,如至圆不能加规,至方不能加矩矣。"此空同之过言也。夫规矩方圆之至,故匠者皆用之,杜亦在规矩中耳,若必要学杜,只是学某匠,何得就以子美为规矩邪? 何大复所谓"舍筏登岸",亦是欺人。又尝语人曰,何大复之诗,虽则稍俊,终是空同多一臂力。

## 衡山赠髯仙句

何柘湖云:徐髯仙豪爽逸宕人也,数游狭邪,其所填南北词皆入律。衡山题一画寄之,后曰:"乐府新传桃叶句,彩毫遍写薛涛笺。老我别来忘不得,令人常想秣陵烟。"盖其人诚足重也。公家多藏书,海内志书尤夥。晚遇武宗皇帝,幸其家,在快园池中捕鱼,挟以北行,至与上同卧起,赐飞鱼服。然杂在佞幸中,公非所志,竟谢归。又二十余年,年八十余而卒。

## 天　神　图

徐髯仙家有杜堇古狂所画天神一幅,人长一尺许,七八人攒在一处,有持巨斧者,有持火把者,有持霹雳砧者,状貌皆奇古,略无所谓秀媚之态,盖奇作也。髯仙每遇端午或七月十五日,则悬之中堂,每诧客曰:"此杜柽居《辋川图》也。"

## 松坞高士图

王子新作《松坞高士图》以赠东桥先生,大设色,规摹赵集贤。大山头下有长松数株,一人趺坐其下,神检出尘表。何柘湖言其无画家溪径,疏秀可爱,盖其风韵骨力出于天成也。余藏有一扇面,乃子新所画墨梅一枝,花瓣用淡墨为之,精雅明秀,姿态横生。后小楷书一绝句:"西园春风暖复回,妖桃浓杏一时开。山禽对我关关语,野叟看花故故来。"字法智永,而遒劲过之。今其画不可多得矣。

# 卷七

## 海 忠 介 公

海忠介公为南右都御史，风猷肃然。与李敏肃公管察事，秉公持正，即权贵关白略不少徇，留都清议因之愈重。一日，因送表向三山门内一孝廉家借坐，孝廉家屋极壮丽，惮公清严，闻其来，尽撤厅事所陈什物，索旧敝椅数张待之。人谓有杨绾令人减驺彻乐之风。公每出行，所至人必拥舆左右聚观之，妇人童孺咸欢呼鼓舞，即司马温公之入汴，不是过也。其初来莅任，止携二竹笭箵，舟泊上河，人犹不知。尝病，延医入视，室中所御衾帱皆白布，萧然不啻如寒生。后薨于位。以如是人品，乃一给事中怂惠，一督学御史以柱后惠文弹之。嗟乎，坐乌台中呵佛骂祖者，岂独一张商英哉！

## 东桥先生友谊

王逢元子新父南原公韦，与东桥先生友，视子新犹子也。南原公逝，子新一日笞庄户，邂逅致死。子新惧，夜携其妻叩先生之门，告曰："吾遘人命事，将远遁，以吾妻累叔父。"先生曰："毋遽尔，我为若解之。"秉独作书数函，亟遣人投于当事者。比天明，已得从轻发落矣。公爱子新之才，厅事书室中屏幛，必子新之诗与字。或问公："何偏爱子新乃尔？"先生曰："不然。子新诗才实高，其书真度越流辈耳。"盖欲为之延誉也。又人有丐先生文者，先生辄命以其润笔物送子新。而子新多狭邪游，得即费诸倡家，赤贫如故。先生虽知之，终弗倦也。余内舅少冶王公为先生门下士，亲为余言如此。

## 子　新　字

东桥先生寄子新《过秦楼》词云:"虎卧天门,龙腾凤阁,书法王家原妙。画烂衣襟,磨干池水,透得旧来关窍。更狂僧醉圣,探奇掇隽,从横颠倒。爱青年方盛,高名欻起,万人称好。叹拙手勉强挑戈,依稀拨镫,那识就中天巧?欲取金丹,并携《洛赋》,子细从君论讨。只恐挥毫迟留迅疾,肘腕不禁衰老。判千金买纸如山,倩渠长扫。"又跋其所书《兰亭卷》云:"吾国王子新,英年遹起,遂擅海内书名。或者议其真书稍肥,余谓庄重沉着,脱去佻巧,独得钟、王遗法,赏爱为极。"其为之标誉如此。

## 曾　大　父　释　盗

曾大父方竹府君,尝冬月夜起庭中便旋,仰面见树上栖一人,呵问之。其人惧而坠地,匍匐不敢起。府君俯视之,邻家子也,慰抚之曰:"尔虽贫,奈何为此?尔第归,质明来,当有以济尔。"翊日,密与其人钱粟去,终不为人言。后病易箦时,呼先大父与伯祖戒之曰:"人不勤苦自立,一旦饥寒迫身,斯为所不可为者有矣,如吾所遇邻家子是也。"因具言其事。征其姓名,卒不答,曰:"尔辈第臆为戒可耳,何用知若人?"此与王辟之《渑水燕谈》曹州于令仪事正同。

## 天　上　见　龙

沈颐贞先生,名九思,举嘉靖癸卯乡试。上公车日,其父亟起送之。行至北门桥唱经楼口,见空中有龙夭矫而行,头角鳞鬣,分明毕见。惧而潜于道傍屋檐下,须其过乃出。时以为瑞。已而颐贞卒于京邸,龙乃咎征。曾见占候书李卫公望江南云:"凡出行,遇水族蛇虺之属,多不吉。"此非其类耶?

## 马文璧竹枝词

杨廉夫《西湖竹枝词》一卷,所载名士甚多。中载马琬,字文璧,秦淮人,自少有志节,诗工古歌行,尤工诸画,皆其天姿之所出也。其《竹枝词》曰:"湖头女儿二十多,春山雨点明秋波。自从湖上送郎去,至今不唱江南歌。"颇见婉丽。此亦金陵词人之一也。惜它作不多得耳。

## 姚叙卿先生

姚叙卿先生,年二十余,举嘉靖丙辰进士,官太守。再出,以事忤江陵意,罢归。优游里中垂三十年,以诗文书法自娱。所著有《锦石山房稿》。其文不事溪刻,而清真恬淡,类其为人。诗亦与文埒。字结构师欧阳询,劲媚遒隽。家富而工赏鉴,所储古画、鼎彝之类甚夥,屋室花石雅致独绝,一代之伟人也。嘉靖乙卯,先大夫与先生同补博士弟子,余以通家子侍先生,最蒙赏誉。尝为诗赠余以贡赴试阙下,今犹藏之笥中。

## 画 品 补 遗

《金陵琐事》载国朝金陵画品备矣,然尚有数人焉。宋臣,字子忠,号二水,善画山水人物,远宗马远、李唐,近效戴进、吴伟,极妙临摹,元宋名笔,皆能乱真。载《图绘宝鉴》。又有朱希文者,善画梅花,与林旭同时。见陈中丞镐《金陵人物志》。陈别驾钢,号迟宜子,善画蒲桃。其配金夫人,善水墨画,所作蕃马峭劲如生。万历中,王元耀者以赀郎官四川藩幕,善画,从文氏父子入门,后学郭熙、巨然、倪迂等,皆有其家法,鉴画亦有独见。旧院妓马守真号湘兰,工画兰,清逸有致,名闻海外,暹罗国使者亦知购其画扇藏之。

## 梦　　征

先大夫万历甲戌赴试,正月初一日抵徐州,旅舍梦一人手持数钱祷于神曰:"六个钱作状元。"觉而意之,必己中二甲前,其六人前乃状元也。已中会试第四十名,而孙公继皋第三十三名为鼎元,相去恰六人。其巧合如此。

## 水　　异

万历戊申夏,大雨骈作,江水泛滥,从来所未有也。张韫甫为余言:鼓楼旁有园丁,以箬篷苫靛缸,一日偶揭视之,见靛上有一龙蟠曲之迹,鳞甲爪鬣纤悉毕具。又江上有渔人遥望水面,一苇席浮至,近视之,上有小儿坐木车中,生可数月耳,苇席下群蛇蜿蜒蟠结负之。渔人遂收此儿育为己子。

## 崔　老　数　学

嘉隆中,老学究崔自均者,焦太史先生之亲也。善起观梅数,多奇中。焦镜川大尹当岁考时问以名次,崔占之曰:"某日出案则第二人,如出某日则第一矣。"已而果第一。询之,则某日前原是第二,是日后方置诸首也。先大夫庚午秋闱后往扣之,甫入门,值崔送客出,已入,向先大夫曰:"得毋为科第事来乎? 不必占,吾已得公数矣,必中无疑,第名次在榜后耳。"先大夫中一百三十名。不知崔所挟何术也。

## 铁　塔　寺

铁塔寺,刘宋名延祚寺,宋之正觉寺也。王荆公尝于寺西作书院,有轩名籋龙。法堂西小室为宋高宗元懿太子孛攒宫。《金陵志》称,建炎三年三月苗、刘兵变,四月高宗复位,幸江宁府驻神霄宫,改江宁为建康府。六月,立旉为太子。偶宫人持金炉误坠于地,太子得惊疾,遂不起。高宗立斩宫人。权厝于寺。按此所纪甚详明。太子固以疾薨也,刘后村诗:"细认苔间字,方知铸塔时。不因兵废坏,似有物扶持。古殿人开少,深窗日上迟。僧言明受事,相对各攒眉。"盖野史载张魏公因苗、刘伪立太子事,并其乳母生瘗之。高宗晚年无子,深以为憾,有"宁死不用张浚"之语。夫史明载高宗反正一月后方册明受为太子矣,立而又何为杀之?且兵变在临安,非建康也。乘舆反正,册立东朝,太子稚幼无知,魏公何忍为此?罗景纶《鹤林玉露》载之甚具。信乎其为齐东野人之语矣。

# 永　庆　寺

永庆寺有砖塔五级,相传为梁永庆公主所造。考前志俱不载,元人《金陵新志》第载永庆禅院耳,而于纪乌龙潭下注云:"在永庆寺前。"其专名之为寺,不知自何时。《梵刹志》云:"国初徐都督增寿重建请赐额。此寺所由名也。人言寺基旧广甚,西至今京都旗手大仓,东至北门桥。"又云:"仓中有石碑,今不知所在。寺南有谢公墩,正在冶城北,为李太白所咏处。"

# 书　品　补　遗

《琐事》载金陵前辈书法,亦有遗者。国初,刘中翰理、子素、孙良,三世能书,皆官中书舍人。罗参议麟明敏善书。刘千户苍能为赵松雪书。沈休斋钟书遒劲,盈尺竟壁无倾斜。朱参议贞幼工楷法,晚变为行,益妙。陈自菴钦字工,人多珍爱之。黄珍书学徐九峰,能乱真。陈别驾钢号迟宜子,书法褚河南,所摹《兰亭》,奕奕有致,又尝书小诗于牡丹花、玉簪花瓣。子太史沂手背而为册,至今犹存。王太守可大行书法赵松雪,大数寸者尤佳,余有所书陶诗一幅,风神遒劲,上逼古人,今世不多见也。朱太守音行书师铁门限,圆媚流丽,翩翩动人。李明府登行书学《圣教序》,结构不失,小篆学《峄山碑》,于钟鼎文尤妙,说者以为丰南禺之后一人。

## 自 草 墓 志

自草墓志,示不求于人,自卢苑马璧、黄吏部甲、杨太学希淳外,如王金宪麟年八十三、王太守可大年七十九,皆自草志,而太守之铭文尤为奇伟。许奉常谷亦自草行述。至刘清惠公又预求王公廷相作墓铭,此公惯作此出尘外事也。

## 吴 公 择 婿

周约庵尚书,父卫军也,家于交石吴尚书之侧,开小酒肆。尚书十许岁时赴塾师,常过吴交石尚书门,吴公目而器之,因许妻以女。一日,召其饮,坐上果有藕、杏,吴公出对句云:"缘荷方得藕。"周公应声云:"有杏不须梅。"坐客尽惊。吴公常语其夫人曰:"此子名位后当胜我。"已而果然。

## 仲 衡 厚 德 二则

丁仲衡璿,有长厚名,举永乐甲申进士,官至都御史。为主事时,御史张政过其门,适逻者来报,闻公失矗,今获盗者,需公认。公曰:"吾家未尝失也。"辞不往。政问故,公曰:"时禁,盗矗者死。宁亡吾矗,不忍其死也。"张叹曰:"公仁人也。"因荐起为御史。

仲衡为御史,巡陕右。时有行人被酒入察院侮骂,臬司皆不平,谓公宜劾奏之,公曰:"是醉耳,不足校也。"明日,行人果诣公谢罪。人悠然服其量。

## 家居进士为考试官

陶希文举正统丙辰进士,以亲老耳疾,遂辞归不仕,然尝应天顺己卯、成化辛卯浙江、河南聘典乡试。于时士大夫不拘见任、家居者，皆得为考试官。皇甫录《皇明纪略》云：杨少卿以服阕主浙江乡试，阳明先生为刑部主事，以病痊入京为山东聘主乡试。当时事例固与今复异矣。后言官有论劾杨与王者，遂废。

# 先 贤 著 述

金陵前辈多有著述，今类埋灭，不恒遘见矣。暇常摘其尤著者记之，其嘉靖以来后裔尚有存稿，不悉赘也。汤参将胤绩有《东谷集》。蒋樵林主孝有《务本斋诗》、《樵林摘稿》。蒋慎斋主忠有《慎斋稿》、《金陵纪胜》、《续貂小稿》、《诗法钩玄》。陶进士元素有《万竹山房稿》、《史隽》、《华山杂著》。张文僖益有《文僖公集》。倪文僖谦有《玉堂稿》、《上谷稿》、《归田稿》、《南宫稿》、《辽海编》。金太守润有《静虚稿》、《南山十秀集》、《心学探微》，子司寇绅有《雪心稿》、《青琐献纳稿》、《江西巡视稿》。王公濬有《嘉遁子集》。吴进士珵有《石居遗稿》。童尚书轩有《清风亭稿》、《枕肱集》、《海岳涓埃》、《谕蜀稿》、《筹边录》、《梦征录》。沈金事琮有《休斋稿》。朱参议贞有《息轩稿》。徐公远有《居学斋集》。王参议徽有《辣斋稿》、《史疑》、《引笑集》。丁太守镛有《石崖集》。金竹溪铢有《竹溪集》。蒋侍御谊有《经纬文衡》、《续宋论》、《纪行录》、《石屋闲抄》、《吹映余音》、《憨翁新录》。姚太守黼有《休斋集》。任宪金彦常有《克斋稿》。沈宪副钟有《休翁诗集》、《思古斋文集》。倪文毅岳有《清溪漫稿》。董学博宣有《青田杂录》。吴尚书文度有《交石稿》。贺友菊确有《友菊诗集》。李金事旻有《容庵稿》。金都宪泽有《容庵集》。李知府昊有《坦拙稿》、《谪居集》。徐参议瑝有《石林稿》。王史部銮有《西冶遗稿》。陈都宪镐有《矩庵漫稿》。陈学宪钦有《自庵集》、《海山联句集》。王太仆韦有《南原家藏集》。金太守贤有《春秋纪愚》、《春秋或问》。黄长史琮有《宗说》、《求志稿》、《行义稿》、《楚征日录》、《青田稿》、《谪游稿》、《郯城稿》、《岭南日课》、《续课》、《东归稿》、《乞养堂稿》。顾尚书璘有《国宝新编》、《近言》、《顾氏七记》、《浮湘稿》、《山中集》、《息园集》、《凭几集》、《登衡小记》。刘尚书麟有《清惠公集》。顾副宪璘有《寒松斋集》。陈太史沂有《翰林志》、《诲似录》、《游名山录》、《晤言》、《诗谈》、《拘虚集》、《维桢录》、《畜德录》、《存疾录》、《询刍录》、《语怪录》、《善谑录》。梁尚书材有《端肃公奏议》。许山人隆有《嘉会斋稿》。徐山人霖有《端居咏》、《远游纪》、《北行稿》、《皖游录》、《古杭清游稿》、《丽藻堂文集》、《快园诗文类选》、《中原音韵注什》、《续书史会要》。谢山人承举有《采毫录》、《东村稿》、《西游稿》、《在客稿》、《日得录》、《广陵杂录》、《湘中漫录》。沈封君琪有《雪厓诗》。王襄敏以旂有《漕河撮稿》、《督府稿奏议》。周襄敏金有《上谷》、《榆阳》二稿。徐王孙谅有《居云稿》。陈挥使铎有《雪香亭稿》、《秋碧轩稿》。张挥使维有《青藜阁稿》。余侍御光有《古峰集》。史廷直忠、金元玉琮有《江南二隐稿》。李副使熙有《尚友集》、《明农稿》。张孝廉翊有《元名臣言行录》、《宋临奠录》。顾居士源有《玉露堂稿》。陈参岳凤有《大事记》、《舟谈》、《感遇篇》、《清华堂稿摘存》、《欣慕编》、《宛地梓》。罗太守凤有《延休堂漫录》。高郡丞远有《饮虹稿》。张宪副铎有《秋渠诗》。司马宪副泰有《荫白堂稿》百卷。谢方伯少南有《河垣稿》、《谪台稿》、《粤台稿》。胡太史汝嘉有《沁南稿》。王太守可大有《三山汇稿》、《三山续稿》、《国宪家猷》。陈明府芹有《凤泉堂稿》、《忠孝说义》、《子野集》。沈侍御越有《麓村诗草》、《韩峰随笔》、《新亭漫稿》、《澶渊杂著》、《闻见杂录》、《春秋传集解》、《春秋分国便览》、《宋史详节》、《诸史撮抄》、《三党编》、《藩镇传》、《词谱续集附余》。金孝廉大车有《子有集》;弟大舆有《子坤集》。殷宗伯迈有《逍遥诀》、《山窗漫录》,《惩忿》、《窒欲》二编,《闲云馆野语》。金山人銮有《徙倚轩集》、《萧爽斋词集》。许奉常榖有《奉常稿》、《归田稿》。卢苑马璧有《治漳备忘录》、《关中集》、《雨山墨谈》、《客窗闲话》、《东篱品汇》。李仪部逢旸、杨太学希淳有《李杨二子遗稿》。廖工部文光有《万历统天赋》、《玄夷集》。李明府登有《冶城真寓稿》。姚太守汝循有《锦石山斋稿》。黄吏部甲有《蛰南编年集》。李临淮言恭有《贝叶斋稿》、《青莲阁稿》。余学士孟麟有《学士集》。杜山人大成有《晞真集》。盛太学时泰有《游吴杂记》、《游燕杂记》、《大城山全集》、《玄牍记》。刘学博士义有《新知录》。卜州守铛有《三华馆集》。郑太守宣化有《成趣园集》。宋金宪存德有《鸿雪稿》。管检校景有《西浦稿》。向州守黄有《二淮稿》。李经历晓有《宾柳亭稿》。丁学博玺有《希山吟》。王隐君可立有《诗集》、《小棠史》、《引睡集》。罗主簿焘有《渊泉集》。何参知汝健有《竹素园稿》；子参知湛之有《疏园集》，侍御淳之有《足园集》。方山人登有《半苍轩稿》。盛文学敏耕有《轩居集》。殷郡丞康有《云楼稿》。陈京兆时伸有《百篇诗》。倪明府民悦有《江上稿》。葛文学如龙有《竹护斋集》。陈文学弘世有《延之诗集》。

## 金陵人金陵诸志

陈太史沂有《南畿志》、《应天府志》。徐髯仙子仁有《南京志》。刘雨有《江宁县志》。李明府登有《上元县志》、《江宁县志》。焦太史竑有《京学志》。陈太史沂有《金陵世纪》、《金陵图考》。焦太史竑有《金陵旧事》。周文学晖有《金陵琐事》、《续金陵琐事》、《二续金陵琐事》。王隐君可立有《建业风俗记》。陈中丞镐有《金陵人物志》。陈参议凤有《欣慕编》。王太守可大有《金陵名山记》。陈太史沂有《献花岩志》。金山人銮有《栖霞寺志》。盛太学时泰有《金陵泉品》、《方山香茅宇志》、《大城山志》、《祈泽寺志》、《牛首山八志》。僧海湛有《雨花台志》。

## 南 京 诸 志

其不系本地人所著者，则《南部吏部志》、《户部志》、《礼部志》、《兵部志》、《刑部志》、《工部志》、《通政司志》、《太常寺志》、《南雍志》、《旧京词林志》、《光禄寺志》、《船政志》、《船政新书》、《江防考》、《后湖志》、《金陵玄观志》、《金陵梵刹志》。

## 吴 小 仙

吴伟，字次翁，江夏人。山水人物入神品。性戆直有气岸，一言不合辄投研而去。成化中，成国公延至幕下，以小仙呼之，因以为号。宪宗皇帝召至阙下，授锦衣镇抚，待诏仁智殿。伟有时大醉被召，蓬首垢面，曳破皂履跟跐行，中官扶掖以见。上大笑，命作《松风图》。伟诡翻墨汁，信手涂抹，而风云惨惨生屏障间。上叹曰："真仙人笔也。"伟出入掖庭，奴视权贵人，求画又多不与，于是权贵人数短之。居无何，放归南都。伟好剧饮，或经旬不饭。在南都，诸豪客日招伟酣饮，顾又好妓饮，无妓则罔欢，而豪客竞集，妓饵之。孝宗登极，复召见便殿，命画称旨，授百户，赐"画状元"印章。逾数年，伟称疾，归居秦淮之东涯。武宗即位，召之。使者至，未就道，中酒死。子山从遗命，葬于金陵。

## 杨 公 文 鉴

衡水裁庵杨公督南畿学政，评文知其人之通塞寿夭，无不奇中。所刻《崇雅录》中士子多为时闻人。癸卯试，瞿文懿公文，拔第一，以为必中解元。及开榜日，人以试录报，公迎而谕之曰："若勿言。解元是瞿某否？"答曰："不也。"公愕然曰："然则尤瑛耶？"答曰："然。"后以次占之，多不爽。次年，报会试者至南京，公时饮于许奉常家，亦先使人谓报者曰："会元非瞿某，则勿报。"曰："瞿某也。"公大喜，连举大白亡算。尝试应天，见李种卷，拔置前列，而语之曰："若文多揪敛，似胸中有悲苦事。"种对曰："赴试时，适丧耦。"考童生首取赵衢，以其"廛无夫里之布"文独谙典则故。后再试，阅其卷，对之颦蹙曰："汝笔何甚蹇滞？恐终身不可望科目矣。"赵后仅廪于庠，卒夺糈，壹郁以死。至今学士辈犹多口公轶事，称而慕之。后督学房寰至，始举公名宦祀于学宫。

## 生 殡

史痴翁常预出生殡，己杂宾客中，步送出南门，一时传为奇事。万历中，齐府一宗人仿而为之，治丧七日，宾客往吊，命其婢妾号哭，恸者赏之以金,不则詈而挞之,曰:"我在,尔尚不哭,矧异日身后邪!"殡日极仪物之盛,己自乘笋舆随其后而观之。虽事出不经,要之达生玩世,异乎世之老病而讳言死亡者矣。

## 黄 许 二 老 人

无锡黄鸿胪仁卿家于金陵,年九十犹健饮啖,对客拜起如壮年,御女无虚夕,至九十六而终。人问其致寿之道,弗答。第闻其烹炼秋石,名曰龙虎霞雪丹,日服五分而已。公为顾尚书汝学之姻,疑传其术者也。幼医许北林年八十余矣,上楼躩屐如飞。侍妾数人,余尝问:"闻翁有素女之术,然乎?"答曰:"无之。第数日不一泄,则目昏耳鸣,百节胀痛,必一御女始小挺耳。"意所禀肾气殊异于人,故老而健房室若此。或曰渠自有它术,秘不肯言。

## 丹 丘 隐 德

王隐君可立,人称丹丘先生,西冶吏部之幼子也。少有高韵,为诸生,谢去,倏然尘外。家有小园,在下街口,莳花木自娱。客至,焚香煮茗,清言相赏。度无客,或自以左右手藏阄双陆,决胜负为笑乐。视人之贵富漠如也,视己之贫窭泊如也。同母兄官太守,富厚,一无所干求。布衣蒲屦,快然自足。兄死,其犹子以杉板一副奉之。公曰:"吾自有具矣。"却不受。缙云郑太常汝璧署京兆事,闻其贤,请为乡饮宾,不得已一往,后不再赴,人谓有贺友菊之风。年九十而终。七十后犹手书所纂《小柽史》诸书数十卷,字细如蚁足蝇头。性好谑,语冷而趣遥,为士流所赏。而御子弟严,嗃嗃终日,至今称其家法焉。

## 白 　 塔

笪桥街北去有小白塔峙于中衢,俗传国初瘗张士诚于下,或云士诚之将帅也。按此地在元为龙翔寺基,塔即其寺中物。近庠士陈中正者重葺之，累甓为屋障塔前，阅所庋佛像中有铸字为龙翔寺者，乃知俗传之谬矣。

## 王襄敏公不易居

王襄敏公以�]，家在聚宝门外小市西，去驯象门里许。屋宇朴隘，居之自若也。为都宪时，每过家，必引避小市口路，曰："此皆吾邻居父老子弟为贸易者，吾不忍以车前三驺妨其务也。"邻有老人与封翁善，公幼以伯父呼之，既贵犹不改。后有谓其郊居不便，劝市羊市桥北徐宅者。公一目即报罢。同年赵大尹守问其故，公曰："此府第也，门厅广大，必常得青衣者数人守之。吾一老书生，安能办此，矧儿辈邪？"卒老旧居中，其门厅仅如中人家。

## 刘清惠公轶事

刘清惠公麟解尚书归里，常衣白布袍，首乌纱巾，徒步过其友定陶大尹赵公守家。已而某参政者突至，不知其为刘公也，颇易之。公逡巡一揖而退。主人送客入，参政问揖者为谁，答曰："南坦公也。"参政大惭沮。时参政之舆从赫奕甚，且相见不为礼故也。大尹之子为余言。又尚书少从大尹父官千户名经者授举子业，故与大尹善，来则烹牛肚面筋炊饭待之。公所好如此。

## 少冶先生里居

少冶先生自罢珠厓郡归，闭户读书，门无杂宾。士大夫有过访者，才一报谒而已。年七十余，犹畜少艾，间赋诗写字，与二三亲友共赏度。每花发盆盎中，必招客饮，饮中好说古诗奇句，或古僻事奇人为令。嘲谑相错，风流文雅，人谓有东桥先生之风。如是者十许年如一日，衣必华整，四边以红紫黄绿带缘饰之，香气拂人，高自位置，意不轻可一世，以是得简贵声。然公及见弘、正间前辈风检，其深居简出，自重而不轻与人，犹是旧时矩度，在今日恐凝滞不可行矣。

## 水 田 诗 句

杨水田先生名成，举进士，官至四川参政。工诗，惜传世者少，尝忆其佳句云："灯影细摇窗外月，鸡声忽报屋头霜。"楚楚有致。归田后，一夕病中赋得"白石清江一酒楼，黄花无语对人愁"之句，自知不起，遂敕析家政而殁，年仅五十有八。公与刘南坦公皆受业于千户赵经先生之门。赵先生武弁而攻《毛诗》，精举子业，出其门者多名士。有僚友欲听其讲《孟子》，先生必正衣冠，据席而谈。先生子守亦举于乡，官县令。

## 南 都 旧 日 宴 集

外舅少冶公尝言：南都正统中延客，止当日早令一童子至各家邀云"请吃饭"，至巳时则客已毕集矣。如六人八人，止用大八仙桌一张，肴止四大盘，四隅四小菜，不设果。酒用二大杯轮饮，桌中置一大碗注水，涤杯更斟送次客，曰汕碗。午后散席。其后十余年，乃先日邀知，次早再速，卓及肴如前，但用四杯，有八杯者。再后十余年，始先日用一帖，帖阔一寸三四分，长可五寸，不书某生，但具姓名拜耳，上书"某日午刻一饭"，卓、肴如前。再后十余年，始用双帖，亦不过三摺，长五六寸，阔二寸，方书眷生或侍生某拜，始设开席，两人一席，设果肴七八器，亦巳刻入席，申末即去。至正德、嘉靖间，乃有设乐及劳厨人之事矣。

## 金 陵 诸 台

六朝以来诸台，今惟昭明太子读书台在钟山之上。云光、雨花台在聚宝门外。越王台在驯象门内小市口。宋元嘉凤皇台在骁骑仓南上瓦官寺,或有云在城外新亭今石子堽者,谬。周孝侯读书台在武定桥东蟒蛇仓后。郭文举读书台在冶城,今太一殿其遗址。此皆灼然可据者。若晋之卫玠台在新亭,南齐之九日台在钟山,梁之望耕台在秦淮北岸,皆不可考矣。

## 辛 水 东 流

少桥张封公居北门桥之豆巷。尝语余:三十年前有一堪舆谓之曰:"君宅后之河,自西而东,所谓一弯辛水向东流也。此地宜出状元。"时人以封公子孚之美秀而文,意验在此。久之,焦澹园先生移居其对门,至万历己丑大魁天下,其言乃验。而孚之亦举乙未进士,官至长芦盐运使。

## 神 敬 贵 人

顾东桥尚书未第时,年十七八,家有事,蚤起祷于城隍之神。甫至庙门,有一军人惊问曰:"是顾相公邪?"曰:"然。"曰:"公异日必作尚书矣。"公怪问之,军人曰:"吾因赴小教场操演,起太蚤,假寐于此,闻庙内有人传呼扫除庭内曰:'顾尚书来。'吾候之,惟公至,故云然。"公谢其人,入庙祷祠,常以此自负。后卒官大司寇。乃知世之显贵名德人,即鬼神亦为礼异也。

## 路 傍 甲 士

万历乙酉八月十七日万寿圣节,时督学房御史寰敕诸生赴礼部拜牌。予时在洪武街旧居,借张韫甫雇舆往。比归,方五鼓,月明如昼。余在舆中假寐,韫甫舆前行,过供应机房,路转入珍珠桥,地多苇池蔬圃,韫甫见路侧无数甲士跪伏于道,若有所俟者。韫甫悸慄不敢出声,翌日为余言之。不知此何祥也。

## 南 都 诸 医

南都在正、嘉间，医多名家，乃其技各颛一门，无相夺者。如杨守吉之为伤寒医，李氏、姚氏之为产医，周氏之为妇人医，曾氏之为杂症医，白骡李氏、刁氏、范氏之为疡医，孟氏之为小儿医，樊氏之为接骨医，钟氏之为口齿医，袁氏之为眼医，自名其家。其人多笃实纯谨，有士君子之行。常服青布曳伞，系小皂绦，顶圆帽，着白皮靴。出入多步行，间用驴骡，或用轿止黑油藤板者，如间左妇人所乘耳。有召者，必询为某病，非所治，则谢不往，不似今之大小内外杂症兼习也。

## 守 吉 奇 治

余母氏外家谢五老夫妇，病感冒月余矣，饮食不可下，才属口，辄呕哕。众医皆以死法弃去。一日，杨偶过其门，邀入诊之，曰："无伤也。病久已去，久不饮食，腹枵矣。小进食，蛔蛲上争啖，胸次搅绕作恶耳。试顿食之，当勿药而愈。"家人群骇其说，然度无可奈何，姑从之。遂以冷茶投粥中，顿与人二大盂，初尚作呕，已渐喜食，食已，沉睡，觉而霍然起矣。又一人病赢瘦委顿甚，百方不效，求杨诊之。杨曰："若病非药所能愈，第于五更向煮牛肉肆中，候其初熟揭锅盖时，若以口鼻向锅旁吸取其气，久之取其牛肉汁一碗饮之，数日可愈矣。"从之果然。杨它治多类此。

## 艾 千 户

监前西仓巷有艾老者，卫千夫长也，年至当告替。一子年十六七，而唇上有赘瘤，初如豆，已渐长大如拳，触之痛不可忍。父子相抱，终日啼。一日，艾老往南门归，至内桥，途遇一道人卖药者，试以子病语之。道人曰："吾能治此。若家何许？且当诣汝。"告之。翌日，道人果至，诊其子曰："是不难，第愈时当谢我二金耳。"艾老许诺。

遂出囊中药,以一青线糁之,系于瘤之根。次日,又至。又次日,再至,语艾老曰:"病即愈矣。明日当具金谢我。"翌日,候之不至,瘤如故。父子又相抱而啼,疑其给己,病终已不可为也。午饭时,其子方握匕,瘤翛然坠几上,竟无所苦。候道人,竟不至。其子以是年赴京袭职归。

# 报 恩 寺 塔

大报恩寺塔,高二十四丈六尺一寸九分,地面覆莲盆,口广二十丈六寸,纯用琉璃为之,而顶以风磨铜,精丽甲于今古。中藏舍利,时出绕塔而行,常于震电晦冥夜见之,白毫烛天,自诸门涌出,戛戛如弹指声。嘉靖庚申,寺被火,并其护塔廊毁之,塔故无恙。至万历庚子中,其贯顶大木朽蚀者半,金顶亦欹斜矣。雪浪洪恩慨然谋正之,身自募化,凡得金数千,架木易其贯顶之木,又斥其余赀修塔廊,焕然顿还旧观矣。余尝为文记之。无何,为其徒蝎蠚,被逐而死于吴之平望,丛林中至今为之惋叹。陈太史鲁南《琉璃塔记》曰:"广四十寻,重屋九级,高百丈;外旋八面,内绳四方。"似过其实,而文甚奇丽,可重也。

# 异 僧

雪浪修塔时,所构鹰架与塔顶埒。一方僧居雪浪座下,善升高,时天新雨,僧着钉鞋,登塔之第九层,从门出,反身以手援檐,距跃而上,至承露盘中。众人自下望之,为股栗,而此僧往来旋转,捷若飞猱,易如平地,咸诧以为神。余弟羽王亲见之。余谓此僧者,非胁有肉翅,必胆大如斗,或能壁飞。要之彼法门中大有能狡侩人。《酉阳杂俎》言唐瓦官寺,因无遮斋,众中有一少年请弄阁,乃投盖而上,单练鼦,履膜皮,猿挂鸟跂,捷若神鬼,复建瓴水于结脊下,先溜至檐,空一足,欹身承其溜焉。此人与此僧颇相似。

## 掘地得古鐎斗

万历辛亥夏五月，杏花村种地人于杏树下掘得一铜器，大如巨碗，三足，有柄，长可尺许。友人沈不疑以为古歃血槃，非也。此正是古之鐎斗耳。字书以鐎为温器，其制如今有柄铫子而加三足。盖古之鼎烹，大鼎则卒难至热，故温已冷之物，一二人食，则用鐎也。此地不知何缘埋此，且在杏树根下数尺余得之，又非古墓兆，亦奇事。

## 巡　　城

旧时台史之巡视五城者，日行闾巷间，地方有哄者，总甲即执其人诣马前咨之，随为分剖决遣而去。正德间，吴交石公为都御史，各道御史于其私宅谒见，往往就所坐邻家染坊中了城事。又有胡州判者，住北门桥，一御史与之善，偶来拜，坐其家，有总甲执讼者，就厅事中人决十板而去。家伯祖为余言之。当时事体之简易如此。其后总甲不复途中咨禀，惟开单诣御史所居宅呈治。后又创造察院，益为严重，视曩者事宜益不侔矣。

## 舆　　马

《四友斋丛说》中记前辈服官乘驴者，在正、嘉前乃常事，不为异也。顷孙冢宰丕扬尝对人言其嘉靖丙辰登第日，与同部进士骑驴拜客，步行入部。先伯祖亦言隆庆初见南监厅堂官，多步入衙门，至有便衣步行入市买物者。今则新甲科舆从焄奕长安中，苜蓿冷官，非鞍笼、肩舆、腰扇固不出矣。又景前溪中允为南司业时，家畜一牝骡，乘之以升监，旁观者笑之亦不顾。今即幕属小官，绝无策骑者，有之，必且为道傍所揶揄。忆戊戌己亥间，余在京师犹骑马。后壬寅入都，则人人皆小舆，无一骑马者矣。事随时变，此亦其一也。

## 俗 侈

南都在嘉、隆间，诸苦役重累，破家倾产者不可胜纪，而闾里尚多殷实人户。自条编之法行，而杂徭之害杜；自坊厢之法罢，而应付之累止；自大马重纸之法除，而寄养赔贼之祸苏，自编丁之法立，而马快船小甲之苦息：然而民间物力反日益彫瘵不自聊者，何也？尝求其故。役累重时，人家畏祸，衣饰、房屋、婚嫁、宴会务从俭约，恐一或暴露，必招扳累；今则服舍违式，婚宴无节，白屋之家侈僭无忌，是以用度日益华靡，物力日益耗蠹。且曩时人家尚多营殖之计，如每岁赴京贩酒米、贩纱缎、贩杂货者，必得厚息而归。今则往多折阅。殆是造化默有裁抑盈虚之理，故难偏论也。

## 女 肆

余犹及闻，教坊司中，在万历十年前，房屋盛丽，连街接弄，几无隙地。长桥烟水，清泚湾环，碧杨红药，参差映带，最为歌舞胜处。时南院尚有十余家，西院亦有三四家，倚门待客。其后不十年，南西二院，遂鞠为茂草，旧院房屋半行拆毁。近闻自葛祠部将回光寺改置，后益非其故矣。歌楼舞馆化为废井荒池，俯仰不过二十余年间耳。淫房衰止，此是维风者所深幸，然亦可为民间财力虚赢之一验也。

## 玄帝灵签

北门桥有玄帝庙，相传圣像乃南唐北城门楼上所供者，后移像于今庙。庙有签，灵验不可胜纪。人竭诚祈之，往往洞人心腹之隐与祸福之应，如面语者。余生平凡有祈，靡不奇中。乙酉，余一四岁女偶病，祈之，报云："小口阴人多病厄，定归骸骨到荒丘。"已而果坳。庚子，余病，三月祈之，报以"宜勿药候时"。四月祈之，报云"病宜增，骨瘦且如柴"，已而果然。五月祈之，报云"而今渐有佳消息"，是月病果小减。六月祈之，报云"枯木重荣"，此月肌肉果复生，骎骎向平善矣。余尝谓帝之报我，其应如响，迄今不敢忘冥祐也。它友人祈者，尤多奇应。

## 蜘蛛

张韫甫言，其邻人啖饭时，有蜘蛛堕碗中，亟摘去之，啖其饭，遂患腹痛，至不可忍。医百方疗之不效，不知其为蜘蛛毒也。久之痛渐下至肾囊，遂破，从疮中出蜘蛛数枚。岂堕碗时遂遗种邪？此与宋人洗足海中蛤精入踵事相类，非徐才伯之神那能辨者？

## 产怪

万历癸丑四月，前参将某某家一仆妇产巨卵，五色者一，余渐小，至数十枚，不知何故。意必为蛇所交而成。又一家仆妻产物如鳖，婴姗能行。又稳婆刘氏为家人言，曾遇妇人坐蓐，产虾蟆数十者。今丁巳春，下关一妇产一夜叉，二头，赤发，共身，有声，口啮人，跳踉欲上屋，稳婆手掔之，扼而死。天壤之间，何所不有！人之产物，与牛马之生人，要之必有所因，可臆而断。世人以耳目所不习，遂见为怪耳。程生马，马生人，物类变嬗，宁有极哉！

## 白兔白猿白鼠

癸丑五月初七日雨后，镇江人徐某牛市寓中有一白兔，江夏星士汪应龙持来阅之，毛白如雪，眼赤红，颇驯扰，能出入人衣袖中，亦奇物也。征所自得，云自天台山中。山有一洞，洞有白物者五：一猿，一鹡鸰，一穿山甲，一蜈蚣。而蜈蚣尤奇，身长尺余，脊之两缘如真珠者栉比，晶莹异常。兔为黄工部贞甫买去。此中士人多为诗咏之。

石硁金都阃流寓南都，家有白猿一只，长可二尺许，眼与面及胸皆赤色，毛如雪而氄，性颇驯，不似它狙犹之躁动也，时时闭目危坐，似习禅定者。金以银六十两易得之。

余家淮水饮虹桥北，河房为家僮所居，中有白鼠若初生者，仆辈时见之。白物不必长年，亦不必瑞世，自有此种，不足为异。

## 红　　鹅

王贡士忠征官全椒学博。夏日，同知县樊玉衡祷雨，樊属王诣坛钉桃桩，倏见空中有如大红鹅者，飞甚迅，盘旋王顶上。顷大震，雨遂霆。乃知世所画霆神胁有两红翅，亦自有据也。癸丑六月六日，王之子履泰与余言于门楼中。

## 乌　龙　潭

余友俞公仲茅，曾同数友人泛舟于石城门内之乌龙潭。时日已暮矣，舟在潭北，忽见潭南水面有物浮出，黑而长可数尺，昂首望北而行，水辄空涌。舟中人惊呼之，遂没。元《金陵志》言：“《舆地志》：‘宋元嘉末有黑龙见玄武湖侧。’今潭近湖，疑即当时所见之处。”按今潭去湖绝远。《志》又言“潭在永庆寺之前”，今去寺亦相悬，且在寺之后数里。意元人修志者未尝亲履其地，只以所传闻书之，故多乖舛若此耳。或又言今所云潭是旧湖地，潭自在今京旗手大仓中，有大池深澄，有龙在内，不知然否。

## 卢　苑　马

卢苑马公璧，举嘉靖戊戌进士，历郡守至今官。生平抱苦节，宦归行李萧然，室庐皆先世遗，无所增置。性好菊，宅傍有园，公手艺菊其中，广求异本至数百品，躬搔抑灌溉之，秋时花发，召客宴赏累日。自余闭门晏坐，间读医书、订药品，意泊如也。余目中所睹士大夫清介，此公为首，以子姓不甚显，人遂鲜知之者。顷郡数举乡贤祀，如此公竟不得与俎豆之列，可为浩叹。

## 读 书 五 色 笔

外父少冶公，尝谓余言，先辈蒋公名浤，上元人，成化丁未进士，官参议。其少为诸生，所居在下街口，门有楼二间，即公读书处也。后罢官归，犹读书其上，杜门扫轨，人罕觌其面。有《通鉴纲目》一部，每阅一过，即以一色笔圈志之，凡数阅，五色皆备。所批字画精谨，深可宝玩。此不惟见前贤操履清贞，矫矫人外，即其终身学古，无它嗜好，亦当时醇朴寡欲之一端也。沈韩峰侍御看《纲目》，亦用五色笔。前辈读书用意，大都尔尔，今人卤莽言之，使人慨叹深。

## 盛 仲 交

盛贡士时泰，在万历间，以才名噪一时。杨用修、王元美二先生皆与之友，称誉之。博南为其所居苍润轩作记。弇州赠诗，有"盛子来金陵，醉眼天模糊。能令陆平原，不敢赋三都"之句。每有撰述，伸纸落笔，滚滚不休，顷刻万言可就。纸尽则已，否则更挥而足之。词意清旷磊落，超轶绝尘，真异材也。善画水墨竹石，人谓有洋州眉山之风。生平不问家人生产，为子敏耕娶妇，妻沈孺人嘱其勿它适。薄暮，偶一友人过之，言将之城南某寺，仲交欣然偕往。比亲迎，四觅仲交不可得，已阅数日方归。人问适从何处来，干笑而已。其任达如此。

## 小 九 华

胡长白家武学右袁府巷，偶锄后园地，忽铿然有声，异之，以手擘土，见一研山埋其下，出之，长可尺许，高数寸，峰峦崱屴森秀，纹如胡桃，色黝然，真几案之佳物也。长白以形类九华，因名小九华。如东坡先生仇池石故事，手自为记，属友人咏之。按此地在南唐为宫内，傍有护龙河，石礕尚在，元则为龙翔寺矣。石不知何时入土中。

# 梁　八　老

梁刺史名楹,楹之父曰梁八老,侠烈士也。刺史以嘉靖丙午举于乡,宴客,召伶人为剧,所食伶者粝也,伶于筵前发科嘲之。八老怒,阴部署家人,椎一豕,烹之,炊粳米三斗为饭,以二大瓮酒佐之。宾退,扃户,呼伶前曰:"来!若何等人,即啖粝,何不足若所,乃敢当筵讪我!我今为若具食,而辈立啖尽,否则毙汝鼠子。"言讫,左右持白梃者林立侍。伶跪伏泣涕呻嘤请命,久之不解。而八老最钟爱其长女,伶之黠者知之,潜恳其仆达于女。女乃急呼八老入,既入,而家人私以梯纵伶升屋,踉跄遁去。自是八老每宴,诸伶凛凛,亡敢或偃蹇者。

# 钦天监为顺天府丞

嘉靖中,周公相由天文生历官钦天监监正,加顺天府丞。公洞晓历算占候之术,尝与唐荆川先生反复辨难。家有所著书数大册,皆言历法,今亡矣。公恒言:候占星宿,不但知其分野度数而已,其光色,星星不同,要须隔纸窗穿隙观之,一见其光,便知为某星。百不失一,方可言占候耳。此昔人论星所未及。公孙元举万历乙未进士。

# 沈　侍　御

前辈士大夫致政在林下者,类杜门谢交游,郡邑大夫至终任多不识面。曾闻沈侍御越罢官归,日坐楼上写书,以三钱鸡毛笔,抄至数十百册,亲友亦不数相见。汪公宗伊为南部郎,公按部日所荐官也,执门生礼候公,辞不见,立赤日中数刻,仅一接之。汪公叹息而去。其简远如此。在今日,则亦有不能遂其高者矣。后公当举乡贤,汪公官大京兆,以公门人引嫌不敢申院,遂中辍。公论至今以为阙典。

# 王　　奇

　　王奇为诸生，通天文卜筮星数之学。后以事被褫，乃以术游四方。成化中，来金陵，三原王公在兵部，方为权贵所厄，属奇筮之。奇曰：“公归矣。越三载，其起当铨衡乎？”已而果然。吏部官欲黜二御史，问其命，奇曰：“命岂宜问于公哉！进退人材，固有不在命者。”不对而出。刑部逸重囚，主者属奇筮之，遇《恒》之《大过》，奇曰：“五为囚圄，贼入矣，其焉逃之？”计其获日与时，皆不爽，闻者皆色然骇。陈指挥妻死，将敛，其女病，问命于奇，奇曰：“女固亡恙，其母亦且未死，后当生二子。即欲敛，其必越午。”午时，妻复生，后果生子二人。王郎中应奎问命，奇曰：“是火气太盛，若官之南，所至必有火灾。”后守台州，既上三月，郡中灾，十室九烬。王以疾去。其他奇中尚多。奇，天台人，无锡邵文庄公为传其事。<sub>奇术。</sub>

# 王　元　吉

　　方正学先生志元吉墓，载其事曰：元吉年十四，岁饥，与兄行籴旁县。道遇盗，利其粟，将劫之。兄惧走匿，元吉不为动，徐绐骂曰："庸县官使吾运粟，许夫防我而不至，若岂防夫邪？”后有粟车数十两，若其防后至者，盗以为然，散去。福寿在金陵，盗陈也先、潘甲率兵数千，自称为元帅，声言讨贼，索军食城下。守将闭门伏不出，福寿忧不知所为。元吉造门请见论事，福寿起问计，答曰：“今城中无一军，而盗兵悍甚，此难与争锋，当以计破之。盗索刍粟，公宜开城门，陈刍粟车，若将馈之者，而阳以好言绐之，请一元帅以卒来取刍粟。彼闻吾言，不测吾浅深，两人必相让，则主者必自来，吾以计杀之，而制其一人易矣。”福寿从其言。既而潘甲果自来，执杀之，也先失势所自，败去。元吉绝不以语人。久之，上得江淮，即金陵为帝，元吉因噤不更谈世事，隐医肆中自给，卒以布衣终。奇计前似李穆之于宇文泰，后似王文正之待赵元昊，不读书而暗合，奇士也。

## 溪　渔　子

溪渔子王显,江宁人。少脱略不拘,读书不肯帖帖诸生间,自雄其才志。尝往来江淮间,结交大侠异人。论古人功业,遇当其意,徘徊叹息,仰天拊髀,若有意从之游者。天台林右豪士,善击剑知兵,而长于为文。张毂阳狂饮酒,自放于歌诗。二人皆自负高于一世。显游淮上,尝钓海滨,望见二人,踞坐大笑。二人者知其非庸人也,即与之语,大惊,异其所为。引归逆旅,主人出酒相饮,摄衣跣行,起舞为乐,欢声撼数十百家。辨难上下古今事,折衷损益,根据理道,识者知其非狂生,或不识其为人,共瞰指笑之以为真狂,或又疑其为神仙人云。显举若不闻,遇适其志,鲜衣怒马,行众人中,见者争观之;否则,被污垢短衣,逐蹑市人后,市人呵之,弗辞也。后忽尽悔所为,买书数千卷伏读之,为文章奇伟伉健,然耻以自名。尝曰:“汉无儒者,唯贾生、诸葛孔明耳。唐人陆贽粗有识,然不足庶几王道。所贵乎学将以辅天地所不及耳,不然,多读书何为?”奇人。

## 李　疑

宋太史濂《李疑传》曰:李疑者,居通济门外,闾巷子弟执业造其家,得粟以自给。不足,则以六物推人休咎。固贫甚,然独好周人急。金华范景淳吏吏部得疾,无他子弟,人殆之,不肯舍。杖踵疑门,告曰:“我不幸被疾,人莫舍我,闻君义甚高,愿假榻。”疑许诺。延坐,汛室,具床褥炉灶居之,征医师视脉,躬为煮糜炼药,旦暮执手问所苦。既而疾滋甚,不能起,溲矢袞席,秽不可近。疑日为刮摩浣涤,不少见颜面。景淳流涕曰:“我累君矣,恐不复生。无以报厚德,囊有黄白金四十余两在故旅邸,愿自取之。”疑曰:“患难相恤,人理宜尔,何以报为?”景淳曰:“君脱不取,我死,恐为他人得,何益?”疑遂求其里人偕往,携以归,面发囊,志其数而封识之。数日,景淳竟死。疑出私财,买棺殡于城南聚宝山,举所封囊寄其里人家,往书召其二子。及二子至，疑同发棺取囊，按籍而还之。二子以米馈，却弗受，反赆以货，遣归。平阳耿子廉械逮至京师，其妻孕将育，众拒门不纳，妻卧草中以号。疑问故，归谓妇曰："人孰无缓急，安能以室庐自随哉！且人命至重，傥育而为风露所感，则母子俱死。吾宁舍之而受祸，何忍死其母子！"俾妇邀以归，产一男子。疑命妇事之如疑事景淳。逾月，始辞去，不取其报。人用是多疑名。士大夫咸喜与疑交，见疑者，皆曰："善士，善士。"疑读书为文亦可观，尝以儒举，辞不就，然其行最著。真义士，似杜环。

# 卷八

## 名 公 像

倪文僖公与子文毅公像,俱方面大耳,丰颐颡,微髭须。文毅尤为肥硕,闻其曾孙翰儒言,腰带围可容中人四躯也。公无子,里中传文僖祷北岳,其夫人姚梦岳神指捧香合童子曰:"以为尔子。"孕而生,公故名岳。言公隐宫,公曾生子。祝枝山《野记》亦言文毅颀躯广颐,美如冠玉,腹大十围,体有四乳云。而陈中丞《人物志》言文僖双目如电,体有四乳。祝或误也。

王襄敏公广额丰颐,而骨气峻拔,有威重,印堂中直纹五条,右颐有一黑子,音吐如钟。

都督刘公玺,面巉削无渥颜,耸肩如寒士。

杨水田公成,铁面剑眉,凛不可犯。

陈太史公沂,躯不甚长,神采朗秀,眸子可照。

邵金宪公清,貌古神秀,其声清远。

徐子仁公霖,广面长耳,美须髯,体貌伟异,老而丰润,行步如飞,称曰髯仙。

谢野全公承举,美须髯,行九,人称曰髯九。

许奉常公谷,长头,面白皙而圆,巨鼻,微须,双眼如碧色。八十时,状如世画老子。

王吏部公銮,面白皙,骨崚嶒清峭,两眉如剑直竖,微髭须,望之义气凛然。

殷宗伯公迈,面圆,黄白色,微须,清静之意可见。

姚太守公汝循,身可中人,面上员下稍锐,白皙,小有须,向人多笑容。

余司成公孟麟,目小而圆,骨法清古,耳高于眉,下微锐。

沈侍御公越，修干广颡，气韵高迈。

卢苑马公璧，长身，面如之，黄色，古而硬，老矣多皱纹。

王太守公可大，修躯锐首，面长尺，白皙，眉目疏朗，微髭须，手掌如喋血，长上短下，声如钟。

吴司寇公自新，大躯方面，白皙而红，微髭须，丰颐，目光外现有威重。

## 科 举 事 例

应天府乡试，国初自府学生、增广生、监生外，如未入流官吏、武生、医生、军余、舍人、匠之类，皆得赴试，皆得取中。如成化元年，章玄应以留守左卫军余中第八十七名。四年，谢崇德以内江人吏中第四十二名。十年，王铖以牺牲所军余中第二十三名。十三年，李用文以武学生中第九名。十六年，乔衍以武学生中第二十四名。二十二年，陈玉以沂州卫舍人中第十七名，杨俊以江阴卫军中第八十五名。弘治五年，刘麟以武学生中第七十五名，齐贵以营缮所匠中第九十一名。十一年，史良佐以太医院医生中第八十五名。十四年，陈沂以太医院医生中第四十八名，邵镛以羽林右卫舍余中第七十一名，刘弼以锦衣卫舍余中第七十七名。十七年，柴虞以骁骑右卫总旗中第八十九名。相传两畿额一百三十五名，其五名原为杂流设也。自嘉靖以后，遂不闻有中者，武生间亦考送入场，传言不与誊录，果尔，则亦非圣朝立贤无方之意矣。又附学生入试，自弘治八年始，吾乡顾尚书璘以附学生中第十四名。应天试录之有附学生，亦自此始也。

## 儒 学

府学明德堂后，旧是一高阜，土隆隆坟起。嘉靖初，都御史陈凤梧夷其阜，建尊经阁于上。未建阁之前，府学乡试中者数多，景泰四年开科中式者二百人，而应天至二十九人，可谓极盛。自建阁后，递年渐减，隆庆以来稀若晨星矣。万历乙酉、丙戌间，太常少卿济南周公继署府篆，公雅善玄女宅经，谓儒学之文庙，坐乾，向巽开巽门而学门居左，属震。庙后明德堂，堂后尊经阁，高大主事，庙门与学门，二木皆受乾金之克，阳宅以门为口气，生则福，克则祸。于是以抽爻换象补泄之法修之，于学之坎位起高阁，曰青云楼，高于尊经，以泄乾之金气，而以坎水生震、巽二木以助二门之气。又于庙门前树巨坊，与学门之坊并峙，以益震巽之势。于离造聚星亭，使震巽二木生火，以发文明之秀。又以泮池河水不畜，于下手造文德木桥以止水之流。修理甫毕，公迁应天巡抚都御史。学门内旧有屏墙，戊子冬，公下檄拆去之，曰："去此，明年大魁必出此亡疑矣。"己丑，焦公果应其占。庚寅冬，公迁南户侍，面语予曰："修学而一大魁，余未敢言功也。占当出三元，坊中枢字，亭上星字，篆文区之三口，星上之三圈，皆寓三元之象。君其识之。"乙未戊戌，朱公与余相继登第，人益以公之术为神。顷年有议修学者，大京兆黄公博谋于众，余谓："只宜循公之制，不可轻改。其发科之多少，盖亦岁运利钝所致，不拘何宅皆有之。惟其宅本吉，则宜静听以待吉之自会。年年变迁，科科修改，断无此理。"时议者皆以余言为然。《京学志》载公修学事，余特为详其所以告学者。

## 皇　　城

万历中，少宰李公廷机曾议修大内承天门楼。余座师少宗伯叶公向高署工部事，以质于大司马郝公杰。郝公以《会典》成化十六年有南京皇城内宫殿不许重修之例答之，遂止而不行。然余查万历初承天门损坏，部题准修理，工部主事黄正色等有劳人役，俱叙功，则皇城自旧例城墙之外亦有修理之事矣。窃意唐重东都，宋重西京，仅置留守，与今日南京奉陵庙备百官者殊例。宫门任其颓敝，恐亦非国家重根本意也。

## 吴　　媪

王丹丘翁言：吴交石尚书有姊，老而寡，居尚书之家。媪能诗文,一时卿大夫多与之酬咏,或来诣尚书者,值其它出,辄请媪见,与论议,问近日有何篇什,供茗而去。当时士大夫风俗朴质如此,曾不以为异也。尚书友爱甚笃挚,为南御史大夫,所居在北门桥南,尝于桥上遇其兄踽踽步行,即下舆扶携而归,里中老成人至今谈之,以为盛德事。而《国史实录》亦谓公居家待昆弟有恩,人皆称之。

## 蟂　矶

芜湖江有蟂矶,矶有庙,所祀者刘先主之孙夫人。江上渔人言,蟂,盖老鼋之类也。癸丑,某孝廉以访友寓鸠兹,偶游庙,入寝殿,熟睹其像,赋诗有调谑语。归卧旅舍,诘朝昼漏下数十刻不启户,家人抉扉视之,则死于榻矣。阴精流输,沾污席上,疑为物所魔而然。古称入祠庙者宜敬而远之,毋得瞻视谑浪,观此尤信。此与《三水小牍》所纪鲁山县女灵庙夏侯祯事颇相类。彼为神所招,以友人正言责神而罢,而孝廉乃罹其祸,可异也。

## 邝　生

邝典者,前京兆邝公野之裔也,为府学诸生,齿且宿矣。训童子于大中桥尹氏,夜卧馆中,有群盗猝至,扣主人门不启,捽邝令呼以入。邝曰:"不可。"盗以刃迫之,生大言曰:"吾受主人请,教若子。今乃为若辈呼其门以劫之,此岂复有人理邪? 汝杀则杀,吾口不可开也。"盗不得已,掠生衣被而缚之。至天明,主人开门,乃解其缚。生素戆直,今段遂能刚正乃尔。若此生者,余意学使宜旌异之以厉颓俗。

## 饮 虹 先 生

李师文熙,参议昊之子也,举进士,为南御史。以上疏请诛刘瑾等,逮下诏狱,廷杖三十,放归。瑾深衔之,逾年又以旧牍中有熙名,文致微过,复传旨于南京午门杖五十。瑾诛后,家居一十六年,起官郡守,至按察副使。生平方严峭直,人以为难近。顾司寇为作墓志,亦微见其意云。时辈称曰饮虹先生,况其负气而善藏也。李家在新桥西,故号饮虹。饮虹,旧桥名。公与王辣斋徵、顾横泾瑮皆号溪刻,而王、顾之清端,李之能谏,皆铮铮为世伟人,未易才也。

## 司 马 家 婢

羊市桥下司马家,西虹侍御之后也。万历丙午、丁未间,家有怪,抛掷瓦石无虚日;后复处处发火,焚其门楼三间。百计祈禳,讫无验。客为余言其状,余应之曰:"曾忆《风俗通》中老妪事,正与此类。试语司马君,可密察家中男女,当有人作此狡侩者,毋信为鬼物也。"客不谓然。后一日,司马庶母有一婢,忽裙带中落取火纸夹于地,家人追问之,始具吐实。向之怪孽,皆此婢之为也。其家遂逐此婢,婢去而家安矣。语曰:"少所见,多所怪。"然哉。

## 黄 督 学

督学黄公汝金,别号翠岩,才颖捷异常,阅卷一目数行俱下。常以两门役横曳之,手执笔,遇佳者辄用笔大抹,门役亟以酒大白进,为引满赏之。遇恶文即大咤掷地上。发案日,凡所赏识与所黜斥,口诵其文之佳恶,不遗一字,人以为神。试童生日,交卷随阅,定去取。有出院未抵寓者,而案已发矣。其敏而强记,亦一时之隽也。

## 仕 路 窄

胡象冈督学,曾以事笞一吏。吏北人也,口称"仕路窄、仕路窄"求免。胡怒,尽法决遣之。后胡以事被逮诏狱,狱中供帐食物毕备。胡心讶非狱所宜,久之,因问执事校尉何以有此。答曰:"此吾狱吏意也。"胡心感甚,而不知其人。事解,访此吏诘之,曰:"君待我厚,不啬骨肉,不晓我何德于君,而以此施我?"吏笑曰:"公忘之邪? 吏即'仕路窄'者也。"胡大感涕曰:"我一时执法笞君,君不恨我。我在狱中,君不思释憾于我,反厚待我,君诚高义,足驱今古,我为不知人矣。"遂与约为兄弟,厚扶植之。惜此吏忘其名。

## 赏　　鉴八则

赏鉴家以古法书、名画真迹为第一,石刻次之,三代之鼎彝尊罍又次之,汉玉杯玦之类又次之,宋之玉器又次之,窑之柴、汝、官、哥、定及明之宣窑、成化窑又次之,永乐窑、嘉靖窑又次之。留都旧有金静虚润、王尚文徽、黄美之琳、罗子文凤、严子寅宾、胡懋礼汝嘉、顾清甫源、姚元白湖、司马西虹泰、朱正伯衣、盛仲交时泰、姚叙卿汝循、何仲雅淳之,或赏鉴,或好事,皆负隽声。黄与胡多书画,罗藏法书、名画、金石遗刻至数千种,何之文王鼎、子父鼎最为名器,它数公亦多所藏。近正伯子宗伯元介出,而珍秘盈笥,尽掩前辈,伯时、元章之余风,至是大为一煽矣。

张择端《清明上河图》,旧云在南京一质库,后入魏公家,或云在王守溪相公公子处。嘉靖中,一贵人以重价购送严世蕃者,乃时人昆山王彪从王公子处私临本也。世蕃喜甚。装潢人汤姓号北川者索赂不得,指言其伪,世蕃大怒,卒以陷贵人云。

顾东桥以尚书考满入京,分宜请其宴,堂上挂吴小仙《月明千里故人来图》。公入堂,甫揖罢,昂首看之,大声曰:"此摹本也,真迹在吾乡倪青溪家。此画甚佳,当求其真者。"严为色变。

黄美之家有王维着色山水一卷,又王维《伏生授书图》一卷,又出数轴,皆唐画也。吴中都玄敬看毕,吐舌曰:"生平未见!"

王维《江天霁雪卷》,为胡太史懋礼家藏。后其子没,冯开之先生以数十金购之,今尚在其长子骥子家。慕而欲购者,悬予其直且数百金矣。胡又有宋拓《黄庭经》肥本,最为墨帖之冠,今不知在何所。《金陵琐事》又记胡有《兰亭记》。

姚叙卿藏宋拓《淳化阁帖》,纸墨光黟如漆,而字肥。后为其姻家钟栎所得。今不知归何人手。

叙卿有山谷书《法华经》七卷，纸用澄心堂，光滑如镜，价至七百金。叙卿没后，曾有人持以质于余，余睹其字多沓拖疏慢，似非双井笔也。后竟为徽贾以重价购去。

王藩幕元耀，故富家子，善画。家多畜古名画，至数百轴，李成《看碑图》为最。所刻石帖名《栗叶斋帖》，皆三吴及金陵人书。

# 藏　　书

南都前辈多藏书之富者，司马侍御泰、罗太守凤、胡太史汝嘉尤号充栋，其后人不能守，遂多散轶。司马家书目尤多秘牒，有东坡先生《论语解》抄本四卷。其家数有郁攸之变，此书亡矣。胡氏牙签锦轴，最为珍异，而子孙式微，雕落市肆，尤为人所惋叹。昔人言藏书八厄：水一也，火二也，鼠三也，蠹四也，收贮失所五也，涂抹无忌六也，遭庸妄人改窜七也，为不肖子鬻卖八也。周吉甫言：里中谢家小儿喜闻裂书声，乳媪日抱至书室恣裂之，以招嘻笑，此当为藏书九厄。乃予又闻：里中故家子有分书不计部数，以为不均，每遇大部，兄弟平分，各得数册者。有藏书不庋箧笥，狼籍大米桶中，或为人践踏者。此其厄视梁元帝、南唐黄保仪之焚毁，又何如哉！至若为庸夫作枕头，为村店糊壁格，为市肆覆酱瓿，为婢妪夹鞋样，比于前厄，差降一等。其它如堆积不晓披阅、收藏不解护持、秘本吝惜不肯流传、新刻差讹不加雠校，书之众厄，又有未易枚举者矣。

# 督学察院

督学察院在南门内，旧为皇殿，武宗南幸时居之。后改为学院公廨。自耿恭简公后，中多妖异。近台李公寓其中，一日，月下与夫人闲步堂上，忽庭中有小生员数十人，各具巾袍，拜舞于阶前。公与夫人大惊诧，遂移居于会同馆。自后此院扃镭甚固，深藜宿莽，白昼人亦无敢入矣。顷年，陈公怀云来，乃重为创建，一扫而更之，移居其中，遂无它事。

# 元　御　史　台

弇州先生《丞相府志》，言太祖初下金陵为吴王，以元御史台为中书省，且云不知御史台何地。按太祖为吴王时，居今旧内，而元之御史台，《金陵志》在古御街东青溪之右，正今旧内地。夫既以南台建旧内，则所云以为中书省者，恐未的也。作大内后，所建丞相府不知在何处，今传西华门内为丞相胡惟庸府，亦似未的。盖自罢丞相，革中书省为六部，其衙门建置又已大有更张，然不可考矣。

# 金　陵　垣　局

郑端简公谓："金陵形势，山形散而不聚，江流去而不留。"顾司寇公亦言："登幕府山，望大江东去，往而不反，为之太息。"考之地理家言，以峦头配天星，金陵江水直朝射入，乃紫微垣局也。古记云："中垣已是帝王都，只是垣城气多泄。"偶与友人论此，谓江水冲射，秦淮西注，无应砂关琐，故云。余曰："此言非也。钟山自青龙山至坟头一断复起，侧行而向西南，而长江自西南流向东北，所谓山逆水，水逆山，真天地自然交会之应也。左边随龙之水，自方山旋绕向东，历北，又折而向西入江。其入江之口，左，则自横山发支，由云台山、观山、献花岩、牛首、大小石子壄至雨花台，穿城壕至凤台山，北临淮水；而右，则自钟山、龙广山、鸡笼山起谢公墩、冶城南止于淮；而其外，又自马鞍山起四望山、石头城，直绕南过冶城而护于外。此两带山，在外，则逆江而上，以收江水为钟山夹；从内，则逆钟山内局之水，直奔而南以收淮水。垣局之固密如此，何得言江水冲射无应砂关琐邪？所为微有不足者，以逆水而结气力，与中穿而落者，稍觉有间，而缘江翊卫终是单薄，不若京师之雄壮而厚大耳。即二公之言，均之未得其真也。"

## 王　司　寇

黄岩王公𬬱，以大京兆迁南刑部侍郎。时有土豪王冠者名绣二，鸷人也，家赀计累巨万，僮奴数千指。善纳交权贵人，权贵人多与往还，岁时馈饷燕会，门之车马弗绝也。以是冠得恣横犴牙里闬中，人毋敢仵视者。而冠与方士赤肚子者游，其术取初生婴儿烹啖之，或锉其骨以为粉，以是为延年剂。家畜妾十余人，孕将免，辄以药堕而如法饵之，它所阴购而饵者不知几何人矣。事发，权贵人争为交关求解免，而公一切距勿听，卒据法引律，凌迟处死，畿民大快之。公自为京兆，所行诸善政大者凡数十，此举尤为众所称，至今歌诵之，祠公于雨花台北。公后官至南右都御史，以忤宰臣贵溪公归。后数十年，有陈侍御访拿邓玉堂之事。

## 陈　侍　御

嘉靖中，一监生曰邓玉堂，不知何许人，家复成桥旁，饶赀财，交结诸贵人，相引为声势。畜虎棍数十人，遇江上贾舶至者，令其党假充诸色人，给事贾人所，或为缝纫，或为祷祠，因得贾人乡里姓氏与其祖父诸名字，写伪券怀之，曰"某年而祖父游金陵，负我金若干"。贾人多错愕不能辨，其党又大言恫喝，或居间游说胁持之，往往如数偿。间有识其诈者，辄钩致于家，置水牢中，其人闷绝，辄偿所负以求解。有讼者，请托抑其词不行，或讼者反被重刑而去。南都莫可如何。御史荆州见吾陈公大宾至，稔知其恶状，欲除之，恐其多奥援，乃先往投刺，致其报谒。比入，即令人褫巾服摔于庭，具刑严鞫之，俯首伏讯。诸贵人以书为请者盈门，御史悉令投瓯中。狱既具，随毙诸杖下。所骗人田地房屋与强夺人妻女，悉召原主给之。至今长老言此，犹以为快。其后数十年，有李御史访拿监生孙某之事。

## 割　肝

陈中丞《金陵人物志》，于孝子之割肝剖心者，得七人焉。宋四人：曰伊小乙，溧水人也，剖腹取肝以疗母疾；刘兴祖，表孝坊民也，剖腹取心以疗父疾，愈而复作，又割腹取肝，杂糜进之；史思贤，溧阳人也，刳心以疗母；夏氏女，割腹取肝以疗母。元一人，曰顾童子，保宁街人也，母病，童子年始十六，割腹取肝杂粥以进母，母即苏；翌日童子病，又一日死。明二人，曰徐佛保，江阴卫人，黄阿回，水军左卫人，皆割肝以疗母。偶与客语此，因掇而记之。

## 秋宇先生著述

胡秋宇先生在翰林日，以言忤政府，出为藩参。先生文雅风流，不操常律，所著小说书数种，多奇艳，间亦有闺阁之靡，人所不忍言。如《兰芽》等传者，今皆秘不传。所著《女侠韦十一娘传》，记程德瑜云云，托以诇当事者也；传后传闻蜀中某官暴卒，心疑十一娘婢青霞之为，然某者好诡激饰名，阴挤人而夺之位耳云云，似有所指。其《红线》杂剧，大胜梁辰鱼。先生隶书师钟元常，草书师张伯英、崔子玉，常取三人书之在阁帖者，从宋拓本手摹刻之，较今所传阁帖神检殊胜。张草中耳字长尺余，与阁帖异。今此本在中州。

## 黄蛰南父子

吏部黄公甲，字首卿，蛰南其晚而自号也，因以名其集。文多法汉、魏及六朝，诗上下今古，颇饶独诣，高自矜许，自负不减二陵。所著《独鉴录》，评诗文，多前人所未发。性好忤物，居乡，与往还者不二三人。晚与廖工部文光善，数共觞咏。一日，廖规其集中有"阵毯"等语宜删，遂大诟骂，绝之。生四子，皆负隽才。伯祖儒，有《谏凤呓觉集》。仲成儒，蛰南最器之，蚤死，有《兢辰斋集》。叔方儒，落魄废其业，亦有《陌花轩小集》、《曲巷词余》，调世嘲俗，殊令人解颐也。季复儒，为诸生，见罢，有《振秀阁稿》。少冶王公尝称蛰南诗"如一领锦绣衣，或间以麻枲"，语似太过。诸子雕龙竞爽而名迹不著，士论甚为惜之。

## 文 臣 赐 第

南都诸文臣得赐第者惟张文僖公蠢庵一人而已。其孙金宪恕草公行实曰：公为侍读，宅舍火，疏于朝曰："臣有老母，守节孤孀；臣有幼弟，居常侍母。臣无老母，宁有今日？母无幼弟，曷罄余年？子母相依，兄弟无故。叨承近侍，自幸遭逢。但臣有故庐，近遭回禄，臣母与弟，莫知所栖。诚愿乞休，用图终养。庶几屋乌遂反哺之情，危鸟免失巢之叹。"疏上，英庙恻然，敕下该部，因查得太仆寺少卿邓某有房一所，总计若干余间，坐落聚宝门里镇淮桥东，见今空闲，相应给与益母暨弟一同居住。奉圣旨："准他，工部知道。"

## 修　　志

陈鲁南应京兆白公聘修志，东桥先生与之书曰："严惟中《袁州府志》，都玄敬《黄山图经》，李懋卿《东莞志》，邵国贤《许州志》，各自起意例，须取参订。璘收有《长安旧志》一本，惜不得到家检奉。子仁收天下志甚多，想不乏此。作志不难，正唯发凡起例为难耳。又本府若上元之明道书院，溧阳之水堰，皆厚生正德大事，须检寻遗迹，就请白公兴复。盖百五六十年，方遇明公一举，若又空言无施，不获实惠，贤者难遇，幸勿失此机会也。又'税粮'后当具'供亿'一目，查内府及诸司供亿近年与国初多寡之目，庶仁者有悯恻之意，此不为徒作也。"

## 尹 山 人

尹山人者，北地产也，元世祖时为天庆观道士，怀一牒，缀之羊皮，久而尚存。成化间，游南都，发累岁忘栉而自不团结，南都人呼尹蓬头云。尹得邸寓,辄闭关卧,多者逾月,少亦五六日而后起。居常不饭,人馈之食,亦不辞。尝造一民家,会设饷客面,近四十余碗,客有戏尹者曰:"公能尽啖之乎?"曰:"能。"取而啖之尽,无留余也。孙某者,接山人市中,而卖瓜担停焉,某戏问曰:"公能尽此一担瓜乎?"曰:"能。"即买而馈之,啖瓜立尽,无留余也。户曹李员外遣仆上病疏,一日辰刻,尹于北阙端门前见其仆,仆曰:"命已下,主人幸得告矣。"是日午餐,尹报李曰:"今旦端门前见使者,已得告。"后仆还,核问果合。某御史尝命其隶召尹来,隶曰:"昨昔尹登大中桥观月,两鼻垂涕尺许,殆死矣,何召?"御史笑曰:"此为鼻柱,非老病也。"隶甫行,而尹已扣门入。盖就其召己也。魏国馆尹于居第,尝偃几昼睡,寤而语魏国曰:"适游姑苏洞庭山而返。"魏国愕不信,即出袖中两橘畀之。一贵人母敬事尹甚虔,既而所爱孙未冠病瘵,诸医谢不可治,邀尹,力恳之。尹曰:"此非药物所能为。太夫人遇我厚,不得已,费我十年功尔。"令置两榻相附,昏夜,缚少年之足于尹足,连属数重。尹鼓气运转,喉呼呼有声,气达涌泉,贯少年足,大热,遍体流汗如雨注,臭秽毕泄。诘朝,解其缚,而少年苏苏有生色。别授刀圭药,徐服而愈。王文成公试礼闱落第,卒业南雍,走从尹游,共寝处百余日。尹喜曰:"尔大聪明,第本贵介公子,筋骨脆,难学我。我所以入道者,危苦坚耐,世人总不堪也。尔无长生分,其竟以勋业显哉!"文成怅然惋之。洛阳有野毛头张姓者,售伪诳世,而以闻见该洽、论说雄俊,引重荐绅间。客抵南都,士人慕而争趋,轩车满户外。尹识其伪也,敝衣跣而往谒,随众称老爷尊之。张方危弁高坐,侧侍者肩摩。张傲岸不为尹礼,顾骂曰:"乞儿,辱吾教。"尹乃据东面坐而谓曰:"尔欲谭道耶?我一任尔问。"张曰:"尔乞儿,吾又奚问?"尹因刺之曰:"尔无我骂,尔注《悟真篇》,恐天下讪刺尔者无穷已。"张曰:"然则尔晓《参同契》与《悟真》耶?"尹张目朗音,为抽广成、壶丘延历度纪枢奥,稍论序柱下五千文,暨内典《华严》、《楞伽》,姬《易》艮卦象爻,三教浑合之旨,翩翩千百言。众惊异悚听,皆俗耳所未闻,于是始知山人之辩慧不群,遂于玄学也。尹归,倚墙立自,掌其颊者数十下,恨犹有胜心,且道非可言,言则与道远,因键扉寝伏。久之,终南黄山人过访,值尹睡正熟,

谓弟子曰:"谨贻尔师青衣鞋,我不能待别矣。"又数日,尹起,问曰:
"有友人黄来,渠何言?"弟子献所赠。尹曰:"是豫料我将遥适也。"无
何,逆阉刘瑾潜图不轨,恶尹私有诋斥,罗而戍之关右。尹至戍所,偶
过铁鹤观,骑一鹤凌空飞去。彭辂论曰:嵇康谓:"神仙禀异禀,受之
自然,非积学可企。然禀异者,鲜不学也。"又谓:"养生善调摄,上可
千余岁,次得数百年。"夫岁以千计则仙矣,彼仙者岂遂雕三光,阅万
载,无终极之期哉! 入我明,仅传张邋遢、冷子敬、尹蓬头三数公,一
何寥寂也! 张、冷迹无可稽,而南都人能历历道尹遗事,故论著焉。

# 陈　广　平

成化中,五府都事卜马翙者,与一方士游。方士以小幻术愚其
子,子心艳之,谓为真仙人也,归亟称于父,都事益信之,崇奉有加,至
得出入卧内。都事家多美妾,方士尽以咒法钩而淫之。妇人苦其淫
毒,诉于翙。翙告官为理,闻诸朝。朝命槛车递至京,僇于市。国史
亦载之。狱词:方士为陈广平,济宁人也,挟它妖术,谋不轨。士大
夫好与方士游,多冀其传此法,不自知损德败名者众矣,矧又有意外
不可言者邪? 可为深戒。

# 孔　复

常检校信为余言:廖副宪家居时好道术,方士孔复者以烧炼进,
廖馆于家。久之,语副宪曰:"吾欲一行接补法,公曷资我。"与兼金,
至猪市倡家宿。倡妇与之偶,初觉异甚;久之,转畏其淫毒,号呼避
之,复攫之不可得。假母年四十余矣,素以善淫称,代与接,久亦趣
避,而复固自若也。后倡妇病月余,假母亦数日不能起。其阳能吹灯
灭,且噙火酒至二升余,布于四肢,赤如血,已复出之。此真所谓采战
逆流、邪僻不经之术也,而人多惑之,学其术,求翀举。噫,世岂有好
色之神仙哉!

## 四　羽　士

余眼所见与耳所闻四羽士,皆三十年来游南都与缙绅往还灼灼有名者也。闫蓬头希言,尝在弇州先生司马署中。先生躬为余言:"其亡甚异人者。"且言:"初至犹矫健,后稍弱且泄泻,不久蜕于毛百户家矣。"先生为其像赞,有曰:"希言希言,蓬头蓬头,吾能臆其名与貌,而不能诘其修;能睹其去,而不能测其来由;能辨其为散仙,而不能定其品与流。我不子从,子不我留。呵呵,休休!"似涉微讽。其后十余年,闫弟子李彻度者来。李曾止余亡弟周南所。其人潇洒出尘,所教人在固后天之气以养先天而已。人有行之者,亦多效。太仓王相国、晋江杨宗伯皆有传。近年遂不复出游,止于黟、歙间。尝以清虚秘典寄余,大较亦用傅结之事,第与逆流者不同耳。李去未久,又有称醒神子者,须发如雪,干伟而善饮啖,卿大夫多从之游。大司徒莱阳王公独信以为真,且曰:"渠自言是王威宁越,尝见威宁画像与其人类。"意颇崇奉之。而叶宗伯、李少宰、郝大司马三公,一日同访之神乐观,其人颠倒失度。三公谓是非有道气象矣。顷年,又有所谓彭仙翁者,何参岳公露极言其非恒人,面语余曰:"据其词翰,非科甲者不能为。"其术大端在积气,而挟有黄白男女诸奇幻术,一时师之者多以灵异自诧,不知其果真有所得否也。其人携数姜而行,上河钮氏尝迎而馆于家。钮氏妇问其姜:"仙翁亦交会否?"答以"月必接,接而女即病",如斯而已矣。大都此四羽士,第其品,闫为最,李次之,彭又次之。醒神子人言为社日生,当可信,其品最下,不足信。独怪士之风靡而走其门者何也? 嗟乎! 以世间心漫求之,彼亦漫应之,即旦暮遇,犹千里矣。世间那有扬州鹤哉!

## 白　野　先　生

殷白野先生迈,万历初以太仆卿里居,负重名。时江陵当国,有意引先生为己助。操江都御史王篆,江陵心腹也,过先生为其致款款,且曰:"公幸俞此言,暂出,少却当以大司马推公矣。"公默然不应,王要之甚苦,竟不出一语。久之,王曰:"坐久矣。我饥,公幸有以啖我。"公亦默然。王不怿而去。既去,其子庆咎公:"何以不答?且家幸有午餐,何不留啜,而介介如此?"公曰:"江陵横,终当有祸。王非端人,何可与作缘也?"后江陵推公礼部侍郎,掌南国子监事,会有小故,公遂力辞而罢。

## 侍 御 无 茶 具

邵侍御清为盐使者,忤刘瑾,被杖系,追罚米若干石。瑾诛,起官至广西臬佥,请告归。家贫无屋,依外氏敝庐以居。督学使者林有孚慕公廉,常造之,坐谈良久,竟不能具茗碗。林叹息而去。霍尚书韬尝以所毁庵庙田若干亩饷公,公固辞不受,终身赤贫。呜呼,真不愧厥名矣!

## 耳 环 投 水

李公重,字元任,号远庵,举正德辛未进士,官至江西臬副。居官清介,去任日,誓不将一物归。夫人有耳环一双,任中置也,公知之,取而投诸水。归里岁余,偶见其仆卧内有朱油床一具,问是官下物,大怒,力命仆载反原任乃已。家徒四壁立。溧阳史氏延先生教其子,岁学俸八十金。史念先生贫,私以其俸为置子钱,比岁暮进之。先生仅受八十金,余挥之不入囊也。苗时返犊,公可趾美矣。吕泾野先生尝云:"过白下见副使李公重,虽未知其中,见其环堵萧然,不觉叹服。甚恨至此数年,不得一见此人。"其为名流所慕如此。

## 金 陵 学 校

汉扬州刺史何武,所至先即学宫见诸生。

光武时,李忠为丹阳郡太守,起学校,习礼容,春秋乡饮,选用明经。

吴景帝永安元年，诏置学宫，首立五经博士。

晋建武初，始立太学。因王导、戴邈之言。

咸康二年，立太学于秦淮水南。

太元十年，尚书令谢石复请兴国学于太庙之南。

宋元嘉十五年，立儒学于北郊，命雷次宗居之。明年，又命丹阳尹何尚之立玄学，著作郎何承天立史学，司徒参军谢玄立文学。儒学在钟山之麓，草堂是也；玄学在鸡笼山东；史学、文学并在耆阇寺侧。

二十七年，罢国子学，而其地犹名故学。齐竟陵王良开西邸，延才俊，遂命为士林馆，在鸡笼山。

梁大同六年，于台城立士林馆，延集学者。

南唐置学官，滨秦淮开国子监。

宋天圣七年，丞相张士逊出为太守，奏建府学。

景祐中，陈执中徙学于府治之东南，古浮桥之东北。

绍兴九年，叶梦得因学兵毁更造。

元集庆路学，规模率仿前制。

国初改国子学，后建国学于覆舟、鸡鸣两山之阳，乃以此为应天府儒学。

## 祠　先　贤

淳祐十年，吴渊列祠先贤于府学，与祀者二十六人：

濂溪先生周文公敦颐。　　明道先生程纯公颢。

伊川先生程正公颐。　　晦庵先生朱文公熹。

**右四先生在大成殿东。**

丞相范忠宣公纯仁。　　丞相吕文穆公蒙正。

一拂先生郑介公侠。　　通判杨忠襄公邦乂。

丞相周文忠公必大。　　南轩先生张宣公栻。

勉斋先生黄文肃公勉。　　壹是先生吴正肃公柔胜。

西山先生真文忠公德秀。

**右九位在大成殿西。**

太师鲁国颜公真卿。　　　丞相李文定公光。

中书傅献简公珪。　　　　少保马忠肃公光祖。

枢密包孝肃公拯。　　　　尚书张忠定公咏。

**右六位在明德堂东。**

丞相赵忠简公鼎。　　　　丞相张忠献公浚。

丞相吕忠穆公颐浩。　　　丞相陈正献公康伯。

尚书黄公度。　　　　　　枢密忠肃刘公珙。

枢密丘公崈。

**右七位在明德堂西。**

# 青 溪 先 贤 祠

宋马光祖建先贤祠堂一所,在府学之东,明道书院之西,青溪之上。自周汉而下与祀者四十一人,各有赞。考《金陵志》祀者,皆于此土有涉,非泛然而已,或生于斯,或仕于斯,或居且游于斯。后闽士陈宗上制置姚希得书,求增入苏文忠子瞻,且备列公游金陵赋咏之事,谓位次当在程纯公之下。祠国初已毁,万历丁未,南少宰叶公因祠部郎葛君重建祠于普德寺后山,而不闻其增祀文忠也。其四十一人遗迹略志于后。

吴太伯初逃句曲山中。　　　范蠡筑越城,在长干里。

严光结庐溧水县。　　　　诸葛亮往来说吴,又劝孙权定都。

张昭宅在长干道北,有张侯桥。　周瑜周郎桥在句容县。

是仪字子羽。宅在西明门。　王祥墓在江宁化城寺北。

周处子隐台在鹿苑寺。　　王导宅在乌衣巷。

陶侃事在石头城。　　　　卞壶庙在冶城南。

谢安宅在乌衣巷。　　　　谢玄别墅在康乐坊,庙在新桥西。

王羲之事见冶城楼。　　　吴隐之茅屋故基在城东。

雷次宗开馆鸡笼山。　　　刘瓛居檀桥。

陶弘景居茅山。　　　　　萧统读书台在定林寺后。

颜真卿昇州刺史,其家墓多在江宁。　李白往来金陵,具载本集。

孟郊溧阳尉。　李建勋号钟山翁。

潘佑见《江南录》。　曹彬昇州行营统帅。

张咏知昇州,再任。　李及昇州观察推官。

包拯知江宁府。　范纯仁江东运判。

程颢上元主簿。　郑侠清凉寺有祠。

杨时尝家溧阳。　李光宣抚使。

张浚留守都督。　杨邦乂知溧阳县,迁通判。

虞允文督府参谋。　张栻督府机宜文字。

朱熹江东转运。　吴柔胜生于金陵。

真德秀江东运使。

## 建 康 俗 尚 十一则

《隋志》曰:丹阳,旧京所在。人物繁盛。小人率多商贩,君子资于官禄。市廛列肆,埒于二京。人杂五方,俗颇相类。

《颜氏家训》曰:"江东妇女,略无交游,婚姻之家,或十数年间未相识者,惟以信命赠遗致殷勤焉。"

杜佑《通典》曰:"江宁,古扬州地。永嘉之后,帝室东迁,衣冠避难多所萃止,艺文儒术,斯之为盛。今虽闾阎贱隶,处力役之际,吟咏不辍,盖因颜、谢、徐、庾之风扇焉。"

沈立《金陵记》云:"其人士习王、谢之遗风,以文章取功名者甚众。"

《祥符图经》曰:"君子勤礼恭谨,小人尽力耕植,性好文学,音辞清举。"

颜介曰:"南方水土柔和,其音清举而切,天下之能言,唯金陵与洛下耳。"

杨万里曰:"金陵,六朝之故国也,有孙仲谋宋武之遗烈,故其俗毅且美;有王茂弘、谢安石之余风,故其士清以迈;有钟山石城之形胜,长江秦淮之天险,故地大而才杰。"

游九言曰:"每爱金陵士风质厚尚气。前年摄行倅事,日受诉牒不过百余,较剧郡才十一尔。为吏为兵者颇知自爱,少健狡之风;工商负贩,亦罕闻巧伪。"

戚氏曰:"金陵山川浑深,土壤平厚,在宋建炎中绝,城境为墟,来居者多汴、洛力能远迁巨族仕家,视东晋至此又为一变。岁时礼节饮食,市井负衔讴歌,尚传京城故事。人物敦重质直,罕翾巧浮伪。庶民尚气能劳,力田远贾。旧称陪都大镇,今清要之官,内外通选,人品伦鉴,居东南先。士重廉耻,不竞荣进,气习大率有近中原。地当淮、浙之冲,谈者谓有浙之华而不浇,淮之淳而雅,于斯得之矣。"

顾华玉尚书近言云:"吾乡,大都也。生人之性,亢朗冲夷,重义而薄利。风俗之美,喜文艺而厌凡鄙,得天地之灵懿焉。其敝也,乃或乐虚淫、习侈豫,无麻衣、《蟋蟀》之风,士缘以丧节也。"

焦弱侯太史云:"金陵,六代旧都,文献之渊薮也。高皇帝奠鼎于斯,其显谟大烈,纪于石渠天禄,彬彬备矣。以故寰宇推为奥区,士林重其清议。及夫余风细故,昔称游丽辩论,弹射臧否,剖析豪厘,擘肌分理者,至今犹然。"

# 南 都 词 林

杨勉,永乐二年庶吉士,主事,官至刑部右侍郎。张益,永乐十三年庶吉士,中书舍人,官至侍读学士,参机务。刘江,永乐十六年一甲二名,编修,乞便养,改九江府学教授,官至长史。倪谦,正统四年一甲三名,官至南礼部尚书。金绅,景泰五年庶吉士,给事中,官至刑部右侍郎。倪岳,天顺八年庶吉士,编修,官至吏部尚书。倪阜,成化二十三年庶吉士,主事,官至布政使。王韦,弘治十八年庶吉士,主事,官至太仆寺少卿。景旸,正德三年一甲二名,官至中允。陈沂,正德九年庶吉士,编修,官至行太仆寺卿。邢一凤,嘉靖二十年一甲三名,官至参政。张铎,嘉靖二十年庶吉士,御史,官至佥事。胡汝嘉,嘉靖三十二年庶吉士,编修,官至副使。余孟麟,万历二年一甲二名,官至南国子监祭酒。焦竑,万历十七年一甲一名,官修撰。朱之蕃,万历二十三年一甲一名,官任南礼部右侍郎。余小子起元,万历二十六年一甲三名,今任少詹事兼侍读学士。以上共十七人。又句容刘濬,永乐十年庶吉士,官御史。曹义,永乐十三年庶吉士,编修,官至南吏部尚书。六合郑猷,永乐十三年庶吉士,官检讨。江浦张瑄,景泰二年庶吉士,官尚书。庄昶,成化二年庶吉士,检讨,官至南吏部郎中。石淮,成化二年庶吉士,主事,官至提学佥事。溧阳潘楷,成化二十三年庶吉士,御史,官至布政使。溧水马一龙,嘉靖二十六年庶吉士,检讨,官至南国子监司业。溧阳史继宸,万历五年庶吉士,给事中,官至布政使。句容孔贞时,万历四十一年庶吉士。以上共十人。总一府共二十七人,居鼎甲者八人。陈中丞《人物志》载:丁璿,上元人,举进士,改翰林庶吉士。今考《翰苑题名录》,无璿名。璿官至右副都御史。《旧京词林志》又载:永乐二年庶吉士有王仲寿,江宁人。又永乐戊戌习译庶吉士有庄约,上元人。

## 欣 慕 编

陈参岳凤作《欣慕编》,为梁宫保材,张御史大夫琮,周宫保金,顾司寇璘、璘子屿,罗太守凤,金太守贤、子大车附,陈太仆沂,景中允旸,王太仆韦、子逢元附,邵金宪清,刘督府玺,谢野全先生承举,任德,徐九峰霖,刘雨,黄琳、琳弟珍、珍子炎杲,许摄泉隉,李鹤塘景星,周巽斋文铨。又续亡二人:王少保以旃,顾宪副瑮。周乃隐于医者。陈序曰:"如前十数公,或以勋业著,或以德学称,或以节概流声,或以风雅侈誉,皆玄黄之精英而乡国之黼藻也。一艺之士如周子若而人,今也吾见亦罕矣,庸可使其无传乎?嘉靖辛亥秋七月望书于大都逆旅。"

## 许 少 张

姑苏刘翰林珹,尝在清凉寺读书,邀盛仲交同沈重巽上环翠阁。刘以"祥、狂、张、藏、厄"为韵苦仲交。仲交走笔书壁,押张字云:"任侠那夸许少张。"事颇隐僻。按陶隐居《许长史旧馆坛碑》云:"长史,汝南平舆人。汉灵帝中平二年,六世祖光字少张,避许相谀侠,乃东过江,居丹阳句容都乡之吉阳里。后仕吴为光禄勋。"所言许相,正指曹瞒耳。"谀侠"似"谀佞"之误。此与仲交所用微异。又宋有许安世,著《许少张集》一卷。

## 吴 八 绝

孙吴时,吴有八绝。吴范以治历数、知风气闻。刘惇以明天官、达占数显。赵达以治九宫一算之术,应机立成,对问若神,计飞蝗,射隐伏,无不中效。皇象幼工书,时有张子并、陈梁甫能书,甫恨逋,并恨峻,象斟酌其间,甚得其妙。严武字子卿,围棋莫与为辈。宋寿占梦,十不失一。曹不兴善画。孤城郑妪能相人。又《晋阳秋》有葛衡达天官。《抱朴子》言有葛仙公多道术。景帝时有巫觋能视鬼。葛洪《神仙传》言有介象多方术。一代初兴,奇人快士风赴云集,以供役使,故不可谓其怪迂也。我国初,周颠仙、冷谦、铁冠道人、张三丰之类亦然。

## 乡 正

顾司寇近言《乡正篇》曰:太宗伯童公轩,择地而蹈,择言而言,吐辞濡翰,必轨其方,慎哉愿乎!参议王公徽,事君以忠,行己以义,亢而不徇,困而弥贞,矫矫乎强毅君子矣!太仆李公应祯,气直行廉,义有不合,一介不以取与人,翰墨之精,譬诸铦戟利剑,掉以淮阴之雄,其锋莫当矣! 其介且有文者乎? 通判陈公钢,恺悌宜民,死无余藏,而故民怀思,冉冉有桐乡之风,盖古之遗爱也。

## 刘 千 户

刘千户苍,字伯春。入武学,能读孙、吴诸家兵法。务行长厚,僚佐有支军粮误浮本数,当抵法,君适不与,乃自补署文案。事白,人异其故,公曰:"某素谨,且吾儿方称奉法吏,人信为误,若诸君何以自白?"又尝得遗牒于途,乃远方人入粮户部所给者。公往候其处三日,一人号顿至,且曰:"某家坐此死狱者五六人矣,复失奈何!"其人出金帛谢,不受。子麟,官尚书。

# 周　汝　衡

周文铨,字汝衡,苏人也,徙家金陵。以医行。汝衡资绝人,见世工率习近世脉诀方书诸杂说,不究本原,即见病莫知从来。一切揣度施治,乃悉屏去众习书,独取《内经》、《本草》、《难经》等书,彻昼夜读,务穷精奥。初为小儿医,时有杨茂者学古大方脉,汝衡相与往来讲究,益历阃域。茂死,病家争迎汝衡。凡汝衡至,诊病立方,多与众殊指。知斯道深永,或失手则杀人。重于用药。遇有故,辄不赴召。及赴召,或见病疑,辄不投药。人不测所操,或谓其难致。汝衡终弗言。常语东桥先生曰:"医者,圣人之学也。非盛德莫能操其虑,非明哲莫能通其说。是故士有能知草木金石昆虫之药,辨类审性,析经致能,弗乖其宜,弗乱其忌,是谓知物。知物者巧。士有能知人之疾病,淫于四气,薄于五脏,动于七情,见外知内,按微知巨,占始知终,执生知死,由是以审施汤液醪醴针砭按摩之治,是谓知证。知证者工。士有能知脏腑之所表里,经络之所离会,荣卫之所弼胜,命脉之所消息,选物设方,制于未形,体微发虑,决于众惑,是谓知生。知生者圣。士有能知天地之情,阴阳之本,变化之因,死生之故,立教布法,使人专气含精以握枢机,汰秽葆真以固根柢,疾疢不作,神乃自生,是谓知化。知化者神。夫神圣者,上智之能事,未易冀及,工巧之道术,学之所造也,医不臻此,不足以名业。"呜呼,此其指微矣,世寥寥谁能解者?

# 卷九

## 半　　山

王荆公半山寺，或以今之永庆寺傍有谢公墩当之，以公"我屋公墩"之句咏此。夫半山以城中至钟山政得其半，故名。若永庆寺，在宋江宁府城内西北，与去城至山居半之说不侔。且公《半山园》诗曰："今年钟山南，随分作园囿。"又《次吴氏女子》诗自注："南朝九日台在孙陵曲街傍，去吾园数百尺。"据此，公居岂在冶城后邪？今大内东长安门外有河，出于铜井。井穿城西入，引外壕水穿宫墙入御沟。井傍有半山里，里有一墩，父老言此是谢公墩，而半山里正以旧为寺址名也。友人沈文学秋阳偶过为余言，积疑顿释，为之大快。盖宋江宁府城止于今大中桥之西，大中桥旧名白下，自桥至钟山计，铜井傍之半山里正当其半，且既有土人名字，其为荆公居址无疑，徒以今都城改拓，遂堙圮不显。士大夫以登眺所不及，故亦不知其名，犹赖有父老之言在也。

## 两 大 司 马

正德辛未，王襄敏公以旅应会试，揭晓之日，五鼓尚未有信，时无人走报故也。同乡王公敞，官大司马，业先知之，当入朝过襄敏公寓，因叩门谓襄敏从者曰："汝主人已第矣。我是先报，汝主人后日官当似我。"后襄敏公竟官至大司马，代曾公铣出镇三边。王公之言，遂为左券。且两公皆腰玉，而王公以是年六月解官归。

## 三 公 知 人 三则

金都宪公泽，名能知人。王襄敏为诸生时，公即器重之，赠以己所服金带,且语之曰:"子异日名位当似我也。"后王公贵果如公言。

顾东桥先生抚楚时,江陵张文忠公居正年甫十二三,有隽才,公大为赏器。尝因试对句,解所服金带赠之,且曰:"子异日何但系此带,聊以见予期子意耳。"且出少子峻与结世好,曰:"异日贵,幸勿相忘。"后文忠公官政府,感先生知,因公在日被谗,特从部议予祭葬,官峻为上林苑监事。

李远庵先生官浙时,海盐郑端简公晓为诸生,先生大奇之,许为国士,曰:"子必举解元。"已,乡试果以第一人赴公车。谒辞日,先生勉之曰:"此行仍当举第一,若第二人,则勿予见也。"已,端简公举第二人归,逡巡不敢见先生。端简公后官南曹,欲赠遗先生,惮其方严,不敢启口。尝令夫人手制布履一双,袖以赠先生,逡巡不敢出。先生疑而诘公,乃曰:"门生妇自制一布履奉老师耳。"先生乃笑而受之。其贞介如此。

## 达 官 骑 驴

刘清惠公以金都御史守制家居,出入衰服骑驴,各衙门士大夫有不知而前驺误诃之者。公性颇卞,往往厉声色愧其人而去。前辈居乡体貌简易乃尔。不独居乡然也,湛甘泉、霍渭厓二公为南部尚书,常同访邓训导德昌于府学中,至则屏驺从,角巾野服,同跨蹇出南门外,盘桓佛寺中论学,至暮而返。其在今日,则万万无舍车而骑者,若大老为此,人必以失体诮之矣。

## 半 山 诗 句

金陵,国朝建都后,宋以前遗迹多不可寻矣。宋之居此而赋咏最多且传者,毋如王荆公,今检其集中诗题系金陵地名者,计一百三十六首,就其诗中有可使百世而后仿佛见当日形胜者,如《招吕约之职方》有曰:"往时江总宅,近在青溪曲。井灭非故桐,台倾尚余竹。池塘三四月,菱蔓芙蕖馥。蒲柳亦竟时,冥冥一川绿。"如《示元度》有曰：“今年钟山南，随分作园囿。凿池构吾庐，碧水寒可漱。”如《洊亭》有曰：“朝寻东郭来，西路历洊亭。”又有曰：“西崦水泠泠，沿冈有洊亭。”如《游土山示蔡天启》有曰：“定林瞰土山，近乃在眉睫。谁谓秦淮广，正可藏一艓。”如《游八功德水》有曰：“寒云静如痴，寒日惨如戚。解鞍寒山中，共坐寒水侧。”如《思北山》有曰：“日日思北山，而今北山去。寄语白莲庵，迎我青松路。”如《谢公墩》有曰：“走马白下门，投鞭谢公墩。井径亦已没，漫然禾黍村。”如《次韵约之》有曰：“鱼跳桑柳阴，鸟落蒲苇侧。已无溪姑祠，何有江令宅。故人耽田里，老脱尚方舄。开亭捐百金，于此扫尘迹。我行西州旋，税驾候颜色。相随望南山，水际因一息。”如《酹王濬泉诗》有曰：“宋兴古刹今长干，灵跃台殿荒檀栾。二泉相望弃不渫，西泉尚累三石槃。”如《东门》有曰：“东门白下亭，摧甓蔓寒葩。浅沙杙素舸，一水宛秋蛇。翰林谪仙人，往岁酒姥家。调笑此水上，能歌杨白花。”如《游章义寺》有曰：“九日章义寺，倦游因解镳。拂榻寄午梦，起寻北山椒。”如《饭祈泽寺》有曰：“驾言东南游，午饭投僧馆。山白梅蕊长，林黄柳芽短。箬笠沙际来，略彴桑间断。”如《乙巳九日登冶城》有曰：“欲望钟山岑，因知冶城路。跻攀隐木杪，稍记曾游处。”如《雨花台》有曰：“盘互长干有绝陉，并包佳丽入江亭。”如《过法云》有曰：“路过潮沟八九盘，招提雪脊隐云端。”如《光宅寺》有序曰：“光宅，梁武帝宅也。其北齐安隔淮，齐武帝宅也。宋兴，又在其北。”又曰：“今知光宅寺，牛首正当门。”如《忆金陵》有曰：“覆舟山下龙光寺，玄武湖畔五龙堂。”如《示报宁长老》有曰：“白下亭东鸣一牛，山林陂港净高秋。”观此诸什，当日名迹仿佛见之。盖自国朝以钟山为陵寝，后湖为册库，而拓东门城至钟山，如青溪、潮沟、燕雀湖遂皆无复有迹可睹，以故半山诗中所纪多归幻化。古称桑田沧海，岂不信哉！

## 城内外诸水

留都自秦淮通行舟楫外，惟运渎与青溪古城壕可容舴艋往来耳。然青溪自淮清桥入，至四象桥而阻。运渎自斗门桥入，西至铁窗棂，东亦至四象桥而阻。以其河身原狭，又民居侵占者多，易为埋塞也。顷工部开浚青溪、运渎，其意甚趣。然此河之开塞，仅城中民家利搬运耳。若郊外诸湖，埋塞既多，秦淮源远而受水复众。溯秦淮之发源，一自黄堰坝而东，上抵句容之南门；一自方山东南，上抵溧水。其诸水相灌注，一支绕方山东面上抵彭城山；一支自张山上溯金陵镇，过马家桥，抵横山；一支西抵后乾桥；一支西抵陈墟桥；一支自上方门外小河东历高桥门，抵沧波门；郭内一支自涧子桥南上至天界寺。此皆可以行舟楫者，而久为田地侵蚀，遂多狭窄，且易淤垫。唯此诸河不通，以致伏秋水涨，处处梗咽。盖溧水、溧阳、句曲诸水，惟一秦淮为之尾闾，夏秋江潮盛大，上壅下泛，无支派分泄。所以近年留都时苦水，而乡间尤甚，正坐此耳。若当事者肯慨然议为挑浚，或令傍河有田地者，计其亩数长短，帮出工值，委两县五城官分程督浚，功成之后，不但支流分派、水无泛滥之忧，而乡民往来搬运舟航所至，所省财力无限，关系国赋民食者非轻，此当今首宜讲求者。当事者以身在城中，目所不经，未及区画，不能不望于为国家计根本者也。

## 守 心 戒 行

守心住弘济寺之法堂，戒行精严，人心翕然归向之。原贯关陕人，有妻子，中年舍俗出家。身颀而清癯。余于甲申年见之，时年七十许矣。已，抱病，守木义，慈悲之意可掬也。弘济僧言，守心所庋佛像曾为鼠啮，守心见而叹曰："畜生哉！它岂不足而啖，而残我像耶？"既夕而鼠之伏死像前者数辈。法堂后山壁峭削，中开一洞深数尺许，因构小屋附之，守心日夜趺坐其中。一日，命移坐具出，众莫喻其故。至夜三鼓，石壁忽陨其半，小屋靡碎矣。人以为守心习静久，能前知。戒生定，定生慧，理或然也。后示寂，就法堂右茶毗之，时西风方壮，青烟一缕逆风而西，或谓此守心往生安养之验也。塔于寺之傍。守心道名甚著，流闻掖廷，两宫皆有经幡之赐，中使亲捧致之云。

# 盛伯年

　　盛文学敏耕，字伯年，自号壶林，仲交先生子也。少有风貌，博闻强记，所为诗古文辞，奕奕负隽声。尝读书永庆山房，与余上下议论，后同纂《江宁邑志》，多出君手笔。以潦倒名场不得意，居恒邑邑，晚乃稍进酒博以耗其雄心。久之遂卒。弱侯先生故与君同研席，推服君不容口，为草墓志极惋悼之致。嗟乎！自国家以博士义取士，高才生困此者多矣。士之怀琬琰而就煨尘者，独一伯年也与哉！

## 伤　　逝五则

　　余少而懒慢，厌造请，即梓里交游可屈指计。然以文心墨韵，时通往来，颇谐衿契，乃不二十年零落殆尽矣。自荐绅以迄韦布，自长老以及行辈，存者十不一二。暇日追忆逝者，不觉喟然伤焉。因以诗学、词曲、书法、画迹四则，疏列其人，稍叙生平，姑以异日。

### 诗　学

　　余伯祥孟麟祭酒。著《学士集》。　王元简可大太守。著《三山汇稿》。　姚叙卿汝循太守。著《锦石山斋稿》。　沈孟威凤翔给事中。　李士龙登知县。《冶城真寓稿》。　顾元白显仁大参。　周长卿元知县。有《周长卿集》一卷。张孚之文晖太守。　盛伯年敏耕文学。　焦茂直尊生贡生。有诗一卷。焦茂孝周孝廉。著有《说楛》十卷。　葛云蒸如龙文学。有《竹护斋稿》。　陈延之弘世文学。著《陈延之集》。　张玄度振英文学。　谢文学黄钟文学。　汪云太钟英知县。工四六。　翟德孚文炳文学。著《阴符解》、《金刚经解》。　何公露湛之参议。著《疏园稿》。　何仲雅淳之御史。著《足园稿》。　王尔祝尧封太守。著《学惠斋稿》。　马元赤电山人。有《游梁记》。　李半野世泽文学。　李惟寅言恭临淮侯。著《青莲阁》、《贝叶斋》二稿。　柳陈父应芳山人。流寓。通州人。著《柳陈甫集》。　朱王孙庆聚　王德载元坤挥使。《雅娱阁集》。

## 词　曲

盛伯年敏耕工小令。　段虎臣文炳文学。著小令。　张治卿四维文学。有《溪上闲情集》。今传其《双烈记》、《章台柳》二记。　黄上舍方儒文学。著《陌花轩词小令》。　陈荩卿所闻文学。著《南北记》。又选《南北词记》。

## 书　法

王元简可大行草。　姚叙卿汝循真行。　余伯祥孟麟真行。　金玄予光初举人，知县。真行。　李士龙登真行，草，钟鼎，小篆。　罗惟一万象文学。草书学怀素。　姚封公之裔真行学松雪。　金后林殿小楷师文微仲。行书师《圣教序》。　李惟礼宁俭太学。临淮公子。草书学怀素。　沈孟威凤翔草书。　焦茂直尊生真行。　张孚之文晖真行。　葛云蒸如龙楷书学欧阳率更。　何公露湛之行草法二王入品。　何仲雅淳之行书得晋人意。　张玄度振英真行学李北海。　李半野世泽飞白。　林乳泉景旸文学。真行。　郭成也惟诚太学。真行学朱射陂。

## 画　迹

何仲雅淳之山水兰竹。　朱王孙庆聚山水小景。　王潜之元耀藩幕。山水。　胡可复宗信山水。　吴季常继序中书。流寓。休宁人。山水佛像。马元赤电山水大幅。　方樵城登水墨山水。　朱元士之士山水花卉皆有生趣，而花卉尤工。

# 象　骨

万历乙卯仲冬，工部尚书丁公兴工浚古宫城河。至内桥，有象头骨一具，不知何时埋沉于下，非国初则南唐时物也。南唐此桥为金水河，不宜弃死象骨于内。国初置象房于通济门外，有死者，其骨又不应埋瘗于此桥。殆不能定其所由也。

## 古　诸　湖

金陵前志诸湖，近皆堙塞，今独后湖与莫愁湖在耳。其遗址可考者：燕雀湖一名前湖，今大内后一半是其地；张阵湖在石头城；迎担湖在石城后五里；苏峻湖本名白石陂，在迎担湖北；稳船湖在金川门外，今水门内是，而陈鲁南《南畿志》言在佛宁门外，恐非；三冈湖在淳化镇关东南；摄湖在摄山之侧；太子湖、夏驾湖在丹阳乡；半汤湖即今汤泉；葛塘湖在今葛塘寺；白家湖在今凤台门外十里；其白米湖、乌意湖、西干湖、刘阳湖、白社湖、三城湖、娄湖、梁墟湖、高亭湖、石坳湖、河湖、笪湖、银湖、白都湖，类堙为田地，其名间有存者，而不可考矣。

## 师　　法

数十年前，士人多能持师道以训弟子，如李翰峰、焦镜川、董侣渔、赵高峰、黄龙冈诸先生，皆方严端正，不为苟合。课艺勉德，彬彬有条，经书性鉴，岁必一周，优劣劝惩，肃如朝典。以故士游其门，文行皆有可观。主人尊敬之如神明，少不合辄拂衣去；其弟子亦敬而爱之，即既贵显老大，悛悛执礼惟谨，毋敢慢也。后或富实之家，才有延师之意，求托者已麋集其门。始进既不以正矣，既入馆，则一意阿徇主人之意，甘处亵渎而不辞，甚且市欢于弟子，恐其间我于父兄，一切课督视为戏具矣。又有一种黠者，诱其弟子，结纳显贵，买鬻声名，夤缘考试，以蛊其主人。呜呼！师法之不严至此极矣。先入者为之主，欲求弟子之卓然有立，可不慎哉！

## 苦　节

士大夫生平要以固穷为第一义，故昔人有云："咬得菜根定，百事可做。"又云："须是硬脊梁，于事始有担荷。"吕与叔诗曰："逢人便有求，所以百事非。"吾乡前辈如顾宪副瑮、李宪副重、邵侍御清，皆趣操严冷,生事萧条,处人之所不堪,而皎然自好。霍尚书韬常以废寺田赠李、邵二公,皆峻却之。顾公至其兄尚书饷以米,亦谢不受也。清风素节,非古之吴隐之、范史云,莫能臻其方矣。开国以来,士大夫风流文雅,名誉事业,故不乏人,得此数君子者,尤为丘园之贲。吾于此有深慕焉。

礼　　制七则

冠礼之不行久矣。耿恭简公在南台为其犹子行冠礼,议三加之服,一加用幅巾、深衣、履鞋,二加用头巾、蓝衫、绦靴,三加用进士冠服、角带、靴笏。然冠礼文繁,所用宾赞执事人数甚众,自非家有大厅事与力能办治者,未易举行。故留都士大夫家,亦多沿俗行礼草草而已。

留都婚姻亦备六礼,差与古异。古礼一曰纳采,二曰问名,三曰纳吉,四曰纳征,五曰请期,六曰亲迎。今留都初缔姻具礼往拜女家曰谢允,次具仪曰小定,将娶先期具纳币亲迎之日往请曰通信,纳币曰行大礼,将娶前数日具仪曰催妆,至日行亲迎。似以小定兼纳采、问名,通信即请期,第先后不同耳。古俗亲迎有弄女婿、弄新妇、障车婿坐鞍、青庐下婿却扇等礼,今并无之,唯妇下舆以马鞍令步曰跨鞍、花烛前导曰迎花烛,仿佛旧事。

婚礼古以不亲迎为讥,留都则婿之亲迎者绝少,惟姑自往迎之,女家稍款以茶果。妇登舆,则女之母随送至婿家,舅姑设宴款女之母。富贵家歌吹彻夜,至天明始归。婿随往谢妇之父母,亦款以酒。而妇之庙见与见舅姑,多在三日。按家礼妇,于第三日庙见见舅姑,第四日婿乃往谒妇之父母,盖谓妇未庙见与见舅姑而婿无先见女父母之礼也。此礼宜复,但俗沿已久,四日往谢,众论骇然。议于第二日晨起,子率妇先庙见拜父母舅姑,而后婿往妇家拜其父母,庶几得礼俗之中矣。

金陵人家行聘礼,行纳币礼,其笄盒中用柏枝及丝线络果作长串,或剪彩作鸳鸯,又或以糖浇成之,又用胶漆丁香粘合彩绒结束,或用万年青草、吉祥草,相诩为吉庆之兆。考《通志》婚礼,后汉之俗,聘礼三十物,以玄纁、羊、雁、清酒、白酒、粳米、稷米、蒲、苇、卷柏、嘉禾、长命缕、胶漆五色丝、合欢铃、九子墨、金钱禄、得香草、凤皇、舍利兽、鸳鸯、受福兽、鱼、鹿、乌、九子妇肠、燧、钻,凡二十八物,又有丹为五色之荣,青为东方之始,共三十物,皆有俗仪,不足书。按此则今俗相沿之仪物固有所自来矣。《酉阳杂俎》言纳采九事,曰合欢,曰嘉禾,曰阿胶,曰九子蒲,曰朱苇,曰双石,曰绵絮,曰长命缕,曰干漆。九事皆有词,各有取义。

　　近代丧礼中有二事循俗而与古反者,沿流既久,遽难变之。其一曰服。古人遇死丧,凡应服某服者,或内亲,或外亲,人自制其所应服之服哭之。交友之知死者,知生者,亦不以玄冠色衣而伤且吊,盖哀戚在心,故必变服以临之耳。乃今自同宗外,凡应服者,必丧家送布,始制而服之;不送,即应服,而玄其冠、色其衣者有矣。甚且丧家力不能送,共以诉厉加之,而大家复有破孝送帛之事。破孝毋论何人,但入吊者,即赠以布或绢,有生平不一识面、闻名为布而吊者矣。不知变服志哀,乃衷之旗,心既不哀,服于何有?且送而不服,尤属无谓。至送帛,则本不为服,直以币帛将孝子之敬为酬酢而已。向大鸿胪海州张公尝言送帛非礼,余心韪之。其一曰奠。始死而有奠,《记》所谓"余阁"者也。成服后诸祭,皆主人自为之,其在姻友,直有赗襚赠已耳。赗以钱帛,襚以衣服,赠以车马,皆以助敛与殡之事。宾客至有丧者之家,哭之吊之,奠此物而已。奠者置也,置其物于前也。今则赗襚之礼,间有行焉。赠则江南绝未闻者,乃代为丧家致祭。屠割羊豕,崇饰果蔬,粔籹饧馆,寓钱楮币之类,阗塞于庭,客乃为酹酒致敬。夫酹乃主人之事,宾客乃代而行之。知礼者谓宜于送孝上祭,一切止之,惟有服者,人自制而服,以示哀戚变常之意。其在宾客,第行赗襚以助之,或贫者出力以佐其事,祭悉辍而不举,庶使丧主人不苦于送布之纷纷,而宾客亦不为此无益之糜费,是亦从礼从俭之一端也。

　　丧礼之不讲甚矣。前辈士大夫如张宪副祥有期之丧,犹着齐衰见客。其后或有期功服者,鲜衣盛饰,无异平时,世俗安之,恬不为怪。间有守礼者,恐矫俗招尤,不敢行也。昔晋人放旷礼法之外,为儒者所诟，乃其时陈寿居丧病，使婢丸药，坐废不仕；谢安石期功不废丝竹，人犹非之：视今日当何如哉！余谓士大夫在官有公制，固所不论；至里居遭丧，即期功亦宜示稍与常异，如非公事谒有司，不变服，不赴筵会，即赴，亦不听声乐，不躬行贺庆礼，不先谒宾客，庶古礼犹几存什一于千百也。

军中鼓吹，在隋、唐以前，即大臣非恩赐不敢用。旧时吾乡凡有婚丧，自宗勋缙绅外，人家虽富厚，无有用鼓吹与教坊大乐者，所用惟市间鼓手与教坊之细乐而已。近日则不论贵贱，一概混用，浸淫之久，体统荡然，恐亦不可不加裁抑以止流竞也。

## 小　　人

隆庆中，吾乡金汉泉公官别驾归，携海上所漂小人二，以方笼豢之。其一老妇，一男子，盖母子也。长尺许，声啁唽如燕子。久之，子死，其母哭之，亦知索白布裹其首若成服者。后亦死。金之女为余内兄王孝廉肖徵妻，妻家多见之。此前史所谓靖人。又小人国，海鹤可啄而食者也。

## 息　　土

鲧窃帝之息壤以堙鸿水。息壤者，罗泌《路史》云："息生之土，长而不穷，故有息名。"汉时临滁地涌六里，又无盐危山土起；唐江陵南门地隆起如伏牛马，去之一夕辄复；又柳子所言龙兴寺地在永州，地如负瓮而起：皆为息壤。王襄敏公家厅事与内寝中两楹间有土坟起，长可三四尺许，横可数寸许，平之辄复如故。至今所甃砖石崛起，枳人步，其家亦任其自然，不为修治也。余尝谓古人文字奥雅，意息壤乃土之能生殖者，鲧不合窃决坏之为堤防以御洪水。此战国曲防之所由始也。以专愎自用，不闻于上，故曰盗。正如补天之说，岂真如书所载，奇诡至此哉！今观襄敏家地，天壤之间，何所不有，不得轻疑昔人之论为妄矣。

## 飞　　盗

万历戊子、己丑间，留都有飞盗。其来也，不由门窦，仅于屋上揭瓦去椽，垂缳而下，有盗人楼阁中物，经数月主人犹不知者。甚苦其盗，而缉捕不可得。后乃为其仆所首。其人姓周，居南门之大街，衣冠车从若大家然。亦与士大夫往还，夜从其家登屋，步瓦上若飞而无声。其子尤狡黠矫捷，手持尺木点地，即墙檐高一二丈，已跃而上矣。问得其情，毙于狱。其子竟先逸去，终已不获。常见友人被盗处，屋瓦揭动数尺而土灰无至地者，亦是奇贼。

## 俞　道　婆

宋金陵俞道婆，得佛法，参琅琊起和尚。婆卖油糍为业，一日闻贫子唱《莲花落》云："不因柳毅传书信，何缘得到洞庭湖。"忽然契悟，抛油糍于市。其夫云："你颠也。"婆打一掌云："非公境界。"乃往琅琊起印可之后，凡见僧，便云："儿儿。"才拟议，便掩却门。时珣佛灯往勘之，婆见便云："儿儿。"珣云："娘娘，爷在甚处？"婆转身拜露柱，珣蹋倒云："将谓有多少奇特？"便出。婆蹶起云："儿儿，来，我惜你则个。"珣竟不顾。婆尝颂马祖不安因缘云："日面月面，虚空闪电，虽然截断天下衲子舌头，分明只道得一半。"

## 山　中　白　云

友人周吉甫，名晖，有隽才。为诸生，制义多恢奇，久而不售，遂弃去。隐居著书，萧然有林下风。所著《金陵琐事》，南都文献之遗，多所征信，深为名流所许。乙卯冬，投余《山中白云》一卷，多见道之言，如云清："事不可着迹，若衣冠必求奇古，器用必求精良，饮食必求异巧，此乃清中之浊也。"又云："世事惟偶然者最佳。偶有醇醪，适心知聚首；偶有余钱，适书画来售；偶欲登涉，适伴侣相约：真乃快意事。"又云:"向平谓'富不如贫,贵不如贱',此语尚有计较,未能脱然于富贵贫贱之外。"又云:"对明月,照止水,便怀澄虑。世间无心之物,能使人亦无心也如此。"它如此类甚多,诵之使人泠然。自盛仲交之后,便当推此君为隐士之杰矣。

## 吉 甫 佳 句

吉甫《春日移居》诗,其警句有云:"寂寞徒供笑,烟霞不受嗔。"又云:"绿尊堪累月,青镜不藏年。"又云:"闻道晚知浅,结交贫觉深。"又云:"煮茗烟凝榻,弹琴月到门。"又云:"半酣疑有得,多病掩无能。"又云:"酒醒双燕语,病起乱花飞。"又云:"啸月野情淡,眠云春梦寒。"此等句置之钱、刘集中,不复可辨。吉甫又常曰:"文章诗句贵有山林气。"读其诗,殆无愧斯言矣。

## 服 饰

留都妇女衣饰,在三十年前犹十余年一变。迩年以来,不及二三岁,而首髻之大小高低,衣袂之宽狭修短,花钿之样式,渲染之颜色,鬓发之饰,履綦之工,无不变易。当其时,众以为妍;及变,而向之所妍未有见之不掩口者。宋周煇《清波杂志》言:"煇自提孩,见妇女装束数岁即一变。"又赵彦卫《云麓漫抄》载清微子《服饰变古录》尤备。乃知国家全盛之日,风俗类然。然变易既多,措办弥广,人家物力,大半销耗。因之有如宋仁庙之禁销金、真珠、白角、长冠子,亦挽回靡俗之一助也。服舍违式,本朝律禁甚明,《大明令》所著最为严备。今法久就弛,士大夫间有议及申明,不以为迂,则群起而姗之矣,可为太息。

## 王 荆 公 墓

志称荆公墓在蒋山东三里,与其子雱分昭穆而葬。绍圣初,复用元丰旧人,起吕吉甫知金陵。时待制孙君孚责知归州,经过,吕燕待之礼甚厚。一日,因报谒于清凉寺,问曾上荆公坟否。盖当时士大夫道金陵未有不上荆公坟者。此可以知荆公墓地所在,又因以知宋时士夫行役亦驻止于僧寺,与今正相似也。

## 石　　城

南都城围九十里,高坚甲于海内。自通济门起至三山门止一段,尤为屹然。聚宝门左右皆巨石砌至顶,高数丈。吾行天下,未见有坚厚若此者也。陆游《老学庵笔记》言建康城李景所作,其高三丈,因江山为险固,其受敌惟东北两面,而壕堑重复,皆可坚守。至绍兴间已二百余年,所损不及十之一。按志言,国初拓都城,自通济门东转北而西至定淮门皆新筑,通济门以西至清凉门皆仍旧址。然则前所言坚固巨石者,当犹是景之遗植也。

## 郡　圃　老　卒

宋张稚圭元老,荆公客也。为江东漕摄金陵府事,严酷鲜恕。喜与方士游,门下尝数客。一日,行郡圃,老卒项系念珠,元老曰:“汝诵经乎?”卒曰:“数息尔。”元老异之,呼至室内,问其所得,论养生、吐纳、内丹,皆造精微,又曰:“运使平生殊错用心。酷虐用刑,非所以为子孙福;延方士,皆非有道之士,此曹特觊公惠耳。”元老曰:“能传我乎?”卒曰:“正欲授公。然须今夜半潜至某室,当以传公。”初亦难之,不得已,许焉。既归,与内人刘议之。刘曰:“不可。公以严毅,人素苦之,夜中独出,事有不测,奈何?”太夫人微闻之,潜锁其寝室,竟不得出。黎明视事,衙校报守圃卒是夜四更跌坐而化。元老大怅惋,数月感疾,遂卒。此《墨庄漫录》所载,近郡邑志纪方外异人都不之及。此卒内韫至丹,外挫廉而藏名,真古之有道者欤!

## 王逢原钟山诗

王逢原一日与王平甫数人登蒋山，相与赋诗，而逢原诗先成。举数联，平甫未屈。至"仰跻苍厓巅，俯视白日徂。夜半身在高，若骑箕尾居"，乃叹曰："此天上语，非我辈所及。"遂阁笔。东坡赋钟山诗，荆公亦依韵和之，而谓其"峰多巧障日，江远若浮天"之句为非人所及。至指案上研与东坡联句，才见坡翁"巧匠琢山骨"一语，遽尔辍吟。此不独见古人服善之勇，亦是善用其长处。勍敌在前，务攻其坚，用兵者所忌也。

## 掘 河 得 甲

万历戊戌，改造文德石桥，掘桥洞下土，得旧琐子甲二领。今丙辰，大司空丁公浚秦淮河，于此处又得琐子甲一领，铜钟一口。意是当年战争时堕水中者，今挖掘始复出。然它处俱无所得，独此桥下数见之，不知何也。

## 曹仲元武洞清画石

余家右童子巷，丙辰五月初六日，因浚沟掘地，得断碑一片，其一面上有字，言是曹仲元画山水人物树木，有樵夫担柴，柴上悬一小笼，笼中有雀，又有担衣篋前行，而后有驾牛车者。又有岸晒渔网，小舟横于水中，最为精妙。按刘道醇《五代名画补遗·人物门妙品》有仲元，言仲元建康丰城人，少学吴生，攻画佛及鬼神，仕南唐李璟为待诏。仲元凡命意搦管，能夺吴生意思，时人器之。仲元后顿弃吴法，自立一格，而落墨致细，傅彩明泽。璟尝命仲元画宝公石壁，冠绝当时，故江介远近佛庙神祠尤多笔迹，今此固其一也。其一面为武洞清笔，画有优昙树，下立一峰石，前一古佛，手持经卷，止一半身，其余缺坏矣。按洞清乃武岳子，米芾《画史》称其作佛像罗汉，善战掣笔，作髭发尤工,天人画壁,发彩生动。然绢素动以粉点眼,久皆先落,使人惜之。洞清亦南唐人也。二子遗迹,世无存者,今乃从地中断石得之,岂非画史中一段嘉话耶? 曹画所题字,不在上,亦不在下,画脚与字脚相对刻之,今代亦无此式也。

## 无 尽 颂 古

张无尽在江宁府戒坛院阅《雪窦拈古》,至百丈参马祖因缘云"大冶精金,应无变色",忽投卷曰:"审如此言,临济岂得有今日也?"有颂曰:"马师一喝大雄峰,声入髑髅三日聋。黄蘗闻之惊吐舌,江西从此立宗风。"尝举似平和尚,平后致书与无尽曰:"去夏阅临济宗派,深知居士得大机大用。"乃求前颂稿,无尽再以颂寄之云:"吐舌耳聋师已晓,捶胸只得哭苍天。盘山会里翻筋斗,到此方知普化颠。"时大观三年也。

## 腰 玉 四 人

南京文臣官一品系玉带者,惟太子太保王襄敏公以旆一人而已。又王公敞,正德中官太子少保、兵部尚书,亦以管理戎政赐蟒衣、赐玉带。又公为给事中时,与前倪尚书谦、今朱宗伯之蕃皆以使朝鲜赐一品服。计二百四十余年,南都之得系玉者,生前惟四公而已。

## 公 孤

南都文臣未有生而官公孤者,在亲臣中则有之。惟上元人王源以纯皇后兄,正德中以瑞安侯加太保,又加太傅。源弟清,弘治中以崇善伯加太保。江宁人方承裕,以孝烈皇后弟,嘉靖中嗣安平伯,加太子太保,又加少保。若东宫孤卿,在亲臣中则上元人夏儒以毅皇后父,嘉靖中以庆阳伯加太子太保。在文臣中惟王公以旆以兵部尚书总督三边,加太子少保,又加太子太保。倪公岳以礼部尚书改吏部尚书、王公敞以兵部尚书、周公金以南户部尚书、梁公材以户部尚书加太子少保而已。其赠官,惟前王源赠太师,倪公岳、王公以旂赠少保,王公敞、周公金、梁公材赠太子太保,倪公谦以礼部尚书、童公轩以南礼部尚书赠太子少保。

## 诸寺奇物八则

宝光寺有西域来贝多婆力叉经,长可六七寸,广半之,叶如细猫竹笋壳,而柔腻如芭蕉。梵典言贝多出摩伽陀国,长六七丈,经冬不雕,其叶可写字。贝多婆力叉,此翻叶树也。经字大如小赤豆,旁行蠕蠕如虫豸,不识其为何经也。外以二木片夹之,其木如杉而纹细致可爱,南都诸寺中仅有此经而已。记又言此贝叶经保护可六七百年。

祖堂幽栖寺有历代祖师像,黄贞甫膳部命工临摹,载归天竺供养。

牛首弘觉寺禅堂有丹灶,投以薪火,风自内生,甚炽烈,须臾爨熟。如去薪,火即止。

静海寺有水陆罗汉像,乃西域所画,太监郑和等携至。每夏间张挂,都人士女竞往观之。

方山定林寺有乳钟,即所称景阳钟也。钟有一百八乳,乳乳异声,故名乳钟。又有象皮鼓,云是象皮所鞔者。

天界寺有佛牙,阔寸,长倍寸之五。万历中,僧人真淳献之尚书五台陆公,公因具金函檀龛盛之,迎供于寺之毗卢阁。牙得之天台山中。

永庆寺有古藏经,板刻工雅,纸色古澹,非宋刊则元刊也。较今南藏本稍低而狭,以木函函之。今俱为人所窃去,无复存矣。

灵谷寺有宝志公遗法被,四面绣诸天神像,中绣三十三天、昆仑山、香水海。高一丈二尺,阔如之。齐梁时物。

## 仁宗皇帝御笔

院判蒋恭靖公用文,家藏宝翰一巨册,乃恭靖在太医院时仁宗皇帝居东宫示病瘵取药御笔也。字真行相间,仿佛赵松雪体,而圆熟秀劲。中有正字号、顺字号、亲字号所患云云,似是宫掖中人,不直言,故密以字号言其病耳。前书,后有年月,用朱笔押,押字形为尧,多用印章,曰"东宫图书",曰"东宫之记",曰"大本之堂",曰"肃清精密",曰"谦光",曰"缉熙",曰"中和",小印曰"印完"。又一圆印,径可寸许,内作双龙形篆而书语温厚款曲,蔼然家人父子然,使人感动。当时君臣之间亲洽如此。自后九阍日高,即台阁大臣得此,以为异典矣。

## 御 笔 药 方

仁宗皇帝与恭靖札,其一马乌肝丸:马鸣肝即晚蚕沙,五月收者拣净,炒至烟起,用半斤;大草乌二两,入灰火内逼烈,取出用布袋打去皮尖;右二味为细末,酸醋煮糊,丸如梧桐子大。其一下元似利不行,里急下坠,大便后肛口如火,闷塞痛楚,煎服秦艽当归汤而愈。其一阿魏丸:沉香一两,木香二两,砂仁二两,白豆蔻一两,三棱二两,蓬术二两,青皮二两,陈皮二两,香附子二两,罗卜子一两,炒紫苏子一两,桃仁一两,炒黄连二两,吴茱萸二两,汤泡同炒,去茱萸,阿魏六钱醋煮,右为末,面糊为丸,如梧桐子大。

## 佛 面 竹 投 壶

尝同卜六兄鼎吉之华严寺。寺有僧庋一投壶,其座高三尺余,上以竹为壶,竹径可三寸,上下如一,而节纹皆斜抱而尖上,与恒竹弗类。问其何名,曰:"此佛面竹也。"壶乃江右一王府中物。又有蟠松二株,干形正赤,而翠叶如针,葱菁可爱。

## 沈 氏 鸭

友人沈之问,虎林人,流寓南都,家于骁骑仓之傍。家畜二鸭,盖雌雄也。一日，家将烹其雄，豫以笼罩之，雌即旋绕其笼，逐之不去，饲之食，弗食也。已杀其雄，以沸汤煮之，其雌忽哀鸣，举身投沸汤盆中，宛颈而死。沈君怜而不忍食，遂同瘗于竹园地中。其家从此断鸭，不入庖矣。此与前记所载义雁投釜中事正同。

## 赵　徐　二　公

国初，驸马都尉赵公辉，年九十余而卒，所畜姬妾百余人。嘉靖中，魏国徐公鹏举年七十余而卒，所畜姬妾亦七十余人。《献征录》载赵公老而强健，有得于内养之术。人传赵公以妇女月水为饵，采炼有法。或言不待炼也，取未孕妇人者，以糕糁而吞之。徐公每夜以红枣数十枚，令姬妾口含，过夜煮食之。啖枣法，尝闻于方家，至吞月水，则自未有言者。顷云间李生中梓作《本草药性解》，始列于书，而亦言性味主治，旧所不载。此又下于红铅，而尤秽浊，不知于驻颜养命之道何居也。

## 塔　　影

塔影无不倒者。牛首山之塔影，在禅堂西夹室，阖双扉观之，影于缝中倒现，玲珑可睹。永庆寺之塔影，在殿左伽蓝小殿窗隙中倒现，其兰楯皆历然。二室皆向东，一寺之房无数，独现于此，何也？大报恩寺之塔影，在城内油房巷塘中；旧铁塔寺之塔影，在候驾桥方氏塘中；其影亦倒。凡物之影透在隙中，必与其形相违。塔本正也，而影倒，即如飞鸟之影，鸟东飞，则隙中之影必西逝，与塔影正同一理耳。走马灯之影不平行，如内灯左旋，则影必先从右上角而下，至中稍低，又渐高至左上角而去。右旋亦然。且一灯四面六面无不然。此等理自在目前，思之遽未得其解，乃知天下之道，卑而高，近而远，于此可玩也。沈存中《笔谈》论窗隙中楼塔之影，中间为窗所束，皆倒垂，鸢飞与影在隙中亦然。其理亦未畅。陆务观《笔记》亦言此未易以理推也。

# 俚　　曲

里弄童孺妇媪之所喜闻者,旧惟有《傍妆台》、《驻云飞》、《耍孩儿》、《皂罗袍》、《醉太平》、《西江月》诸小令,其后益以《河西六娘子》、《闹五更》、《罗江怨》、《山坡羊》。《山坡羊》有沉水调、有数落,已为淫靡矣。后又有《桐城歌》、《挂枝儿》、《干荷叶》、《打枣干》等,虽音节皆仿前谱,而其语益为淫靡,其音亦如之,视桑间濮上之音,又不翅相去千里,诲淫导欲,亦非盛世所宜有也。

# 戏　　剧

南都万历以前,公侯与缙绅及富家,凡有宴会,小集多用散乐,或三四人、或多人唱大套北曲,乐器用筝、篥、琵琶、三弦子、拍板。若大席,则用教坊打院本,乃北曲大四套者,中间错以撮垫圈、舞观音,或百丈旗,或跳队子。后乃变而尽用南唱歌者,只用一小拍板,或以扇子代之,间有用鼓板者。今则吴人益以洞箫及月琴,声调屡变,益为凄惋,听者殆欲堕泪矣。大会则用南戏,其始止二腔,一为弋阳,一为海盐。弋阳则错用乡语,四方士客喜阅之。海盐多官语,两京人用之。后则又有四平,乃稍变弋阳而令人可通者。今又有昆山,校海盐又为清柔而婉折,一字之长,延至数息,士大夫禀心房之精,靡然从好,见海盐等腔,已白日欲睡,至院本北曲,不啻吹篪击缶,甚且厌而唾之矣。

# 酒三则

新志载金陵酒,以水之佳酿而得名,唐诗言"十斛金陵春"者是也。元时每岁路供满殿香曲。而自余所耳目,市酤所有,惟老坛酒,色重味浓,如隔宿稠茶,稍以灰澄之使清,曰细酒,其味苦硬,不堪三嚼。又下则重阳后市店皆置帘开清酤之,曰黄酒,纯以芦灰署之,差比于压茅柴而已。士大夫所用惟金华酒,味甘而殢舌,多饮之,抝沓不可耐。后始有市苏之三白酒者，迄今宴会犹用之，味殊辣，而使人渴且眩，或云其曲以药糁之使勿败，又云瓶以乌头或人言拭口方可致远，理或然也。万历间，士大夫家间有开局造酒者，前此如王虚窗之真一，徐启东之凤泉，乌龙潭朱氏之荷花，王藩幕澄宇之露华清，施太学凤鸣之靠壁清，皆名佳酝。近日益多造者，且善自标置，如齐伯修王孙之芙蓉露，吴远庵太学之玉膏，赵鹿岩县尉之浸米，白心麓之石乳，马兰屿之瑶酥，武上舍之仙杏，潘钟阳之上尊，胡养初之仓泉，周似凤之玉液，张云冶之玉华，黄瞻云之松醪，蒋我涵之琼珠，朱葵赤之兰英，陈拨柴之银光，陈印麓之金英，班嘉祐之蒲桃，仲仰泉之柏梁露，张一鹗之珍珠露，孟毓醇之郁金香，何丕显之玄酒，徐公子之翠涛，内府之八功泉，香铺营之玄璧。又有号菊英者、兰花者、仙掌露者、金盘露者、蔷薇露者、荷盘露者、金茎露者、竹叶清者，大概以色味香名之，多为冠绝。于是市贾所酤，仅以供闾阎袭饮之用，而学士大夫无复有索而酤之者矣。

余性不善饮，每举不能尽三小盏，乃见酒辄喜，闻佳酒辄大喜。计生平所尝，若大内之满殿香，大官之内法酒，京师之黄米酒，蓟州之薏苡酒，永平之桑落酒，易州之易酒，沧州之沧酒，大名之刁酒、焦酒，济南之秋露白酒，泰和之泰酒，麻姑之神功泉酒，兰溪之金盘露酒，绍兴之豆酒，粤西之桑寄生酒，粤东之荔枝酒，汾州之羊羔酒，淮安之豆酒、苦蒿酒，高邮之五加皮酒，扬州之雪酒、豨莶酒，无锡之华氏荡口酒、何氏松花酒，多色味冠绝者。若市酤浦口之金酒，苏州之坛酒、三白酒，扬州之蜜淋漓酒，江阴之细酒，徽州之白酒，句曲之双投酒，皆品在下中，内苏之三白、徽之白酒，间有佳者，其他色味俱不宜入杯勺矣。若山西之襄陵酒、河津酒，成都之郫筒酒，关中之蒲桃酒，中州之西瓜酒、柿酒、枣酒，博罗之桂酒，余皆未见。说者谓近日湖州南浔所酿，当为吴越第一。若四川之咂麻酒，勿饮可也。

四夷入国朝来，所闻酿酒，朝鲜以粳为酒，女真嚼米为酒，鞑靼别部安定、阿端二卫以马乳酿酒，占城以椰子为酒，浡泥亦以椰子为酒，拂菻国以蒲桃酿酒，缅甸有树头酒。惟暹罗以粳为酒，王弇州闻之人言，此为四夷第一。于阗国有蒲桃为酒，又有紫酒、青酒，不知其所酿,而味尤美。

# 茶　品

金陵旧无茶树,惟摄山之栖霞寺、牛首之弘觉寺、吉山之小庵各有数十株,其主僧亦采而荐客,然炒法不如吴中,味多辛而辣,点之似椒汤,故不胜也。而五方茶品至者颇多,士大夫有陆羽之好者,不烦种艺,坐享清供,诚为快事。稍纪其目,如吴门之虎丘、天池、岕之庙后、明月峡,宜兴之青叶、雀舌、蜂翅,越之龙井、顾渚、日铸、天台,六安之先春,松萝之上方、秋露白,闽之武夷,宝庆之贡茶,岁不乏至,能兼而有之,亦何减孙承祐之小有四海哉!

# 鱼　品

江东,鱼国也。为人所珍,自鲥鱼、刀鲦、河豚外,有鲤,青黑色,有金光隐闪,大者贵;有鲜,似鲤而身狭长,鳞小而稍黑;有青鱼,类鳝而鳞微细;有鳢,巨口细鳞,苏子所谓"状似松江之鲈"者也,鬣利如锥,肉紧而无刺类蟹螯;有白鱼,身窄而长,鳞细白,肉甚美而不韧;有鳊,小头,身横视之圆如盘而侧甚薄,大者曰鲂,腹脊多腴;有鳝,身圆如竹,头尖而喙长,俗所名火筒觜也,善唉诸鱼而品下;有鲟,鼻长与身等,口隐其下,身骨脆美可唉,为鲑良,其鳃曰玉梭衣;有鳢,身似鲜而色纯黑,头有七星,俗曰乌鱼,道家忌食之,其性耐久,埋土中数月不死,得水复活;有鮰,头微扁而身青白色,无鳞,尾无岐,肉最肥,张志和诗"桃华流水鳜鱼肥"即此,第此鱼惟秋为美,俗曰菊华鮰;有鲇,头扁而口哆阔,身黄黑白错,尾如鮰,小者曰汪刺;有鲫,水中自产为野鱼,以后湖者良,性独属土;有鲢,头巨而身微类鳢,鳞细,肉颇腻,江南人家塘池中多种之,岁可长尺许,俗曰此家鱼也,有青、白二种,大者头多腴,为上味;有面条鱼,身狭而长不逾数寸,银鱼之大者也,裹以面糊油炸而荐之;又有黄鳝、鳗鲡,皆以鱼名,其形质实一,蛇别为一族,与虾螯同。

## 果木移植

橄榄、椰子、榧子、杨梅，皆南果也。榧子移此活矣，而不华实。椰子发芽出子端，可二尺许，经冬则萎。橄榄尝有核堕地出小树，可三四寸，具有枝叶而竟不育。杨梅自光福去金陵仅五百里，移植多不活，今杨梅园有数株供太庙荐新者，时萎辄移吴种易之，所结实去本地形味不翅相悬也。杜鹃、末利、佛桑、兰花，皆南花也。末利、兰花出闽与虔，去此远，此土人善护视过冬，寿可四五年，而兰倍之。杜鹃、佛桑，仅当年开花，从未有能过冬者。频婆、石榴、蒲桃，北果也。石榴、蒲桃移此地鲜不活者，第结实数年后，则与此地所产亡异。频婆近人家间有植者，所结子香味差具，而色与形不逮也。由此观之，以北就南则生，以南就北则死，理固应尔。然宋艮岳种荔枝结实，徽宗曾以赐近臣。今以南之荸荠种于宝坻、三河，所结实形大而肉香脆，反逾于南土者，物之变化亦叵定也。

## 纪　虫二则

南都呼小虫曰蜘蟟，曰秋娘，曰蚼蜋，曰蜻蜓，曰梁山伯，曰橘蠹蛾，曰金丝麻蓝，曰黑老婆，曰红姑娘，曰豆娘子，曰白蛱蝶，曰黄蛱蝶，曰促织，曰纺车婆，曰都了，曰蜜蜂，曰细腰蜂，曰壶峰，曰牵牛郎，曰野蚕蛾，曰扑灯蛾，曰叩头虫，曰樟木虫，曰飞蜓，曰蝗，曰蝼蛄，曰蜣蜋，曰斑蝥，曰叫蟆蜂，曰小青蟆蜂，曰土蟆蜂，曰菊虎，曰蝇，曰蚊，曰牛虻，曰狗蝇，曰萤，曰蠛蠓，曰米牛子。

虫之在木者，曰蠹；在地者，曰蝗，曰螾，曰蟥蚂（俗曰骆驼）；在水中者，曰蜞（又曰蛭，俗曰马蝗），曰打拳虫，曰水蛇蚤；在水面者，曰写字虫，曰剪刀姑姑；在屋壁者，曰蜈蚣，曰蝎虎，曰壁蟢子，曰蓑衣虫，曰蠼螋，曰蚰蜒（又曰蜣蝓），曰蚰蜒螺；在灶下，曰灶鳖鸡；在木中者，曰白蝗；在床壁，曰蟞；在檐角屋隅窗隙，曰蜘蛛，曰蟏蛸，曰蛜蝛（一曰鼠妇）；在壁上捕蝇，曰蝇虎；在人身衣缝，曰虱；在地与床啮人，曰蛇蚤；在厕，曰蛆。

# 卷十

## 官军粮赏则例

月粮则例：指挥使八石；同知六石二斗；金事五石八斗；镇抚三石八斗；正千户四石二斗；副千户三石八斗；百户三石；总小旗一石；军只身六斗，有妻一石；纪录老疾军三斗；把门修仓军斗余丁各三斗；操备舍余口粮四斗；军匠八斗，无妻四斗八升。优给指挥千百户与见任同。每年二月十月关支折银，每米一石折银五钱，余月支米遇闰本折随宜关支。赏赐则例：冬赏正军绵布三匹，内本色二匹，每匹折银三钱；折抄布一匹，每匹折抄五锭。军匠二匹，内本色一匹，折抄一匹。有母妹幼军三匹，内本色二匹，折抄一匹；无母妹幼军一匹。只身军匠一匹。疾军一匹。以上俱本色。江、济二卫水夫，每名胖袄一件，每件折表里绵布五丈二尺八寸，绵花二斤，每布一匹长三丈二尺，折银三钱，绵花一斤，折银七分。夏赏每布名俱苎布一匹，折银二钱。

## 议　　谥二则

南都自襄敏王公后，无复有予谥者。项因部议咨访，京兆公举上、江二县应谥诸公，为陈公遇、顾公璘、童公轩、张公琮、何公遵、陈公镐、殷公迈、王公銮、吴公自新，部使者骆公骎曾酌而疏请下部矣。丁巳春，部议予谥四十三人，而前诸公尚有待也。因思国朝文臣必三品以上方予谥，然谥虽为优恤特典，而字之上下有辨，褒贬之意，未尝不寓其中。盖有身为宰执大臣，而仅合于好和不争宠禄光大者，即而思之，其人品已可概见，此真《春秋》严一字之义也。至有幸而得美谥者，宜仿晋、唐人议贾充与议许敬宗谥不当之意酌之，似不必议夺，盖夺则有议者与贤而无谥者同在不可迹之天，使幽、厉而削其谥，千载之后，史策阔疏，并其人不可知矣，何似存之而使知清议百世不能泯也。惟夫三品以下，有行义人品卓绝者，特恩赐谥，此则有美而无恶，有褒而无刺，别为激扬盛典。若宜谥未锡而追补者亦然，并著在非常之例。至官三品以上，宜仿亲郡王例，但居是官，则照例赐谥。如宋天圣中孙奭等言：臣僚薨谢，不待本家请谥，在官品合加谥者，并令有司举行。而谥必严核其流品，务使名与实副，斯不失乎古人大行大名细行细名之指，而近日议夺议予之纷纭亦可息也。

《周礼》：卿大夫卒，太史于葬前赐谥，祖奠之日续诔。后世失于申明典礼，故须门生故吏录行状，子孙请谥。然应谥者，太常议之，博士具草，考功审覆判，都省集议，上中书门下判准录奏。未允物论者，辄据法驳正之，得以伸其是非，而私请不得与。国朝则应谥者必由陈乞，其子孙旧故，于合干衙门，豫先讲求，一无龃龉而后疏覆施行，得旨予谥，内阁乃并列二谥，请上点定，故谥多有美而无恶。然亦有上推主恩，下采公议，微示意于褒美一字之外，如前所云曰"安"曰"荣"者，其用意似徇而旨则婉而切矣。近日江夏龂龂谥法，直以有谥为荣，无谥为辱，似专执夹漈序论之旨，故亟欲议夺前之溢谥者，而不知予谥一字之辱有甚于无谥与夺谥，即夹漈业以定为上、中、下三品之谥，孰能掩之？弇州《谥法纪》于古今用谥之原，可谓晰矣，而亦未尝于此别白著明。今日谥法，礼曹颇慎举行，前代之故，似亦不可不一为折衷也。

## 山　　水

金陵之山，形家言为南龙尽处，精华之气，发露无余，故其山多妍媚而郁纡，烟容岚气，沓翠霏青，望之如古佛顶上之螺，美人眉间之黛，而特未有奇峰削壁；拔地刺天，如瑶簪玉剑突起于云霄之上者。江水一泻千里，沙腾浪涌，天日为昏，最为怪伟。至静夜无风，江声隐起，余尝夜卧洪济燕矶听之，汹汹如欲崩四壁也。后湖泓渟坦迤，堤杨洲茭，绰约媚人，山色四围，如靓妆窥镜，湖山之美，何减虎林？所少者，独瀑布与寒泉耳。钟山之一人泉，牛首之虎跑泉，摄山之白鹿

泉,祈泽寺之龙王泉,衡阳寺之龙女泉,虽一泓之流,未足称奇,然瀹
茗濯缨,其为已足,固可褰裳提罂而临试也。

## 寺 院

南都城中道院,若朝天宫则枕冶城山,灵应观则俯乌龙潭,卢龙
观则倚狮子山。佛寺,若鸡鸣寺则坐鸡笼山,永庆寺则傍谢公墩,吉
祥寺则负凤皇山,清凉寺则屏四望山,金陵寺则宸马鞍山,上瓦官寺
则峙凤皇台,皆备登临之美。下瓦官寺在杏花村内,林木幽深,入其
门,令人生尘外想。鹫峰寺地僻而无可眺,然差与市远。封崇寺杂闾
阎中,荒凉颓废,致无足言。惟承恩寺踞旧内之右,最为城南嚣华之
地,游客贩贾蜂屯蚁聚于其中,而佛教之木叉刹竿荡然尽矣。

## 御笔文昌帝君像

宪宗皇帝御笔文昌帝君像,帝君冠唐帽,绿袍,束带,履乌靴,手
持玉如意,坐磐石上,神仪萧散出尘,真天人也。上题"成化十九年御
笔",押以"广运之宝"。旧为苑马卿卢公家藏,今人但知宣宗皇帝御
画,不知宪宗皇帝宸翰之工如此,真人间之瑰宝也。

## 宁国公主墨杯

宁国大长公主孙继本,家藏公主所用遗墨半梃,上用紫金打成龙
口吞之。一白瓷酒杯,酌洒满,则隐起一龙形,鳞鬣具备,倾去其酒则
不可见矣。常见宣窑壶盏,往往油内隐龙凤细纹,细视之方可睹,此
杯亦其类也。

## 文 士二则

文墨之士,英英皎皎,驰声艺林者,时不乏人。周吉甫晖,博物洽

闻，恢奇奥雅，诗句之美，冠绝当时。黄伯子祖儒，才藻溢发，世擅雕龙，所著《吃觉稿》出入古今，故非恒士。黄徽甫应登，古文辞诗赋流奕清举，编有《谢山暇录》，辨难考据，尤为博雅。顾孝直端祥，赋禀英多，矢口而成，笼盖人上，分其才艺，足了数人。姚允吉履旋，诗文典则，可诵可传，与弟允初观察有金友玉昆之目。黄叔遁复儒，雕文琢章，铿锵有韵，追踪家学志气罕伦，为贫所羁，不副其意。张彦先一儒，博洽英隽，诗古文取法汉、魏、六朝，郁然古色，非复时流。傅远度汝舟，奇思灏气，高出一世，所行《七幅庵集》、《唾心集》、《步天集》，总之皆不经人道语，真是奇人。孙幼如起都，少而称诗，长习经义，雅丽宏肆，铄古切今，极才人之致。孙燕诒谋，称诗南国，多四方之游，所行诗草，申文定序之，推许甚至。李象先佺，雅意标举，所著诗集，余尝为之序，颇极推挹，而君心似不肯余言，知其志大宇宙也。此皆垂缨戴缕，青青子衿，以其余力肆意于兹，具足千秋，可名一代。余皆得时与往还，间伸唱和。其它干将之气，牛斗相望，汗血之驹，跃跛欲骋者尚多，不能悉纪也。金陵多材，岂不盛哉！

　　张子明隐君，名正蒙，家通济门外，年九十矣，步履如飞，日行数十里不倦，不多食酒而啖肉饭如壮夫。诗法盛唐，饶王、孟、韦、柳之趣。胡彭举宗仁，诗奇峭多新致，周吉甫称其句中有画，类王右丞，余尝序其《知载斋稿》，板而行之。叶循甫太学遵，家本素封，而好韵事，所居水石花木皆有佳致，诗与柳陈甫、陈延之辈相唱和，翩翩遒上，且学多所通，近焦弱侯先生《升庵外集》校雠编次皆循甫笔也。欧阳惟礼名序，以太学生官府幕，投绂归。惟礼兄弟多翰墨交，所自运清拔有韵。惟礼又善书法，颇有银钩虿尾之意，信是白眉。

# 书　　法

　　金陵士大夫，多留意墨池者。焦弱侯先生，真行结法眉山，散朗多姿，而古貌古骨，有长剑倚天、孤峰刺日之象。卜中立，行书师章草，简劲无媚骨，望之肃然类其为人。朱元介，真行师赵魏公，间出入颜鲁公与文徵仲，日可万字，运笔若飞，小则蝇头，大则径尺，咄嗟而办，从来书家之神速恐未有若此者。许伯伦，行狎，书师孙过庭，劲媚错出，圆熟温茂，如王、谢儿郎，皆有体韵。沈生予，真书师晋诸王，而波拂点画，具有拔山之力。姚允吉，真行法率更，稍益以己意，简峭中微带风貌，故自彬彬。余世奕，真行师阁帖，笔势遒美，行列古雅，较乃祖司成当有出蓝之誉。孙幼如，真书如玉环丰艳而有致，行草师米元章《芜湖学记碑》，几如优孟之似叔敖。欧阳惟礼，真师率更，篆八分师二李与梁鹄，结构不疏，古雅有意。胡彭举，八分书师魏之《受禅碑》，简劲方正中雅气逼人，如陶贞白坐听松楼上，语语烟霞，无一点尘气。黄叔遁，行书法章草，而清劲特甚，余尝戏谓："君举体充悦地沓，当号笨伯，而作字秀赢，故是一反。"许无念为伯伦长子，真行似乃父而秀逸过之，真如赵合德初进御时，以辅属体，无所不靡。魏考叔，真书师《黄庭经》，结构致密，神采流丽，团扇尺素，嫣然动人。

## 画　　事

前辈士流工画事者，自陈鲁南太史、陈子野明府、胡懋礼太史、盛仲交文学外绝少。后何侍御仲雅继之。近日朱宗伯元介作画山水花卉，巨幅单条，触兴辄染，所摹前人，遂有南宫夺真之妙。齐王孙国华工写生，绘梨花、白燕、鹡鸰、锦鸡，烨然有生动之状，尝写松鹤以寿余，意匠尤古雅。姚允吉文学之梅花，金莘甫太学之菊花，皆饶雅趣。它如郭水村仁工写大幅山水，布置渲染，具有成法；胡彭举宗仁画自文五峰伯仁来，晚出入王叔明、黄子久二家，其笔意古质，颇有五代以前气象；二子耀昆、起昆奕奕皆有父风；李绍箕山水草树，绰有胜情，骨法不凡，究为能品；魏考叔之璜、弟和叔之克工山水，笔法秀美，姿颜软媚，有不胜罗绮之态。此皆近日行家以画名者，它亦无有卓然著称者矣。

## 王　梅　溪　研

盛仲交苍润轩中藏有王梅溪先生研。研体员，长可尺六七寸，广三之二,色正紫,先腻而润,盖端石也。四边刻蓬莱楼阁云气海涛,近上作方池,以一木架嵌之,架高二尺余,有足如几。仲交写大字、作长幅画,辄满注水,浓磨逾糜,兴到捉笔,挥洒淋漓,非此不称其意气。后其子伯年曾以见示,今不知置谁氏矣。

## 读 书 题 识

仲交先生家多藏书。前后副叶上必有字,或记书所从来,或纪它事,往往满幅,印钤惟谨。后多散在人间,其家举所书者悉扯去,殊为可惜。因见前辈赵定宇少宰阅《旧唐书》,每一卷毕,必有朱笔字数行,或评史中所载,或阅之日所遇某人某事,一一书之。而吾师具区先生校刊监本诸史卷后亦然,竟以入梓。古人读书游泳赏味处,于此可以想见,远胜于鬻及借人为不孝矣。

## 古 词 曲

晋南渡后采入乐府者,多取闾巷歌曲为之,亦若今《干荷叶》、《打枣干》之类。如吴声歌曲,则有《子夜歌》、《子夜四时歌》、《大子夜歌》、《子夜警歌》、《子夜变歌》、《上声歌》、《欢闻歌》、《欢闻变歌》、《前溪歌》、《阿子歌》、《团扇郎》、《七日夜女歌》、《长史变歌》、《黄生曲》、《黄鹄曲》、《桃叶歌》、《长乐佳》、《欢好曲》、《懊侬歌》、《黄竹子歌》、《江陵女歌》。如神弦歌曲,则有《宿阿曲》、《道君曲》、《圣郎曲》、《娇女曲》、《白石郎曲》、《青溪小姑曲》、《湖孰姑曲》、《姑恩曲》、《采莲童曲》、《明下童曲》、《同生曲》。如西曲歌,则有《三洲歌》、《采桑度》、《江陵乐》、《青阳度》、《青骢白马》、《安东平》、《女儿子》、《来罗那呵滩》、《孟珠》、《翳乐》、《夜度娘》、《长松标》、《双行缠》、《黄督》、《西平乐》、《攀杨枝》、《寻阳乐》、《白附鸠》、《拔蒲》、《作蚕丝》、《月节折杨柳》。如杂曲歌辞,则有《西洲曲》、《长干曲》、《东飞伯劳歌》、《休洗红》、《邯郸歌》。在宋吴声歌曲,则有《碧玉歌》、《华山畿》、《读曲歌》。西曲歌,则有《石城乐》、《莫愁乐》、《乌夜啼》、《襄阳乐》、《寿阳乐》、

《西乌夜飞》。在齐西曲歌,则有《共戏乐》、《杨叛儿》。梁鼓角横吹曲,则有《企喻》、《瑯琊王》、《巨鹿公主》、《紫骝马》、《黄淡思》、《地驱乐》、《雀劳利》、《慕容垂》、《陇头流水》、《陇头》、《隔谷》、《淳于王》、《东平刘生》、《捉搦》、《折杨柳枝》、《幽州马客吟》、《慕容家自鲁企由谷》、《高阳乐人》。晋、宋皆江左俗间所歌。梁横吹曲则似间取北土所咏,仿其音节,衍而成之,然其辞总皆儿女闺房淫放哀思之语,李延寿所谓"格以延陵之听,皆为亡国之音"者也。

## 冶　　城

冶城最古而最为胜地。吴为冶城,晋初为冶城,后为西园,宋为总明观,杨吴于此建紫极宫,宋改天庆观,大中祥符间赐额为祥符宫,元初名玄妙观,后改大元兴永寿宫,国朝为朝天宫。初,门南向,后以宫内火灾,移门居东巽方,而径为九曲,前小殿,四隅以四亭翼之,象玄武,禳火也。

## 两　谢　公　墩

《金陵志》纪冶城北有谢公墩。谢灵运《撰征赋》:"视冶城而北属,怀文献之悠扬。"李白有《登金陵冶城西北谢安墩》诗,序云:"此墩即晋太傅谢安与右军王羲之同登,超然有高世之志,于时营园其上,故作是诗。"有曰:"冶城访古迹,犹有谢安墩。平览周地险,高标绝人喧。想像东山姿,缅怀右军言。白鹭映春洲,青龙见朝暾。地古云物在,台倾禾黍繁。我来酌酒波,于此树名园。"城东半山寺后,别有谢公墩。按《庆元志》城东半山寺旧名康乐坊,因谢玄封康乐公,至孙灵运犹袭封,今以坊及谢公墩名观之,恐是玄及其子孙所居。余前正疑王荆公"我屋公墩"之说与冶城北相远。今据此志,乃知金陵自有两谢公墩:在今冶城北与永庆寺南者乃谢安石所眺;荆公宅之半山寺所云谢公墩,乃谢玄所居,荆公或误以为太傅也。

# 金　陵　图

宋洪遵跋杨备《览古诗》曰："暇日料简故府,得《金陵图》,六朝数百载间粲然在目。又以今日宫阙、都邑、江山为《建康图》,并刻石以献。上称善,有旨令参订古今,微识其下。客有以前诗示遵,亟锓之木。图旧在玉麟堂,好事家有大本。"此张铉《金陵志》所载,今此图本亦不复存矣。因思金陵形势,自吴至梁、陈,宫阙都邑相因不改。隋文平陈,诏建康城池,并平荡耕垦,而六朝都邑宫室之迹尽矣。杨吴跨淮水为城,朱雀航、骠骑航、禅灵渡,囊括城内,而六朝山水之形变矣。入国朝,益拓前代之城而大之,于是青溪、九曲之旧,不复可考;都邑宫室,重为开辟;独高山大川,不失其故。而故老不存,俗呼多舛,欲一一据册问之,猝未易得。陈鲁南先生《金陵图考》一编,最为精洽,而自都城外山水之名,亦多未晰,如方山在秦淮之左,而图列于右,其诸山名,尤多阔略。余尝欲为一图,据今日之形势名字以上溯于前代,如今某处在某代为某,尽上、江二邑境内山水村墅,一一考证而图之,以信今传后,而病懒未能也。

# 总　明　观

宋明帝六年,立总明观于冶城。征学士充之,置东观祭酒、访举各一人,举士二十人,分为儒、道、文、史、阴阳五部学,言阴阳者,遂无其人。按宋文帝元嘉十五年,立儒学于北郊,命雷次宗居之,在钟山之麓,时人呼为北学,今草堂是也。明年,又命丹阳尹何尚之立玄学,在鸡笼山东;著作郎何承天立史学,司徒参军谢玄立文学,并在耆阇寺侧。然则宋盖二世皆立诸学矣,而冶城之立学,今人少知者。

# 城内外诸水续考

余前曾言城内外水利,因检《金陵新志》载《东南利便书》曰:建康古城向北，秦淮既远，其漕运必资舟楫，而濠堑必须水灌注，故孙权时引秦淮名运渎以入仓城。即今斗门桥以北一带河至铁窗棂者是。开潮沟以引江水，东发青溪抵秦淮，西通运渎，北连后湖，即今北门桥至珍珠河一带是也。又开渎以引后湖，又凿东渠名青溪，皆入城中，由城北堑而入后湖。此其大略也。自杨溥夹淮立城，即今自通济门起，西至石城门皆是。其城之东堑皆通淮水，即今通济门外上至南门一带是也。其西南边江以为险。然春夏积雨，淮水泛溢，城中皆被其害。及盛冬水涸，河流往往干浅。此一段在今日正同，与宋无异。宋隆兴二年，张孝祥知府事，奏秦淮流经府城，正河自镇淮、今南门内桥。新桥今新桥。入江，其分派为青溪，今洞神宫后一段经四象桥一带是。自天津桥今内桥是也。出栅寨门今铁窗棂是。入江。宋时，今水西、旱西二门外，似未有土地如今日广远，石城下即临江。栅寨门近地属有力者，因筑断青溪水口，创为花圃，为游人玩赏之地。每久雨，水暴至，则正河不能急泄水势，于是泛滥城内，居民被害。今古潮沟、青溪、运渎河身，皆为住民，日久侵占，堙塞不通，故水患正与此书相类。今欲复通栅寨门，使青溪径直入江，则城内永无水患。及汪澈继孝祥知府，诏澈指定以闻，澈言开西园古河道通栅寨门尤便。从之。戚氏《志》云：秦淮水源甚远，小川流入者众，又古来贮水湖衍，后世筑为圩田日多，每夏雨暴至，江潮复涌，水即泛溢，皆经流城内一河入江。自源及委，所过不计几桥，凡过一桥，皆为木石岸堰束扼，及居民筑土侵狭河道，故水失其常，横流弗顺。是以必资栅寨门河今内桥以西至铁窗棂。及长干桥下河今南门外大桥是。分泄其势，其关于国赋民食者非轻。如云通便舟楫，特是小事。自前如孝祥所言，止谓城内被水，然多不过数日即退，其害亦轻。若观乡外圩田，则始见其害可畏尔。上元、江宁、溧水多赖圩田，农民生计居处多在圩中，每遇水至，则举村阖社日夜并力守圩，辛苦狼狈于淤泥之中，今上江滨江田地及句容以西、方山上下一带皆同此害。如御大寇。幸而雨不连降，风不涌浪，可以苟全一岁之计。其为坏决，则水注圩中，平陆良田，顷刻变为江湖，哭声满野，挈舟结筏，走避他处，国赋民食，两皆失之。是皆水不安流之故尔。其言城内外之水患，最为明切痛快，与余前言郊外水患悬合于数百载之前。第今诸湖既难议复，惟浚支流一节稍可举行，是在有地方之责者亟议永利尔。

# 东坡先生金陵诗

　　东坡先生在金陵为诗凡十有五篇:《小子遯病亡于金陵作二诗哭之》;又《次荆公韵四绝句》;又《同王胜之游蒋山》;又《次叶致远韵》,时致远正从介甫于金陵;又次《裴维甫韵》,裴时解石于秣陵;又《次段缝韵》,缝家居金陵者也;又绍圣元年至金陵,得钟山泉公书,寄诗为谢,并赠和老诗;又建中靖国元年,公还自海至金陵,又次韵清凉老诗,又题长短句于赏心亭,又著观音颂于崇因寺。

# 放 生 洲 池

　　石头城前有长命洲,梁武帝放生之所也。帝日市鹅鸭鸡豚之属放此洲,置户十家,常以粟谷饲喂,岁各千数。又唐乾元中,诏于江宁秦淮太平桥临江带郭上下五里,置放生池八十一所,有碑,昇州刺史颜真卿撰文,今淮清桥北,水通古青溪,西入运渎者,其遗迹之一也。《后湖志》:宋天禧四年,改湖曰放生池。又曰:按旧图经,唐乾元中已置此池,史正志于青溪放生池建阁,张椿为之记。

# 八 功 德 水

　　灵谷寺八功德水,自寺墙外由钟山流出,下有石为曲水引之,在宝公塔之东北。宋知上元梅挚记甚工,其文曰:钟山之阳,有泉曰八功德。梁天监中,有胡僧昙隐寓止修行,有一庬眉叟相谓曰:“予山龙也,知师渴,饮功德池,措之无难矣。”人与口灭,一沼沸成,深仅盈寻,广可倍丈,浪井不凿,醴泉无源,水旱若初,澄挠一色。厥后西僧继至,云本域八池,一已竭矣,此味大较相类,岂非竭彼盈此乎? 一清、二冷、三香、四柔、五甘、六净、七不饐、八蠲痾,又其效也。文多不载。今水有时而竭,或云水在山中,因禁地人迹不至,岁久木叶所堙,故有时而涸,不知然否。

## 沿江开河议

兴化李君思聪尝建议,自南都抵京口,江水险恶,往来舟楫常有风波倾覆之苦,谓大胜关至燕子矶一带,有内河故数十里,无长江之险,今燕子矶以下抵京口一带,旧有河形,宜加开浚,则一百八十里江险可以引避,此漕运与士商往来之永利也。余甚韪其论,因考旧志,古漕河一名靖安河,在龙湾市上元金陵乡。宋吴聿《靖安河记略》云:自金陵抵白砂,江险,其尤者为乐官山李家漾,至急流浊港口,凡十有八处,号称老风波而玩险阻者,至是鲜不袖手。东南漕计岁失于此者什一二。宣和六年,发运使卢公访其利病,得古漕河于靖安镇之下缺口,谓其取径道于青沙之夹,趋北岸,穿坍月港,由港尾越北小江,入仪真新河,高枕安流,八十余里抵扬州新城下,可易大江百有五十里之险。按此论正与李君意同,特彼在径趋北岸,此则专傍南岸抵京口耳。北岸之河,今亦堙塞,盖江水东西冲决不常,沿江洲地时有坍卸入江者。今上新河旧传自江东门可数里至江岸,今不过里余矣。陵谷变迁,江上尤速,李君之议甚美,俟再与习江上地形者筹之。

## 古迹俪语

白石;青溪。　龙广山;鸡鸣埭。　蟹浦;龙山。　桐树湾;竹格渡。　直渎;横塘。　谢公墩;杜姥宅。　乌榜村;青林苑。　西州;东府。　三山;二水。　乌衣巷;红罗亭。李后主作亭。　一人泉;五马渡。　商飚馆;宋。甘露亭。陈。　蘼芜涧;茱萸坞。　入汉楼。晋。横江馆。　赤乌殿;吴。朱雀航。　南涧;北山。　珍珠河;陈。胭脂井。花林村;竹篠港。　夏侯山;朱年坑。　覆舟山;投书渚。　皂荚桥;白杨路。　赤兰桥;乌衣巷。　苍龙堰;后湖上。白鹭洲。　篱门五十六所;秦淮二十四航。　梁五明殿;唐百尺楼。　伏龟楼;在宋府城东南。跃马涧。城南即南涧。　南涧楼;西州路。　青溪宫;白石垒。　宋玉烛殿;梁金华宫。　落星楼;清暑殿。　三品石;八卦泉。方山定林寺。　凤皇里;燕雀湖。又云蚵蚾矶。　覆杯池;元帝。麾扇渡。　慈姥山;道士坞。钟山。　莫愁湖;桃叶渡。上梁妓。下王大令妾。　穿针楼;邀篷步。　谢玄走马路;卢绛翔鸾坊。　桥名万岁;台曰九日。　栖霞寺;落星墩。　鼓吹山;幕府寺。　青溪祠;白石庙。　玉树后庭;金莲帖地。　疑城;吴于石城设以拒魏文帝。辱井。胭脂井。

## 秦 人 凿 山

今人第知方山至石碗山,为秦皇凿山断金陵王气之处,不知今城之西北卢龙、马鞍二山间,亦为秦所凿也。此处正号金陵冈,俗传埋金之谶,正是此处。冈上有碑,因开靖安路失之。张铉《新志》言其地有沟,沟中有石脉见存,以证断凿之迹。卢龙山,今土名狮子山,志称在张阵湖北,冈垅北接靖安,今山下为仪凤门,门外犹号龙湾城,即新志所称靖安镇者是也。由此而北,则为直渎山。又按今龙潭有靖安村,去城九十里,与志远近迥异,姑两存之。

## 建 都

孙吴建都四世,凡六十年。东晋建都十一世,凡一百三年。南宋建都八世,凡五十八年。南齐建都七世,凡二十三年。萧梁建都四世,凡五十五年。南陈建都五世,凡三十三年。六朝凡二百五十二年。南唐建都三世,凡三十九年。宋南渡为行都七世,凡一百三十九年。以上金陵为都,皆偏安也。至我朝为帝都,已迁北京为南京,一统万万年。自古海内建都之多而且久,未有逾金陵者。

## 桥 名

《金陵新志》纪诸桥名,多有复误。如运渎、青溪所跨,试以遗迹参之,次第可考,而纪叙无法,有一名而两纪者。其自序言:官府文案,两经焚毁,故老晨星,无从询访,固宜有是,今姑就俗称上附于古可征者志之。内桥,在宋行宫前,旧名虹桥,政和中蔡薿建石桥,号蔡公桥,后改天津,南渡后用西京大内前桥名也。新桥,本名万岁桥,唐诗句中"万岁桥边此送君",新桥乃杨吴时所名,又名饮虹桥。羊市桥,本名清化,俗呼为闪驾,景定二年马光祖重建,手自书榜改今名。笪桥,俗传茅山二十六代笪宗师所建,旧名钦化,马光祖改建,名太平桥。武定桥,马光祖建,定今名,旧为长乐。仓巷桥,旧名望仙桥,马光祖改名武卫。北门桥,旧名武胜。大中桥,旧名白下,又名上春桥。南门外桥,五代杨吴名长干桥。今乾道南北二桥,与北之狮子桥,青溪之竹桥、内桥,东西之东虹、西虹桥,皆旧名。此其灼然而可据者也。

## 宫城都邑二图

《新志》所画六朝宫城、都邑二图,前后错综,可以想像往代之概。而以山川之大势,参今日都邑宫阙之制,古今之异同可以了然于心目中矣。惧其久而就堙,因列置于此。

## 罗 寺 转 湾

入石城门往东大街折而北,路曲如环,俗名螺蛳转湾。或曰:"讹也。路曲处乃铁塔寺墙脚,寺旧名罗寺,此路值其隅角,故曰罗寺转湾耳。"因考此寺,宋太始中,邦人舍地建精舍,号延祚寺。至唐有灵智禅师,生无双目,号罗睺和尚,经论文字,悉能明了,时人称有天眼,为建塔寺内,或曰罗寺,无乃因此僧立名乎?又寺佛殿前旧有铁塔二座,乾兴元年铸,今之名铁塔正以此也。俗传此寺洪武中,圣祖在大内,望见其塔中有僧歼焉,毁寺为仓。然建文二年寺僧募修疏文见在,则洪武中寺固亡恙也。其改而为虎贲左卫仓,不知当何时耳。

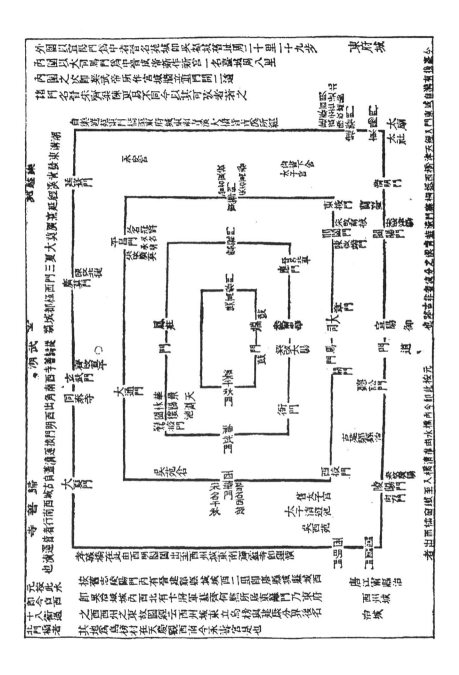

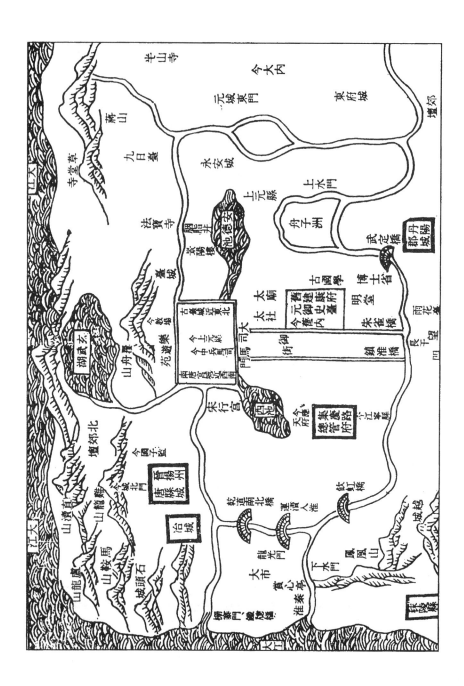

## 回龙候驾二桥

回龙桥,《金陵新志》在城西门内。今卞庙西大街有平桥,而下洞甚巨、南通运渎至铁窗棂者,即此桥也。而金川门内又有一桥,亦名回龙桥,则以成祖靖难入城之故。又铁塔寺仓前有桥,俗讹为侯家,故老言本名候驾,二义似有所为,惜无可考。大都修志所载名目,多系地方人开报,自非史册确有证据,讹舛自难纠正。士大夫即家于此、寓于此,足迹未经,耳传已熟,欲一一得其真而载之,故未易也。

## 幕府直渎诸山

《寰宇志》称幕府山东北临直渎浦,西接宝林山,南接蟹浦,又南接卢龙山(《南畿志》言一名石灰山),由此北属至观音山,突出大江为弘济寺,宋明帝高宁陵在山西,晋王导、温峤亦葬山西。宝林山北有夹萝峰,俗讹为夹骡,言达磨北渡,梁武使人追之,使者乘骡为石所夹云。直渎山有直渎洞,旧志言山东西有水流入大江。伏滔《北征记》云:吴将竺瑶墓有王气,孙皓恶之,乃凿其后为直渎。今渎与浦皆埋塞,不可考矣。

## 部　议　救　荒

余前已载救荒之议,谓当于户部仓粮借放。今查部志,成化二年南京饥荒,守备太监王某等奏准开仓籴米四万石以济饥民,又令应天府关领粮米在于街市籴卖,止收铜钱,不必勒要银两,听令饥民得以零碎籴买。嘉靖二十三年,南京地方旱灾,巡抚应天都御史丁某奏准籴买南京仓粮二万石以济灾民,其米价收贮户部银库,候丰年召商买补,或放折色月粮支用。近议止于放银月分,米贵则放米,或预放二三月,尤为便益,不费而惠,似可常行。

# 各 仓 米 样

江西：花红米、蒸稻米。湖广：蒸稻米。太平、宁国、池州、安庆四府，滁、和二州：花白米、花籼米、花红米。苏、松、常三府，广德州，浙江嘉兴、湖州二府：黄粱米、白米。应天、镇江、徽州三府，浙江杭州府：黄粱米、白米、白晚米、花白米。浙江金华、衢州，绍兴三府：黄粱米、白米、花白米。每米一百石，加耗米八石，又平斛二石，芦席一百领（内本色七十领，折色三十领），猫竹二根，为垫廒用。

# 后　　湖

后湖之中有五洲。西北曰旧洲，一名祖洲。西南曰新洲，上有郭璞墓，皆为库以贮册，前抱一小洲，中有沟，萦环如溪涧，今为厨房以供饮食。东二洲，一曰陵趾洲，一曰太平洲。近西小洲号别岛，秀出可爱。西南之水独深而澄，则所谓龙潭也，即刘宋时龙见处。

# 王荆公疏湖田

熙宁八年，荆公官江宁，上疏云："臣蒙恩特判江宁军府，于去年十一月十一日到任管当职事。当时集官吏军民宣布圣化，启迪皇风，终成一载，所幸四郊无垒，天下同文。然臣切见金陵山广地窄，人烟繁茂，为富者田连阡陌，为贫者无置锥之地。其北关外有湖二百余顷，古迹号为玄武之名，前代以为游玩之地，今则空贮波涛，守之无用。臣欲于内权开十字河源，泄去余水，决沥微波，使贫困饥人尽得赢蚌鱼虾之饶，此目下之利。水退之后，济贫民，假以官牛官种，又明年之计也。贫民得以春耕夏种，谷登之日，欲乞明敕所司，无以侵渔聚敛，只随其田土色高低岁收水面钱，以供公使库之用，勿令豪强大作侵占。车驾巡狩，复为湖面，则公私两便矣。伏望明降隆章，绥怀贫腐。"按此介甫欲田梁山泊之意推之此者。奉敕依允。绍兴二年，赵善湘增收后湖田租,遂为例。淳祐十年,增先贤祠拨湖田七千余亩。元大德五年,下钟山乡开后湖河道。自是以后,惟有一池,他皆田地。国朝平定海宇,贮天下册籍于湖之中洲,始复开衍为湖,遂为一代禁地矣。

## 李御史后湖联句

李熙为御史,同乔户曹后湖联句云:"片雨孤城黑,三洲一水通。竹深喧宿鸟,天远断飞鸿。魏阙心迢递,钟山气郁葱。云程须共勉,莫遣鬓如蓬。"其二:"簿书偶成暇,缓步小桥东。袖拂芦花雪,堤翻落叶风。观鱼临水次,访古过林中。回首斜阳外,孤鸿自远空。"李素有文名,而集少传,仅见于此。

## 卢玉田过湖续梦诗

卢玉田先生取选时,梦中得句云:"水国微茫路不分,红香引入白云深。"后官南户部主事,过湖,恍如梦中之句,因续云:"仙洲恍觉非人世,民部无论有翰林。日永放衙看鹤舞,雨余凭槛听龙吟。平生剩有烟霞癖,宦海何当慰此心。"

## 谥 法 解 正 误

南监本《史记》刻《谥法解》,原是古书分上下款列,后人误接连书之,遂错乱无章,卒莫有厘正之者。今按《汲冢周书》书之。《周书》亦有前后失次者,并为厘正。

惟周公旦、太公望开嗣王业,建功于牧野。终,将葬,乃制谥,遂叙谥法。谥者行之迹,号者功之表,古者有大功,则赐之善号以为称也。车服者位之章也。是以大行受大名,细行受细名。行出于己,名生于人。名谓号谥。○按,此篇《博物志》谓为周公所作。今按,首数言是因二公终将葬,锡之谥。制谥从此而始,因叙谥为后世之永制也。云此为周公作者,非其本矣。

民无能名曰神《周书》作"一人无名曰神"。　扬善赋简曰圣

敬宾厚礼曰圣　　　　　　　　　靖民则法曰皇

德象天地曰帝　　　　　　　　　仁义所往曰王

立志及众曰公《周书》作"立制"。　　执应八方曰侯

赏庆刑威曰君　　　　　　　　　从之成群曰君二条《史》有《书》无。

壹德不懈曰简　　　　　　　　　平易不訾曰简《周书》作"不疵"。

经纬天地曰文　　　　　　　　　道德博闻曰文《周书》作"博厚"。

勤学好问曰文　　　　　　　　　慈惠爱民曰文

愍民惠礼曰文　　　　　　　　　锡民爵位曰文

刚强直理曰武　　　　　　　　　威强睿德曰武

克定祸乱曰武　　　　　　　　　刑民克服曰武

大志多穷曰武《书》作"夸志"。　　敬事供上曰恭

尊贤贵义曰恭　　　　　　　　　尊贤敬让曰恭

既过能改曰恭　　　　　　　　　执事坚固曰恭

安民长悌曰恭《史》作"爱民"。　　执礼敬宾曰恭《史》作"御宾"。

芘亲之阙曰恭　　　　　　　　　尊长让善曰恭

渊源流通曰恭《书》作"曰康"。　　照临四方曰明

谮诉不行曰明　　　　　　　　　威仪悉备曰钦

大虑静民曰定　　　　　　　　　安民大虑曰定

安民法古曰定　　　　　　　　　纯行不二曰定

绥柔士民曰德　　　　　　　　　执义扬善曰德二条《史》有《书》无。

谋虑不威曰德　　　　　　　　　辟地有德曰襄

甲胄有劳曰襄　　　　　　　　　有伐而还曰厘

质渊受谏曰厘　　　　　　　　　慈惠爱亲曰厘

小心畏忌曰僖　　　　　　　　　心能制义曰度

博闻多能曰献　　　　　　　　　聪明睿哲曰献

温柔圣善曰懿　　　　　　　　　五宗安之曰孝

协时肇享曰孝　　　　　　　　　秉德不回曰孝

大虑行节曰孝　　　　　　　　　执心克庄曰齐

辅轻就供曰齐《史记》作"资辅就共"。　温年好乐曰康《史记》作"温柔"。

安乐抚民曰康

令民安乐曰康

安民立政曰成

布德执义曰穆

中情见貌曰穆

敏以敬顺曰顷

甄心动惧曰顷"顷",《书》作"甄"。

容仪恭美曰昭

昭德有劳曰昭

圣文周达曰昭

保民耆艾曰胡

弥年寿考曰胡

强毅果敢曰刚

追补前过曰刚

柔德安众曰靖

恭己鲜言曰靖

宽乐令终曰靖

治而清省曰平《史》作"无眚"。

执事有制曰平

布纲治纪曰平《史》作"布刚"。

威德刚武曰圉

耆义大虑曰景《史》有《书》无。

由义而济曰景

布义行刚曰景

清白守节曰贞

大虑克就曰贞

不隐无克曰贞《史》作"无屈"。

强以刚果曰威《史》作"猛以"。

猛以刚果曰威《史》作"强果"。

强毅信正曰威《史》作"执正"。

辟土服远曰桓

克敬动民曰桓

辟土兼国曰桓

道德纯一曰思

不眚兆民曰思《史》作大省。

外内思索曰思

追悔前过曰思

柔质慈民曰惠《书》作"受谏曰慧"。

爱民好与曰惠

能思辨众曰元

行义说民曰元

始建国都曰元

主义行德曰元

兵甲亟作曰庄

睿通克服曰庄

死于原野曰庄

屡征杀伐曰庄

胜敌志强曰庄

武而不遂曰庄

克杀秉正曰夷

安心好静曰夷

圣善周闻曰宣

行见中外曰悫

夙夜警戒曰敬

夙夜恭事曰敬《书》有《史》无。

象方益平曰敬《书》有《史》无。

合善法典曰敬

有功安民曰烈

秉德遵业曰烈

刚克为伐曰翼

思虑深远曰翼

执心决断曰肃

典礼不愆曰戴《史》作"典德"，
《书》作"不塞"。

克威惠礼曰魏

治典不杀曰祁

外内贞复曰白

贞心大度曰匡

温良好乐曰良

胜敌壮志曰勇

状古述今曰誉

勤政无私曰类《史》作"施勤无私"。

危身奉上曰忠

肇敏行成曰直

教诲不倦曰长

好廉自克曰节

思厚不爽曰愿《史》作"思虑不爽曰厚"。

述义不克曰丁

不生其国曰声

极知鬼神曰灵《书》作"鬼事"。

乱而不损曰灵

不勤成名曰灵

未家短折曰殇

不显尸国曰隐

杀戮亡辜曰厉

不思亡爱曰剌

年中早夭曰悼

蚤孤短折曰哀

外内从乱曰荒

好变动民曰躁

刚德克就曰肃

爱民好治曰戴

克威捷行曰魏

治民克尽曰使

好和不争曰安

官人应实曰知

名实不爽曰质

德正应和曰莫

昭功宁民曰商

慈和遍覆曰顺

彰义掩过曰坚

内外宾服曰正

爱民在刑曰克

择善而从曰比

除残去虐曰汤《史》有《书》无。

述义不悌曰丁《书》有《史》无。

死而志成曰灵

死见思能曰灵

好祭鬼神曰灵《书》作"鬼怪"。

短折不成曰殇

隐拂不成曰隐

见美坚长曰隐《史》有《书》无。

愎狠遂过曰刺

肆行劳祀曰悼

恐惧从处曰悼

恭仁短折曰哀

好乐怠政曰荒

怙威肆行曰丑《史》有《书》无。

在国遭忧曰愍《书》作"连忧"。　　在国逢艱曰愍

祸乱方作曰愍　　使民悲伤曰愍《书》作"折伤"。

壅遏不通曰幽　　蚤孤铺位曰幽《书》作"有位"。

动祭乱常曰幽　　啬于赐与曰爱

疏远继位曰绍　　华言无实曰夸

逆天虐民曰抗《书》作"曰炀"。　　好更改旧曰易

名与实爽曰缪　　满志多穷曰惑

好内远礼曰炀　　去礼远众曰炀

隐，哀之也。施，为文也。除，为武也。辟地为襄。视远为桓。刚克为发。柔克为懿。履正为庄。有过为僖。施而不成曰宣。惠无内德曰献。治而生眚为平。乱而不损为灵。由义而济为景。失无口则以其明，余皆象也。和，惠也。勤，劳也。遵，循也。爽，伤也。肇，始也，乂，治也。康，安也。怙，恃也。享，祀也。胡，大也。服，败也。康，顺也。就，会也。慄，过也。锡，与也。典，常也。肆，於也。"於"，《史》作"放"。康，虚也。睿，圣也。惠，爱也。绥，安也。坚，长也。耆，强也。考，成也。周，至也。怀，思也。式，法也。敏，疾也。捷，克也。载，事也。弥，久也。

此后一段，史多讹阙，按《周书》补之，差可读。《周书》又有"凶年无谷曰糠，不悔前过曰戾，思虑深远曰口，息政外交曰推"，《史》都无之，似宜补入。

# 中书左丞一人

杨公宪，上元人。洪武二年任中书左丞，三年伏法。公创为"一统山河"花押以示人，使人尊己以招权。待诏陈栌知其意，谓公曰："此押非常，所谓'只有天在上，更无山与齐'也。"公大喜，即擢栌为编修。噫！此其所以致祸与？

## 应天人官尚书二十六人

本府人官尚书者二十三人,《金陵琐事》载之。考《吏部题名》,洪武初设吏部,隶中书省,张公铭善为尚书,三年招谕云南。周公时中,茶陵人,籍应天,由龙泉归附,除湖广行省平章任,调镇江知府。乃考《南畿志》载甲第中官尚书者,在上元诸县,则曹公义、句容。倪公谦、上元。张公瑄、江浦。黄公绂、句容。童公轩、钦天监。倪公岳、上元。吴公文度、江宁。王公敞、锦衣卫。胡公汝砺、溧阳。顾公璘、上元。刘公麟、广洋卫。梁公材、金吾卫。周公金、府军卫。王公以旂、江宁。王公昺。句容。乡举,则陈公恭、江宁。齐公泰。溧水。又祠墓,则翟公瑄。江宁。又人物,则傅公斯。溧阳。户、礼二部。流寓,则周公瑄,山西人。举人。官南刑部尚书。葬江宁之黄门山。次子纮,官布政。皆居于江宁。而不及二公与邹公幹、周公桢、端木公复初。《琐事》中又不载黄公绂、翟公瑄,以二公别省人,它或有据也。二书又俱不载陈公寿,辽东人。官刑部尚书。既解官,贫不能归,流寓于南京。

## 都御史二人

金公泽,弘治十八年任南右都御史。张公琮,嘉靖五年任如金公。

## 侍郎九人

俞公纲,上元人,官南礼部左侍郎。张公文昱,上元人,由人才,洪武中为刑部左侍郎。杨公勉,江宁人,永乐二十三年为刑部右侍郎,谪山东参政。刘公琏,江宁人,官□部侍郎。金公绅,上元人,成化十四年任南刑部右侍郎。张公志淳,江宁人,正德五年任户部右侍郎。殷公迈,京卫人,万历四年任南礼部右侍郎,管国子监事。吴公自新,江宁人,万历十九年任南刑部右侍郎。朱公之蕃,京卫人,万历四十年任南礼部右侍郎。内张公志淳，云南永昌籍也。

## 右副都御史三人

丁璿，上元人，正统四年任，五年致仕。又《南畿志》载：谈允，溧水人，洪武庚午举人；丁浍，溧水人，弘治己未进士：俱官都御史。考弇州《堂卿寺表》，无后二公姓名。

## 旧大理寺基

太平门左有高山如圆釜立者，名龙广山。国初置大理寺于此，后乃徙置于门外，门直达于北曰太平堤。堤左沿钟山有小湖曰燕尾湖。志多遗之，仅见《刑部志》。

## 移　　囚

正德十四年七月十二日，江西宸濠反，攻安庆。南京戒严，刑部重监、轻监人犯，俱移于锦衣卫狱。事宁，复初。按自三法司门往北一带，旧有大墙，总括三法司京畿道在内。而刑部郎中庞嵩建议，犹谓欲于湖北岸增筑城，接刑部后墙，至钟山之红墙止，不惟法司缓急有备，免越狱之虞，即陵寝册库，亦增一重扞围。其说亦是。今大围墙多圮自三法司后，佛国寺行人直穿而入矣。似亦不可不复修，以防不虞也。

## 国　初　榜　文

洪武二十二年三月二十五日，奉圣旨："在京但有军官军人学唱的，割了舌头；下棋打双陆的，断手；蹴圆的，卸脚；做买卖的，发边远充军。"府军卫千户虞让男虞端故违吹箫唱曲，将上唇连鼻尖割了。又龙江卫指挥伏颙与本卫小旗姚晏保蹴圆，卸了右脚，全家发赴云南。又二十五年九月十九日礼部榜文一款："内使剃一搭头，官民之家儿童剃留一搭头者，阉割，全家发边远充军。剃头之人，不分老幼罪同。"二十六年十二月十五日，奉旨禁约，不许将太祖圣孙、龙孙、黄孙、王孙、太叔、太兄、太弟、太师、太傅、太保、大夫、待诏、博士、太医、太监、大官、郎中字样以为名字称呼。一医人，止许称医士、医人、医者，不许称太医、大夫、郎中。梳头人，止许称梳篦人，或称整容，不许称待诏。官员之家火者，止许称阍者，不许称太监。又二十六年八月榜文："为奸顽乱法事，节次据五城兵马司拿送到犯人颜锁住等，故将原定皮札鞢样制，更改做半截靴，短勒靴，里儿与靴勒一般长，安上抹口，俱各穿着，或卖与人，仍前自便于饮酒宿娼行走摇摆。该司送问罪名，本部切详。"先为官民一概穿靴，不分贵贱，所以朝廷命礼部出榜晓谕军民、商贾、技艺、官下家人、火者，并不许穿靴，止许穿皮札鞢，违者处以极刑。此等靴样传于外，必致制度紊乱，宜加显戮。奉旨："这等乱法度的，都押去本家门首枭令了，全家迁入云南。"一榜："永乐九年七月初一日，该刑科署都给事中曹润等奏，乞敕下法司，今后人民倡优装扮杂剧，除依律神仙道扮义夫、节妇、孝子、顺孙劝人为善及欢乐太平者不禁外，但有亵渎帝王、圣贤之词曲，驾头杂剧，非律所该载者，敢有收藏、传诵、印卖，一时拿送法司究治。"奉旨："但这等词曲，出榜后，限他五日，都要干净，将赴官烧毁了。敢有收藏的，全家杀了。"此等事，国初法度之严如此。祖训所谓顿挫奸顽者，后一切遵行律诰，汤网恢恢矣。

## 逍　遥　牢

俗传淮清桥北有逍遥楼，太祖所建，以处游惰子弟者。按陈太史维桢录纪，太祖恶游于博塞之民，凡有不务本、逐末、博弈、局戏者，皆捕之，禁锢于其所，名逍遥牢。

## 前乙酉举人见后乙酉

石城先生年二十，举嘉靖乙酉乡试，三十举乙未会试第一人，官吏部奉常少卿,止于尚宝卿致政,时年不满五十岁,居林下逾三十年,福禄寿考子孙之盛,为留都冠。生平无霜露之恙,体中小极,但呕令家人治米粉丸,进二盂即瘥。万历乙酉,中式举人谒先生,时方矍铄无老态,年八十余。予尝见先生道貌,眼碧,长头,白须飘然,真神仙中人也。

万历戊午孟秋十一日,坐归鸿馆中,校《赘语》十卷都讫。此书乃数年来所札记者,因随手所书,原无伦次。顷二年中,以病兀坐,长日无聊,小为编叙,以散怀送日。虽寿之板,本无足存,姑留以诒子侄而已,不敢以示人也。

遁园居士再识。

# 历代笔记小说大观总目

## 汉魏六朝

西京杂记(外五种)　〔汉〕刘歆 等撰　王根林 校点

博物志(外七种)　〔晋〕张华 等撰　王根林 等校点

拾遗记(外三种)　〔前秦〕王嘉 等撰　王根林 等校点

搜神记·搜神后记　〔晋〕干宝 陶潜 撰　曹光甫 王根林 校点

世说新语　〔南朝宋〕刘义庆 撰　〔梁〕刘孝标注　王根林 标点

## 唐五代

朝野佥载·云溪友议　〔唐〕张鹭 范摅 撰　恒鹤 阳羡生 校点

教坊记(外七种)　〔唐〕崔令钦 等撰　曹中孚 等校点

大唐新语(外五种)　〔唐〕刘肃 等撰　恒鹤 等校点

玄怪录·续玄怪录　〔唐〕牛僧孺 李复言 撰　田松青 校点

次柳氏旧闻(外七种)　〔唐〕李德裕 等撰　丁如明 等校点

酉阳杂俎　〔唐〕段成式 撰　曹中孚 校点

宣室志·裴铏传奇　〔唐〕张读 裴铏 撰　萧逸 田松青 校点

唐摭言　〔五代〕王定保 撰　阳羡生 校点

开元天宝遗事(外七种)　〔五代〕王仁裕 等撰　丁如明 等校点

北梦琐言　〔五代〕孙光宪 撰　林艾园 校点

## 宋元

清异录·江淮异人录　〔宋〕陶穀 吴淑 撰　孔一 校点

稽神录·睽车志　〔宋〕徐铉 郭彖 撰　傅成 李梦生 校点

贾氏谭录·涑水记闻　[宋]张洎 司马光 撰　孔一 王根林 校点

南部新书·茅亭客话　[宋]钱易 黄休复 撰　尚成 李梦生 校点

杨文公谈苑·后山谈丛　[宋]杨亿口述、黄鉴笔录、宋庠整理　陈
　　师道 撰　李裕民 李伟国 校点

归田录(外五种)　[宋]欧阳修 等撰　韩谷 等校点

春明退朝录(外四种)　[宋]宋敏求 等撰　尚成 等校点

青琐高议　[宋]刘斧 撰　施林良 校点

渑水燕谈录·西塘集耆旧续闻　[宋]王辟之 陈鹄 撰　韩谷 郑世刚
　　校点

梦溪笔谈　[宋]沈括 撰　施适 校点

麈史·侯鲭录　[宋]王得臣 赵令畤 撰　俞宗宪 傅成 校点

湘山野录 续录·玉壶清话　[宋]文莹 撰　黄益元 校点

青箱杂记·春渚纪闻　[宋]吴处厚 何薳 撰　尚成 钟振振 校点

邵氏闻见录·邵氏闻见后录　[宋]邵伯温 邵博 撰　王根林 校点

冷斋夜话·梁溪漫志　[宋]惠洪 费衮 撰　李保民 金圆 校点

容斋随笔　[宋]洪迈 撰　穆公 校点

萍洲可谈·老学庵笔记　[宋]朱彧 陆游 撰　李伟国 高克勤 校点

石林燕语·避暑录话　[宋]叶梦得 撰　田松青 徐时仪 校点

东轩笔录·嬾真子录　[宋]魏泰 马永卿 撰　田松青 校点

中吴纪闻·曲洧旧闻　[宋]龚明之 朱弁 撰　孙菊园 王根林 校点

铁围山丛谈·独醒杂志　[宋]蔡絛 曾敏行 撰　李梦生 朱杰人 校点

挥麈录　[宋]王明清 撰　田松青 校点

投辖录·玉照新志　[宋]王明清 撰　朱菊如 汪新森 校点

鸡肋编·贵耳集　[宋]庄绰 张端义 撰　李保民 校点

宾退录·却扫编　[宋]赵与时 徐度 撰　傅成 尚成 校点

桯史·默记　[宋]岳珂 王铚 撰　黄益元 孔一 校点

燕翼诒谋录·墨庄漫录　[宋]王栐 张邦基 撰　孔一 丁如明 校点

枫窗小牍·清波杂志　[宋]袁褧 周煇 撰　尚成 秦克 校点

四朝闻见录·随隐漫录　[宋]叶少翁 陈世崇 撰　尚成 郭明道 校点

鹤林玉露　[宋]罗大经 撰　孙雪霄 校点

困学纪闻　〔宋〕王应麟 撰　栾保群 田松青 校点

齐东野语　〔宋〕周密 撰　黄益元 校点

癸辛杂识　〔宋〕周密 撰　王根林 校点

归潜志·乐郊私语　〔金〕刘祁　〔元〕姚桐寿 撰　黄益元 李梦生
　　校点

山居新语·至正直记　〔元〕杨瑀 孔齐 撰　李梦生 庄葳 郭群一
　　校点

南村辍耕录　〔元〕陶宗仪 撰　李梦生 校点

## 明代

草木子(外三种)　〔明〕叶子奇 等撰　吴东昆 等校点

双槐岁钞　〔明〕黄瑜 撰　王岚 校点

菽园杂记　〔明〕陆容 撰　李健莉 校点

庚巳编·今言类编　〔明〕陆粲 郑晓 撰　马镛 杨晓波 校点

四友斋丛说　〔明〕何良俊 撰　李剑雄 校点

客座赘语　〔明〕顾起元 撰　孔一 校点

五杂组　〔明〕谢肇淛 撰　傅成 校点

万历野获编　〔明〕沈德符 撰　杨万里 校点

涌幢小品　〔明〕朱国祯 撰　王根林 校点

## 清代

筠廊偶笔 二笔·在园杂志　〔清〕宋荦 刘廷玑 撰　蒋文仙 吴法源
　　校点

虞初新志　〔清〕张潮 辑　王根林 校点

坚瓠集　〔清〕褚人获 辑撰　李梦生 校点

柳南随笔 续笔　〔清〕王应奎 撰　以柔 校点

子不语　〔清〕袁枚 撰　申孟 甘林 校点

阅微草堂笔记　〔清〕纪昀 撰　汪贤度 校点

茶余客话　〔清〕阮葵生 撰　李保民 校点